JULIA BÄHR

Liebe mich, wer kann!

Buch

Für Greta läuft es im Moment alles andere als rund: Sie ist frisch getrennt von ihrem Mann Erik, hat sich in Zynismus geflüchtet und soll sich eine Werbekampagne über die große Liebe ausdenken. Ihre beste Freundin will sie aufheitern, aber ausgerechnet das von ihr vorgeschlagene Lachtraining stürzt Greta in die nächste emotionale Verwirrung. Und über die Trennung kommt sie auch nicht wirklich hinweg: Nach ein paar Gläsern Wein schreibt sie Erik regelmäßig böse Mails, kann sich aber am nächsten Morgen an nichts erinnern. Kündigt sich so der vollkommene Irrsinn an? Der Psychotherapeut, den sie deswegen aufsucht, wirkt jedenfalls noch verrückter als sie selbst. Aber Greta gibt nicht auf. Irgendwo muss ja das Glück auf sie warten – doch es zu erkennen, das ist gar nicht so einfach...

Autorin

Julia Bähr, geboren 1982, absolvierte die Deutsche Journalistenschule in München und arbeitet als Redakteurin im Feuilleton der Frankfurter Allgemeinen Zeitung. Ihr Herz schlägt für Pommes frites und Karaoke. Zusammen mit Christian Böhm verfasste sie 2013 den Hochzeitsroman »Wer ins kalte Wasser springt, muss sich warm anziehen«, gefolgt von ihren romantischen Komödien »Sei mein Frosch« und »Liebe mich, wer kann!«.

JULIA BÄHR

Liebe mich, wer kann!

ROMAN

blanvalet

Der Verlag weist ausdrücklich darauf hin, dass im Text enthaltene externe Links vom Verlag nur bis zum Zeitpunkt der Buchveröffentlichung eingesehen werden konnten. Auf spätere Veränderungen hat der Verlag keinerlei Einfluss. Eine Haftung des Verlags ist daher ausgeschlossen.

Das Zitat von Paul Watzlawick auf Seite 6 stammt aus:
Paul Watzlawick: Vom Schlechten des Guten,

FSC
www.fsc.org
MIX
Papier aus verantwortungsvollen Quellen
FSC® C014496

Verlagsgruppe Random House FSC® N001967

1. Auflage

Dieses Werk wurde vermittelt durch die
AVA international GmbH Autoren- und Verlagsagentur, München.
www.ava-international.de
Redaktion: Hannah Jarosch
Umschlaggestaltung und -motiv: www.buerosued.de
LH · Herstellung: sam
Satz: DTP Service Apel, Hannover
Druck und Bindung: GGP Media GmbH, Pößneck
Printed in Germany
ISBN: 978-3-7341-0401-5

www.blanvalet.de

Für Anne,
die schon immer viel mehr Romanfigur war als jede,
die ich hätte erfinden können

Die Lage ist hoffnungslos, aber nicht ernst.

Paul Watzlawick

Kapitel 1

»Und warum sind Sie hier?« Gemächlich legt der Mann, der mir in einem teuer aussehenden Ledersessel gegenübersitzt, einen Notizblock auf seine Armlehne.

»Tja.« Weil es klare Anzeichen gibt, dass ich den Verstand verliere? Kann ich das so sagen, oder holt Dr. Schiechel dann gleich eine Zwangsjacke aus der Schublade seines Mahagoni-Schreibtisches? Ich schaue mich zum ersten Mal richtig um in diesem Zimmer, in das ich vor einer Minute nervös gestolpert bin. Entdecke holzgetäfelte Wände, mausgrauen Teppichboden und einen Stapel blauer Plastikkisten, sorgfältig mit kleinen Aufklebern beschriftet. Nein, das dürfte nicht die richtige Umgebung sein, um mit der Tür ins Haus zu fallen.

»Ich bin frisch getrennt und habe den Eindruck, dass mein Unterbewusstsein sich mit dieser Tatsache schwertut«, informiere ich meinen neuen Therapeuten.

»So.« Er nimmt den Block in die Hand und macht sich eine Notiz. »Und was vermittelt Ihnen diesen Eindruck?«

»Ich trinke eigentlich gar nicht so viel Alkohol«, beginne ich vorsichtig. »Aber in letzter Zeit passiert es mir öfter, dass ich – wie sagt man? – einen Filmriss habe.«

Natürlich weiß ich, wie man dazu sagt. Aber es heißt nicht umsonst, dass viele Frauen in ihrem Therapeuten eine Vaterfigur sehen. Ich würde in diesem Moment knallhart leugnen, dass ich jemals geraucht, Sex gehabt und als Kind unser Kellerfenster versehentlich eingeschlagen habe. Und so einen Filmriss hatte ich selbstverständlich auch noch nie. Klar.

Während ich erzähle, schaut Dr. Schiechel haarscharf an meinem Kopf vorbei, als fixiere er ein Insekt an der Wand. Jetzt öffnet er mit einem kleinen Schnalzen den Mund und fragt: »Können Sie nachvollziehen, was Sie während der Zeit gemacht haben, an die Sie sich nicht erinnern können?«

Jetzt wird's ernst. »Ja, das kann ich.«

Dr. Schiechel stiert schon wieder an mir vorbei. Irritiert drehe ich mich um, aber an der Wand ist nichts zu sehen. Nicht einmal ein Bild hängt an dem Fleck, auf den er die ganze Zeit starrt. Dass er keinen Mucks von sich gibt, verstehe ich als Aufforderung zum Weitersprechen.

»Ich schreibe in diesen Nächten wütende Mails an den Mann, von dem ich mich getrennt habe«, gebe ich widerwillig zu. »Danach schlafe ich super, und am nächsten Morgen habe ich es vergessen.«

Dr. Schiechel schnalzt wieder. Macht der das etwa vor jedem Satz? Ist mir am Anfang gar nicht aufgefallen. »Wissen Sie, Frau …« Hilfesuchend schaut er auf seinen Block.

»Hildebrand«, sage ich schnell. »Greta Hildebrand.«

»Ach ja. Frau Hildebrand, ich halte eine Therapie nur dann für ratsam, wenn Ihr Verhalten Ihnen oder anderen Schaden zufügt. In diesem Fall habe ich meine Zweifel.« Er spricht ganz langsam, als läse er von einem unsichtbaren Teleprompter ab, der sich über meiner rechten Schulter befindet. »Sie sind, wie Sie sagen, von diesem

Mann getrennt. Warum stört es Sie, dass er wütende Mails von Ihnen erhält?«

Eine Sekunde lang bin ich perplex. Ganz unrecht hat er nicht. Aber ich will trotzdem nicht dauernd Öl ins Feuer gießen. Und wer weiß, was ich demnächst noch anstelle, wenn ich meinen niedersten Instinkten nachgebe? Womöglich breche ich nachts in eine Süßwarenfabrik ein und wundere mich am nächsten Morgen über die zwei Kubikmeter Pralinenschachteln neben meinem Bett und die Polizisten im Hausflur. Ich spreche meine Befürchtungen laut aus.

Sie scheinen auch Dr. Schiechel zu überzeugen. Er steht auf und stellt eine der blauen Plastikkisten neben mir auf das Sofa.

»Dann arbeiten wir also ab sofort zusammen. Suchen Sie sich jetzt bitte Ihr Power-Tier aus.«

»Mein was?« Vorsichtig hebe ich den Deckel. Mit dem Optimismus aller frisch Getrennten erwarte ich mindestens eine quicklebendige Kobra darin zu finden.

»Ihr Power-Tier. Ein Tier, mit dem Sie sich identifizieren.«

Ich blicke auf einen Haufen Spielzeugtiere und muss ein Kichern unterdrücken bei der Vorstellung, dass wir hier bald Bauernhof spielen, um mich zu therapieren. »Wozu soll das gut sein?«

»Es ist für etwas gut. Vertrauen Sie mir.«

Vertrauen, oho. Meine ganz starke Seite. Ich wühle mich durch den Tierhaufen, finde aber nicht, was ich suche. »Sie haben weder ein Faultier noch eine Schildkröte«, beklage ich mich.

Um Dr. Schiechels Mundwinkel zuckt es. »Ich bin mir sicher, Sie werden etwas anderes finden.«

Meine Finger umschließen etwas, das sich wie eine kleine Tonne mit einem Dorn anfühlt. Ich ziehe es hervor und sehe mich einem etwas verfroren dreinblickenden Pinguin gegenüber.

»Ich hab's gefunden«, verkünde ich und klappe den Deckel zu.

»Warum der Pinguin?«

»Das ist eine Pinguindame«, belehre ich meinen Therapeuten. »Sie hat sich extra schick gemacht mit diesem schwarzen Gehrock und stellt nun fest, dass sie für die Jahreszeit zu dünn angezogen ist. Deshalb friert sie.«

Dr. Schiechels Blick löst sich erstmals von der Wand hinter mir und richtet sich auf mich. Fast bin ich stolz, aber wahrscheinlich ist das doch kein allzu gutes Zeichen.

»Was«, artikuliert er wieder ganz langsam und sorgfältig, als spräche er mit einem begriffsstutzigen Kind, »hat dieses Tier mit Ihnen gemeinsam?«

»Sehen Sie, genau wegen solcher Fragen wollte ich lieber ein Faultier«, maule ich.

»Frau Hildebrand, ich versuche, etwas über Sie zu erfahren.«

»Kann ich Ihnen das nicht einfach erzählen?«

»Nun gut.« Dr. Schiechel zückt seinen Kugelschreiber. »Versuchen wir es so.«

»Also. Ich bin dreiunddreißig Jahre alt, und ich arbeite in einer Werbeagentur. Vor anderthalb Jahren habe ich geheiratet. Wir sind in ein Haus nach Bad Vilbel gezogen, weil Erik Landtagsabgeordneter ist und in seinem Wahlkreis leben wollte. Es lief aber nicht gut mit uns. Als es gar nicht mehr anders ging, habe ich mich von ihm getrennt.«

»Wie hat Ihr Mann, ich meine, Erik, die Trennung aufgenommen?«

»Erst hat er damit gedroht, sich vor einen Zug zu werfen. Am nächsten Tag hat er mir dann eine Mail geschrieben und mich aufgefordert, meine Sachen zu packen und innerhalb von zehn Tagen auszuziehen.«

»Und haben Sie das gemacht?«

»Natürlich nicht. Wie sollte ich innerhalb von zehn Tagen eine Wohnung in Frankfurt finden? Das ist so gut wie unmöglich.«

Mein Therapeut macht sich eine Notiz. Ich wüsste zu gerne, was er da aufschreibt. *Schwieriger Wohnungsmarkt*? Oder einfach nur *Aha*?

»Und wie haben Sie sich dann verständigt?«, fragt er weiter.

»Gar nicht«, bekenne ich. »Ich habe angeboten, dass wir uns wochenweise abwechseln. Ich wäre immer für eine Woche bei Freunden untergekommen und dann wieder zu Hause gewesen. Und er hätte die jeweils andere Woche im Haus gehabt. Schließlich hatte er mir erklärt, er wolle mich auf keinen Fall mehr sehen.«

Mein Therapeut schaut stumm zum Fenster hinaus. Mir egal, ich rede einfach weiter. Allmählich komme ich in Fahrt.

»Aber das wollte er nicht, weil ja angeblich ich im Alleingang unsere Ehe ruiniert habe. Er fand, als schuldloses Opfer, das er ist, habe er das Recht, mich hinauswerfen zu dürfen. Also bin ich in den Keller gezogen und habe die Küche nicht mehr mitbenutzt, um ihm nicht begegnen zu müssen.«

»Sie sind ja beknackt«, sagt Dr. Schiechel unvermittelt.

Ich reiße verblüfft die Augen auf.

»Sie können doch nicht Ihr ganzes Leben lang Leuten ausweichen, die lauter schreien als Sie«, sagt er nüchtern.

Ich bin etwas beleidigt und umklammere meinen Pinguin.

»Sehen Sie. Jetzt habe ich Sie beleidigt, und Sie wehren sich nicht mal. Sind Sie nicht wütend?«

»Doch. Aber vor allem höflich.«

»Dann werden wir gemeinsam daran arbeiten, das zu ändern.«

Immer noch verwirrt schließe ich bald darauf die Tür meiner WG auf. Erst seit Kurzem bewohne ich hier ein winziges Schlafzimmer, in das eigentlich nur mein Bett und ein Stuhl passen, und ein eigenes Wohnzimmer. Die Wohnung gehört Katka, meiner besten Freundin seit Schulzeiten. Dass ihre Mitbewohnerin gerade zur richtigen Zeit ausgezogen ist, war großes Glück für mich. Praktischerweise liegt die Wohnung im Ostend. Damit haben wir beide einen kurzen Arbeitsweg, weil das Start-up, für das Katka arbeitet, nicht weit von meiner Agentur logiert. Ihre Firma verkauft Möbel, Lampen und Kleinigkeiten von zumeist jungen Designern, und auch wenn ich offen gestanden immer noch nicht so ganz kapiert habe, was sie daran besser machen als andere: Es läuft wohl sehr gut.

Katka ist unter anderem für die Auswahl der Designer verantwortlich und macht das mit großer Begeisterung. Der Job schlägt sich auch in ihrer durchgestylten Wohnung nieder, aber ihr Geschmack wird immer bizarrer. Gestern hat sie einen hellgrünen Elch in den Flur gestellt, der mir ungefähr bis zur Hüfte reicht. Weil bald Weihnachten ist, sagte sie.

Bei mir ist es dagegen alles andere als durchgestylt. Ich mag Braun, Weiß, Türkis und Gemütlichkeit. Und das sieht man meinem Wohnzimmer an. Besonders ordentlich ist es bei mir auch nicht.

Ich lasse mich auf mein schokoladenfarbenes Sofa fallen und grübele. War das wirklich so eine gute Idee mit Dr. Schiechel? Ich meine: Power-Tiere. Ein bisschen merkwürdig kommt mir das schon alles vor. Und sein Spleen, die ganze Zeit an mir vorbeizuschauen, irritiert mich auch. Andererseits stimmt es wahrscheinlich, dass ich oft zu sehr um Höflichkeit bemüht bin. Und jetzt erst noch einen neuen Therapeuten zu suchen, der Augenkontakt draufhat und etwas diplomatischer ist – dafür habe ich irgendwie im Moment keinen Nerv.

Am besten kann ich grübeln, wenn ich dabei einer möglichst stupiden Beschäftigung nachgehe. So trifft mich Katka eine halbe Stunde später in der Küche an, wo ich am Tisch sitze – über ein schwarzes Handtuch gebeugt, das ich darauf ausgebreitet habe – und meine Haare kritisch beäuge.

»Was tust du denn da?«

»Ich schneide splissige Haare ab.«

»Wieso gehst du denn nicht einfach zum Friseur?«

»Weil viele Haare ungefähr auf Höhe der Ohren schon abbrechen und jeder Friseur dort schneiden würde. Aber ich will keinen Pixie-Cut.«

»Nein, das kommt wirklich nicht infrage«, sagt Katka, die selbst mit einem unverwüstlichen dunklen Wuschelkopf gesegnet ist. »Nach der Trennung die Haare abschneiden. Mehr Klischee geht ja gar nicht.«

»Wahrscheinlich ist das nur ein Klischee geworden, weil alle Frauen nach der Trennung völlig kaputte Haare haben«, sage ich und säbele eine ganze Strähne ab.

»Bei dir liegt es daran, dass du nicht mehr anständig gegessen hast.«

»Wie denn auch, wenn man sich nicht mehr in die Küche traut?«

»Ich hab dir schon vor zwei Monaten gesagt, dass Butterbrezeln keine vollwertige Mahlzeit sind. Aber du wolltest nicht auf mich hören.«

»Das war das einzig Essbare, was der grässliche Bäcker um die Ecke zuwege gebracht hat«, verteidige ich mich geistesabwesend. Weitere blonde Haarspitzen fallen auf das schwarze Handtuch.

Katka schüttelt sich. »Dieses Bad Vilbel ist eine Katastrophe. Sei froh, dass du da nicht mehr wohnen musst. Hier in der Großstadt gibt es richtiges Essen. Aber du bist immer noch so dünn!«

»Du klingst ja wie deine Mutter.«

»Ja und? Solange ich recht habe.«

»Deine Mutter hat auch immer recht. Vielleicht hat sich das vererbt.«

»Das hoffe ich!« Katka streckt sich genüsslich, stellt sich dann an die Arbeitsplatte und beginnt, Knoblauch zu schnippeln. »Wie war es bei deinem neuen Therapeuten?«

»Ich glaube, er ist ein bisschen verrückt.«

»Na, das passt doch.« Katka grinst. »Auf welche Art denn?«

»Er wollte wissen, welche Ähnlichkeiten ich mit einem Pinguin habe.«

»Und was hast du ihm gesagt?«

»Nichts. Was soll ich denn schon mit einem Pinguin gemeinsam haben?«

»Ach komm schon, Greta.« Katka dreht sich mit dem Messer in der Hand zu mir um und zählt an den Fingern ab: »Du brauchst die Gemeinschaft, genau wie Pinguine. Du bist bodenständig, nicht übermütig, eben eher nicht der Typ fürs Fliegen. Genau wie Pinguine. Aber du stehst kalte Zeiten gut durch. Du wünschst dir eine feste Beziehung, in der man sich gemeinsam um das Ei, also das Kind, kümmert, aber abwechselnd zum Fischefangen gehen darf. Du bist sogar so kurzsichtig wie ein Pinguin.«

»Pinguine sind kurzsichtig?«

»An Land, ja. Unter Wasser sehen sie gut.«

»Woher weißt du denn so was?«

»Hab ich mal gelesen, und dann ist es irgendwie hängen geblieben. Dafür kann ich mir meine IBAN immer noch nicht merken.«

»Du findest also wirklich, ich habe Ähnlichkeit mit einem Pinguin?«

»Klar.«

»Wieso ist mir das vorhin nicht eingefallen?«

Katka zuckt mit den Schultern. »Vielleicht fandest du die Aufgabe, die dir der Therapeut gestellt hat, einfach blöd?«

»Touché.« Sie kennt mich zu gut. Wir saßen fast unsere ganze Schulzeit nebeneinander, und sie hat schon damals erlebt, wie stur ich werden kann, wenn eine Textaufgabe vom Kauf von 438 Melonen handelt, die vier Kinder anschließend unter sich aufteilen.

»Ich finde, du brauchst ein Hobby«, sagt sie jetzt.

»Ein Hobby?!« Ich höre wohl nicht recht.

»Ja! Du hast deine ganze Energie in deine Beziehung

gesteckt und so viel Zeit damit verbracht, Erik anzuhimmeln. Das hat sich ja jetzt erübrigt.«

»Darf ich in meiner neu gewonnenen Zeit nicht einfach meine splissigen Haare abschneiden?«, bettele ich.

»Ich meinte etwas, wobei du unter Leute kommst.«

»Fremde Leute?!« Ich bin ein klein wenig schüchtern. Um nicht zu sagen: kontaktgestört. Manchmal kann ich mir gar nicht erklären, wie ich an meine Freunde geraten bin. Wahrscheinlich überwinde ich mich in entscheidenden Momenten dann doch immer, mit jemandem zu reden. Das fordert mich dann aber derart, dass ich mich anschließend nicht mehr daran erinnern kann.

»Fremde Leute, Greta!« Katka grinst diabolisch. »Erst wird niemand mit dir reden, dann werden sich alle über dich lustig machen und zum Schluss werden sie dich allein im Wald aussetzen!«

»Das ist nicht lustig«, murmele ich. Mein Nervenkostüm ist momentan etwas dünn. Ich erkenne zwar, dass mich meine Freundin nur aufzieht, aber darüber lachen kann ich nicht.

Katka hackt Zwiebeln. Wir schweigen eine Weile.

»Warum muss ich überhaupt ein Hobby haben?«, frage ich schließlich. »Du hast doch auch keins.«

»Ich muss mich auch von nichts ablenken.«

»Ich mich auch nicht.«

»Solltest du aber.« Sie holt Tomaten aus dem Kühlschrank und setzt Wasser auf. Als ich nicht widerspreche, redet sie weiter. »Herzchen, du bist traumatisiert. Man muss dich nur ansehen. Deine dunklen Augenringe gehen gar nicht mehr weg.«

»Das täuscht«, rechtfertige ich mich. »Da spiegeln sich nur meine Augen. Deshalb wirken sie blau.«

»Quatsch.« Katka wirft mir einen kritischen Blick zu. »Die meiste Zeit des Tages schaust du drein wie ein angeschossenes Reh. Und wenn du lachst, wirkt es wie ein Spalt in einer Wolkendecke, die sich danach sofort wieder schließt.«

»Was würdest du also vorschlagen?«, frage ich und witzele: »Lachtraining?«

»Warum eigentlich nicht? Wie ich dich kenne, ist dir das lieber als Sport.«

»*Alles* ist mir lieber als Sport.«

»Siehste.«

»Aber das war doch nur ein Scherz von mir. Es gibt doch gar kein Lachtraining.«

»Klar gibt es das«, widerspricht mir Katka, während sie routiniert die Tomaten überbrüht. »Im Sommer ist das immer im Günthersburgpark, da bin ich mal vorbeigejoggt. Jetzt im Winter haben sie sich bestimmt irgendeinen hübschen Raum in der Volkshochschule ausgesucht.«

»Mein Gott!« Ich lasse die Strähne, der ich als Nächstes zu Leibe rücken wollte, durch die Finger gleiten und starre sie an. »Was tun die Leute denn da?«

»Na, lachen!«

»Ist das nicht peinlich?«

»Deine Frage zeigt ja wohl, wie sehr du diesen Kurs brauchst.«

»Orrr.«

»Wie bitte?«

»Nix.«

»Stell dich nicht so an, Greta«, schimpft Katka. »Du kannst diesen Kurs entweder gleich und freiwillig machen, oder ich schenke ihn dir zu Weihnachten. Was schade wäre, denn ich habe eigentlich schon was anderes für dich. Mir ist neulich etwas begegnet, das sich toll in deinem Zimmer machen würde.«

»Aber kein Elch!«

»Kein Elch, du Banausin. Du wirst es lieben.«

»Hm.« Ich überlege. Wenn es in diesem Kurs ums Lachen geht, muss ich mit den anderen Teilnehmern vielleicht gar nicht reden. Ich gehe hin, lache eine halbe Stunde und gehe wieder. Lachen soll ja gesund sein und automatisch die Laune heben. Beide Effekte wären mir gerade herzlich willkommen.

»Okay, vielleicht hast du recht. Aber wenn es blöd ist, gehe ich nur ein einziges Mal hin!«

Katka wirft Fleisch in eine Pfanne. »Meinetwegen.« Das Fleisch fängt an, leise vor sich hin zu brutzeln, und ein köstlicher Geruch breitet sich in der Küche aus.

Prompt knurrt mein Magen. »Was kochst du da eigentlich?«

»Gulasch. Für uns beide. Wie viele Knödel willst du?«

»Einen.«

»Also bekommst du drei«, bestimmt sie und reißt die Packung auf.

»Ich hatte das hier für eine WG gehalten, und jetzt stellt es sich als Mastbetrieb heraus«, frotzele ich.

»Diese WG, Gnädigste, wird sein, was immer Sie benötigen.« Katka macht eine ironische Verbeugung in meine Richtung. »Wenn Sie gemästet werden müssen, übernehmen wir das gern. Wir fungieren aber auch als Schlachtschiff, als feste Burg, als Klamottentauschbörse und als Epizentrum der Albernheit.«

»Danke«, sage ich ernst. »Ehrlich, Katka, ich bin so froh, dass ich bei dir wohnen kann.«

»Hey.« Katka setzt sich neben mich und nimmt meine Hand. »Ich bin auch froh, dass ich ein bisschen auf dich aufpassen kann. Du bist die einzige kleine Schwester, die ich je hatte.«

»Ich bin nur drei Wochen jünger als du.«

»Komm mir nicht mit Logik. Streng genommen bist du ja auch nicht meine Schwester.«

Nach dem Essen zieht sich meine selbsternannte große Schwester zurück, um eine Freundin anzurufen. Das Gulasch und die Knödel in meinem Bauch fordern noch ein wenig Auslauf. Ich ziehe mich warm an, stecke meine Hausschlüssel ein und marschiere los. Der Winter ist früh dran, aber solange ich schnell gehe, ist die Kälte auszuhalten. Katka wohnt hier seit Jahren, daher kenne ich das Viertel natürlich. Aber den Erkundungsspaziergang, wie man ihn nach Umzügen klassischerweise macht, habe ich bisher versäumt. Jetzt bin ich nicht mehr zu Besuch: Ich wohne hier. Höchste Zeit, mal zu schauen, was es hier alles gibt.

In unserer Straße gibt es einen Backshop, den ich links liegen lasse, und eine Bäckerei, die aussieht, als würde sie mehr als Butterbrezeln zustande bringen. Außerdem einen Schuhladen, der mir bisher noch nie aufgefallen ist. Den Supermarkt um die Ecke kenne ich schon, aber das spanische Lokal daneben wäre vielleicht auch mal einen Besuch wert.

Ich stopfe die Enden meines Schals in den Mantel und stapfe in meinen dicken Stiefeln weiter. In der nächsten Bar habe ich mich immer gern mit Katka getroffen. Erik hasste den Laden – der Service sei schlecht, behauptete er immer. Katka vermutet, es liegt daran, dass die Bedienung lesbisch und gegen Eriks Charme immun war. Ich werfe einen Blick durch das Fenster, um zu sehen, ob sie noch hier arbeitet.

Und dann sehe ich ihn.

Erik.

Mit einem Satz habe ich mich außer Sichtweite gebracht. Die Knödel in meinem Bauch dopsen noch etwas nach. Mein Herz rast. Ich keuche erschreckt und hoffe, dass mein Magen keine Rebellion anzettelt. Als ich mich wieder halbwegs beruhigt habe, linse ich wie in einem schlechten Detektivfilm um die Ecke.

Tatsächlich, Erik steht an einem der Tische neben der Bar. Ihm gegenüber lehnt eine Frau, die ich nicht kenne. Sie sieht nett aus und hat ein Glas Rotwein vor sich stehen. Sofort tut sie mir leid. Todsicher hat Erik extra diese Bar ausgesucht, weil die Chance besteht, dass ich ihn hier sehe – mit ihr. Oder um zu demonstrieren, dass er ungefähr weiß, wo ich wohne, und nicht vorhat, mir das Viertel zu überlassen. Eine Frechheit. Schließlich war er derjenige, der unbedingt in Bad Vilbel wohnen wollte.

Erik fuchtelt mit den Händen und redet auf die Frau ein. Das klingt jetzt vielleicht etwas theatralisch, aber tatsächlich ist es sein normaler Doziermodus. Wahrscheinlich referiert er gerade langatmig über Mülltrennung, die politische Situation in Mauretanien oder den Bürokratieabbau im hessischen Landtag. Die Frau kann einem tatsächlich nur leidtun.

Ich ziehe meinen Kopf zurück und mache einen Umweg nach Hause, um nicht mehr an den Fenstern der Bar vorbeizumüssen. Auf dem Weg liegen noch zwei weitere Schuhläden und ein schönes Einrichtungsgeschäft. Immerhin.

Kapitel 2

Am nächsten Morgen hat Katka schon das Haus verlassen, als ich aus meinem Schlafzimmer schlurfe. Wenn in ihrer Firma viel los ist, arbeitet sie immer gern am frühen Morgen, bevor die anderen kommen und sie mit Fragen ablenken. Ich maile ihr, was gestern Abend passiert ist. Beinahe komme ich mir paranoid vor, Erik zu unterstellen, er sei absichtlich in diese Bar gegangen. Aber warum denn auch sonst? Die Stadt ist voller Bars. Diese ist die einzige, von deren Nähe zu Katkas Wohnung er weiß. Und die einzige, die er nie mehr betreten wollte, seit er einmal zehn Minuten auf ein paar Oliven warten musste.

Katkas Antwort kommt prompt und besteht nur aus einem YouTube-Link. Er führt mich zu einer jungen Frau namens Fiva, die skandiert:

»Nimm das Haus und den Wagen, ich hab nix zu verlier'n. Du kannst die Katze behalten, doch die Stadt gehört mir!«

In der Straßenbahn starre ich ins Leere. Wer mich morgens beobachtet, würde mir wirklich niemals einen kreativen Beruf zutrauen. Eher was am Fließband; Nieten in Jeans hauen oder so. Vor zehn Uhr bin ich mental wie ausgeknipst.

Doch wie es aussieht, geht es meinen Kollegen heute kaum anders. Arbeiten sehe ich jedenfalls niemanden, als ich die Werbeagentur betrete. Zwei haben die Füße auf den Schreibtisch gelegt und unterhalten sich, und der Rest hockt mit Post-it-Blöcken unterschiedlicher Farben auf dem Holzboden und beklebt diesen mit den kleinen Zetteln. Dabei wird viel über die richtigen Abstände und die zusätzliche Verwendung von Tesafilm diskutiert.

»Was macht ihr denn da?«, frage ich perplex.

»Ein Twister-Feld!«, jubelt meine Freundin und Kollegin Sarah.

»Ein Twister-Feld?«, echoe ich.

»Ja, du weißt schon. Alle müssen den rechten Fuß auf Blau setzen, und dann die linke Hand auf Rot und so weiter, bis alle völlig verknotet sind und sich gegenseitig zu Fall bringen.«

»Klingt ja super«, sage ich und frage mich automatisch, welche Unterwäsche ich eigentlich trage und ob der Slip wohl hinten aus der Hose rausgucken könnte. Dann erst fällt mir ein, dass dieses Spiel ja eigentlich doch etwas deplatziert ist. »Und warum spielen alle Twister, statt zu arbeiten?«

»Das System ist abgestürzt.«

»Alles?«

»Alles. Wir sind weder online, noch kommen wir in unsere Grafikprogramme. Die Computer haben sich selbst heruntergefahren und fahren nicht wieder hoch«, berichtet Sarah vergnügt. »Es hat irgendwas mit der Anmeldung am Netzwerk oder so zu tun.«

»Die IT-Muggel sind schon dran«, ruft ein Kollege herüber. »Jetzt kommt endlich und spielt mit!«

»Rechte Hand auf Gelb!«, kommt das erste Kommando, und Sarah hüpft begeistert auf das Spielfeld.

Ich stelle meine Tasche ab und ziehe erst mal meinen Mantel und meine Schuhe aus. Die anderen laufen längst strumpfsockig herum.

Zehn Minuten später verharre ich in einer reichlich unbequemen Haltung: Meine Beine stehen über Kreuz, die Hände muss ich weit auseinander aufstützen – und dabei mit verdrehtem Hals versuchen, mein Gesicht von Sarahs Hintern fernzuhalten.

In diesem Moment marschiert unser Chef herein. Mit einer Hand lockert er seine Krawatte, mit der anderen glättet er sein schütteres Haar. Von unserem Netzwerkproblem kann Andreas jedenfalls noch nichts mitbekommen haben, so fassungslos, wie er uns ansieht.

»Was zur Hölle macht ihr denn da?«, fragt er.

»Wir spielen Twister«, informiere ich ihn. »Das Netzwerk ist hin. Wird gerade schon repariert.«

»Twister? Ihr spinnt doch. Wessen Idee war das denn?« Noch ehe er die Frage ganz zu Ende gesprochen hat, fällt sein Blick auf Sarahs vor Eifer gerötetes Gesicht inmitten all der Körperteile, und er winkt ab: »Danke, ich kann's mir schon denken.«

Sarah hat gemeinsam mit mir studiert und schreibt eigentlich Gedichte. Ziemlich abgefahrenes Zeug, toll für Poetry-Slams, aber wenig geeignet als Broterwerb. Deshalb habe ich sie in die Werbeagentur geholt, als wir auf der Suche nach einer Teilzeitkraft waren, die in den Brainstorming-Runden mitschreibt. Wer mit seinen eigenen Gedanken beschäftigt ist, hat für so was keine Kapazität mehr frei – deshalb fanden wir alle die Idee gut, jemand anderer möge das für uns erledigen.

Sarah interpretiert diese Aufgabe allerdings etwas eigenwillig: Sie notiert sich nur einen winzigen Teil der Ideen, und auch den gibt sie oft verkürzt und verdreht wieder. Wir sind also etwa so weit wie zu der Zeit, als niemand mitgeschrieben hat. Dafür haben sie aber alle sehr schnell ins Herz geschlossen. Sie strahlt den ganzen Tag und ist manchmal wie ein Kind. Bevor sie bei uns angefangen hat, wurde hier jedenfalls niemals Twister auf Klebezetteln gespielt.

Andreas betrachtet unser Menschenknäuel kurz und dreht sich dann halb um. »Bumsi!«, ruft er in den Flur.

Sarahs Zwerchfell, das ich inzwischen mit meinem linken Unterarm berühre, zittert ein wenig. Wir anderen sind schon zu lange hier, um noch über den Kosenamen zu lachen, den Andreas seiner Frau und Assistentin gegeben hat. Bestimmt denkt er sich gar nichts dabei. Die zwei sind Mitte fünfzig, seit etwa zweihundert Jahren glücklich miteinander verheiratet und stehen völlig über dem Pennälerhumor, den der Rest der Agentur mit fröhlicher Beharrlichkeit pflegt.

Bumsi kommt mit wehendem Seidenschal aus dem Vorraum angelaufen und rupft sich dabei die Lesebrille herunter, auf dass jene an einer goldenen Brillenschnur vor ihrer mächtigen Brust baumeln möge. Als sie uns entdeckt, lacht sie schallend.

Davon etwas aus dem Konzept gebracht, kann der erste Kollege seine angespannte Position nicht länger halten. Er plumpst auf den Hosenboden, trollt sich ächzend vom Spielfeld und erklärt den Neuankömmlingen die Spielregeln.

»Du willst da doch nicht etwa mitmachen, oder?«, fragt Bumsi ihren Mann besorgt.

»Warum nicht?«

»Andreas, deine Bandscheibenoperation ist erst vier Monate her«, sagt sie sehr streng. Sonst nennt sie ihn nie

Andreas, sondern meistens Schatz – auch wenn sie, für den anrufenden Kunden hörbar, ein Telefongespräch an ihn weitergibt.

»Hm«, grummelt mein Chef, während wir alle weisungsgemäß unsere linken Füße auf rote Felder stellen. Dann hellt sich Andreas' Miene auf.

»Na gut, aber du könntest doch.« Erfreut schaut er seine Frau an.

»Iiiich?«, fragt sie gedehnt und zupft ihr Seidentuch zurecht. Bumsis enger Rock reicht bis zu den Knien. Nicht ganz das richtige Outfit für dieses Spiel.

»Au ja, spielen Sie doch mit!«, ruft Sarah, der das Agentur-Du immer noch suspekt ist. Den Chef und seine Frau duzt sie nicht, obwohl die sich das ausdrücklich wünschen.

Wir haben flache Hierarchien, wie sich das gehört für eine hippe Werbeagentur. Und *hip* schließt in diesem Hause ganz ausdrücklich nicht aus, dass man spießige Waschmittelreklame mit gezeichneten Tieren macht.

»Na gut«, sagt Bumsi plötzlich, schlüpft aus ihren dunkelblauen Pumps und sucht sich eine gute Position auf dem Spielfeld.

Eine halbe Stunde später läuft das Netzwerk immer noch nicht. Aber wir mussten alle bereits das Feld räumen, weil wir entweder auf den Hintern oder auf die Knie gefallen sind. Einer der Grafiker hat es sogar fertiggebracht, auf seinem Gesicht zu landen. Mir war bis zu dem Zeitpunkt nicht klar, dass Hornbrillen verbiegen können.

Gewonnen hat, zu unser aller Überraschung: Bumsi. Andreas strahlt sie so stolz und begeistert an, dass mir seitdem doch ein bisschen das Herz ziept. So sieht das also aus, wenn man eine Ehe über Jahrzehnte hinweg glücklich hinbekommt, anstatt den Karren schon nach einem Jahr gegen die Wand zu fahren.

Nicht dass ich mich da für die Alleinschuldige halten würde. Außerdem macht Erik das ja schon.

Ich hole einen der großen Papierkörbe herbei und stelle ihn neben meinen Bürostuhl. Auf Bumsis Anregung hin räumen wir jetzt nämlich alle unsere Schreibtische auf, und meiner hat es tatsächlich nötig. Ich neige dazu, alles auf zwei große Haufen rechts und links der Tastatur zu schaufeln. In der Mitte ist dann Platz für meine Arme. Mein Kollege Richard, der am Schreibtisch neben mir sitzt, nennt diese Anordnung gerne *am Busen der Kreativität*. Er schafft es immer, für alles Mögliche leicht anstößige Slogans zu erfinden. In seiner letzten Agentur haben sie ihm den Beinamen *Rektal-Richard* verpasst.

Ich sortiere stundenlang umständlich die Notizen und Zeichnungen zu den abgeschlossenen Projekten. Stapel um Stapel schmilzt von meinem Schreibtisch. Und dann erwischt es mich.

Unter den Papieren kommt keine blanke Schreibtischplatte zum Vorschein, sondern ein Foto. Das muss ich hier hingelegt haben, als wir es für die Hochzeitseinladungen ausgesucht hatten. Wir haben uns dann doch für Einladungen ohne Foto entschieden. Ein Beschluss, der nicht ohne einen lautstarken Streit in einer kleinen Bornheimer Papeterie auskam, infolgedessen Erik erst mal für zwei Stunden beleidigt verschwand und mich alleine nach Hause fahren ließ. Ich hatte es gewagt, Einwände gegen seinen Vorschlag zu erheben, von Hand unser Foto und kitschige silberne Engelsflügel auf die Einladungen zu kleben.

Mit dem Bild selbst hatte das allerdings nichts zu tun. Wir sehen unglaublich glücklich aus, wie wir da auf der Terrasse von Freunden sitzen. Im Hintergrund blüht ein zartlilafarbener Strauch, hinter der Kamera, und damit auf dem Foto nicht sichtbar, brutzeln bereits Würste auf dem Grill. Optimale Voraussetzungen also für glückliche Gesichter. Wir sind auf diesem Foto etwa ein Jahr zusammen, und Erik war der aufmerksamste und freundlichste Mann, den ich jemals kennengelernt hatte.

Zumindest so lange, bis ich anfing, ihm gelegentlich zu widersprechen.

Erst als Sarah meinen Stuhl etwas nach hinten zieht und zu sich umdreht, merke ich, dass ich angefangen habe zu weinen. Meine Freundin trägt ihre Daunenjacke und hat meinen Mantel über den Arm gelegt.

»Du starrst jetzt schon seit zehn Minuten auf dieses Bild«, flüstert sie. »Andreas hat gesagt, ich soll mit dir auf einen Kaffee gehen.«

»Ist Glühwein auch erlaubt?«, frage ich und wische mir schnell die Tränen aus dem Gesicht.

»Das hab ich nicht gefragt«, sagt Sarah lachend. »Hier, zieh deinen Mantel an.«

Wir sind die ersten Gäste in der Bar um die Ecke. Sarah bestellt für uns beide und lässt mich ein bisschen erzählen.

»Wie geht es denn Erik jetzt?«, fragt sie nach einer Weile.

»Tja, keine Ahnung. In seinen letzten Mails schien er vor allem wütend zu sein.«

»Das wirkt bestimmt nur so. Bestimmt ist er total traurig.«

»Mag sein. Aber wieso hat er sich das nicht früher überlegt?«

»Ach, du weißt doch, Männer sind manchmal komisch.« Sarah kichert. »Peter sagt ja auch immer, dass er keine Beziehung will, und kommt trotzdem dauernd vorbei.«

»Weil er weiß, dass er bei dir Sex ohne Verpflichtungen bekommt«, sage ich nüchtern. Aber Sarah lacht nur und patscht mir fröhlich auf die Schulter.

»Du bist immer so witzig, Greta!«

»Ich hab das ernst gemeint«, sage ich, muss aber auch lachen.

Sarah steckt ständig in irgendwelchen Affären, die andere Frauen in den Wahnsinn treiben würden. Aber weil sie stets sicher ist, dass der Typ auf jeden Fall eine richtige Beziehung will und nur noch ein wenig Zeit braucht, ist sie dabei völlig entspannt. Wenn die Sache dann gescheitert ist, steht bald darauf der Nächste vor der Tür. Liebeskummer scheint sie nicht zu kennen. Ich würde allerdings auch nicht behaupten, dass die Typen es wert wären.

»Ich mach da gar keinen Druck«, sagt sie fröhlich. »Sonst springt er mir ab. Er ist ja noch ganz frisch getrennt.«

»Tja. Wer ist das nicht?«, murmele ich.

»Lass uns am Samstag ausgehen!«, zwitschert Sarah. »Singles müssen auf den Markt.«

»Ausgehen?« Ich reiße entsetzt die Augen auf. »Ist das etwa das, wo man mit einem immer wärmer werdenden Drink in der Hand in einem überfüllten Klub rumsteht und einander Dreiwortsätze ins Ohr schreit, weil es für alles andere zu laut ist?«

»Ja, genau! Komm schon, das macht Spaß!«

»Das macht überhaupt keinen Spaß«, jammere ich. »Wenn irgendwas gut daran war, mit Erik so weit draußen in Bad Vilbel zu wohnen, dann die Tatsache, dass mich in all den Monaten nie jemand gefragt hat, ob ich ausgehen will.«

»Du bist doch wohl mal mit Erik ausgegangen, oder?«

»Nein. Er trennte sich abends ungern von seinen Unterlagen. Es sei denn, du zählst auswärts essen, weil keine Zeit zum Einkaufen war, dazu.«

»Egal«, beschließt Sarah. »Ausgehen verlernt man nicht!«

»Ich wüsste nicht, was ich daran verlernt haben sollte. Ich konnte das noch nie. Wozu geht man eigentlich in Klubs?«

»Na, wenn du als Single unterwegs bist, dann natürlich um Männer kennenzulernen«, sagt Sarah gut gelaunt.

»Ehrlich? Jede Frau, nur deshalb?«

»Alles andere kann man ja auch unter Frauen machen, wo es eigentlich netter ist und wo man sich besser unterhalten kann.«

»Ist dir das nicht manchmal peinlich? Also, dass die Männer wissen, dass du nur ausgehst, um welche von ihnen kennenzulernen?«

»Nö. Schließlich weiß ich, dass die das umgekehrt auch so machen.«

»Ich dachte, Männer gehen aus, um zu saufen.«

»Stimmt, die Sorte Mann gibt es auch«, räumt Sarah ein. »Das ist das zweite große konkurrierende Konzept. Aber die erkennt man meistens ziemlich schnell.«

»Woran denn?«

»Sie verlassen den Tresen nicht. Die Sorte ist eh oft zu schüchtern, um Frauen anzusprechen. Die Guten findet man auf der Tanzfläche.«

»Oh Gott, tanzen.« Entnervt glotze ich in mein Glas, als mir diese dämliche Freizeitbeschäftigung wieder einfällt.

Ich kann nicht tanzen, und ich fühle mich auch nicht wohl dabei. Deshalb stehe ich ja immer so untätig rum in Klubs. Dann kommen irgendwelche Typen und labern einen mit Sätzen an, die eine Beleidigung für mein Werbetexterherz sind. *Bist du öfter hier?*, zum Beispiel. Mein zweiter Favorit der sterbenslangweiligen Einstiegssätze: *Bist du alleine hier?* Ehrlich, ich kenne keine einzige Frau, die abends alleine ausgeht. Außerdem klingt der Satz immer, als wäre der Mann auf der Suche nach einem weiblichen Opfer, dem er unbemerkt K.-o.-Tropfen in den Gin Tonic kippen kann.

»Ich hole dich am Samstagabend um zehn ab«, erklärt Sarah.

»Um zehn? Da schlafe ich.«

Sarah lacht nur. Ich wage einen letzten Versuch.

»Im Ernst, was soll ich da draußen? Ich bin doch gar nicht auf der Suche nach einem Mann.«

»Das solltest du aber sein. Nichts lenkt so gut vom letzten Mann ab wie der nächste. Außerdem kommst du sonst aus der Übung.«

»Eben hast du noch gesagt, man verlernt das nicht!«

»Das hat nur so lange gestimmt, wie es meiner Argumentation diente«, erklärt sie mir freundlich. »Jetzt gilt das Gegenteil.«

Und das ist der Moment, da ich vor so viel Entschlossenheit kapituliere.

Kapitel 3

Sehen wir den Tatsachen ins Auge: Ich habe meinen Freundinnen nichts entgegenzusetzen, wenn sie auf großer Greta-Rettungsmission sind. Also durchpflüge ich am Wochenende brav das Internet nach dem Lachtraining, zu dem Katka mich erpresst. Sie hatte recht: In den Wintermonaten findet es in der Volkshochschule statt. Bilder von muffigen Räumen mit Fingermalereien an der Wand tauchen vor meinem inneren Auge auf. Der Himmel steh mir bei! Immerhin kann man jederzeit einsteigen, was mich irgendwie überrascht. Andererseits: Was hatte ich eigentlich erwartet – dass es Anfänger und Fortgeschrittene geben würde?

Über ein Formular auf der Website melde ich mich an. Schon am nächsten Samstag soll es losgehen. Sofort frage ich mich, was ich anziehen soll. Und schüttele im gleichen Moment den Kopf über mich selbst. Als ob das wichtig wäre … Vielleicht irgendetwas, das mächtig blöd aussieht, damit die anderen Kursteilnehmer etwas zu lachen haben.

Stolz marschiere ich zu Katka in die Küche. »Du kannst mein Weihnachtsgeschenk kaufen!«, flöte ich ihr entgegen. »Ich habe mich zum Lachtraining angemeldet.«

»Prima!« Katka lächelt. Gleichzeitig kämpft sie mit einem vergilbten Rührgerät, das seine besten Zeiten deutlich hinter sich hat. Es dreht sich mühsam an der Luft, gibt aber im klebrigen Kuchenteig schnell auf. Nach ein paar Versuchen macht es gar keinen Mucks mehr.

»Ist das Ding älter als du?«, frage ich interessiert, während ich den Wasserkocher anschmeiße.

»Nicht auszuschließen. Das habe ich von meiner Großmutter geerbt. Muss damals in Polen die Speerspitze der Technisierung gewesen sein.«

»Auch eine Speerspitze gibt mal den Geist auf.«

»Sieht ganz so aus. Wahrscheinlich ist der Motor hinüber. Haben diese Dinger überhaupt einen Motor?« Seufzend wickelt Katka das Kabel auf.

»Frag mich nicht. Rührgeräte habe ich noch nie beworben.«

Stirnrunzelnd steht Katka vor ihrem Kuchenteig und versucht offenbar, ihn mit strengen Blicken zu rühren. Dann scheint sie einen Geistesblitz zu haben, denn sie hebt auf einmal ruckartig den Kopf.

»Sag mal, Greta, du hast dir doch zur Hochzeit diese maßlos überteuerte Küchenmaschine gewünscht. Wo ist die denn?«

»Brk«, nuschele ich.

»Wo, bitte?«

»Bei Erik.«

»Ist nicht wahr.« Fassungslos schaut sie mich an.

»Doch. Er wollte sie unbedingt behalten.« Ich fixiere meine Fußspitzen.

»Greta, du hast dir dieses Ding seit Jahren gewünscht. Wieso, um alles in der Welt, hast du es ihm überlassen? Er backt doch nicht mal!«

»Er hat einfach besser verhandelt als ich, als es um die Aufteilung der Geschenke ging«, gebe ich kleinlaut zu.

»Verhandelt? Du musstest mit ihm um die verdammte Küchenmaschine verhandeln, die dein Wunsch war?«, tobt Katka. »Warum hast du mich das nicht machen lassen? Ich hätte damit seinen Schädel geöffnet und sein Gehirn umgerührt!«

»Wahrscheinlich kann man das damit tatsächlich machen. Das Ding kann einfach alles!«

Katka haut mit der Faust auf die Arbeitsplatte, dass der Teig in der Schüssel träge ins Wackeln gerät. »Okay«, sagt sie dann und atmet einmal tief durch. »Es ist nur eine Küchenmaschine. Aber würdest du bitte in Zukunft nicht mehr so mit dir umspringen lassen?«

»Das versuche ich«, sage ich betrübt. »Hey, ich habe mich getrennt, was soll ich denn noch tun?«

»Du könntest zum Beispiel das Geld einfordern, das du noch von ihm bekommst.«

»Hab ich gemacht«, merke ich stolz an und beginne, meinen Tee aufzugießen. »Gestern habe ich ihm eine ganz freundliche Mail geschrieben, dass er mir das jetzt bitte überweisen soll.« Ich unterschlage das Geständnis, dass das die erste freundliche Mail seit Wochen war. Eben auch die erste, die ich tagsüber und bei klarem Verstand verfasst habe. Meine erste Therapiestunde hat mir immerhin genug Mut gemacht, dass ich nicht eine Flasche Wein umarmt haben muss, um Eriks Mails zu öffnen und zurückzuschreiben. Ich habe mich für den rauen Ton in letzter Zeit entschuldigt und um einen neuen Anfang gebeten.

»Und, hat er geantwortet?«, fragt Katka, während sie sich die Hände bis zu den Ellbogen wäscht wie ein Chirurg vor der nächsten OP.

»Noch nicht.«

»Sag bitte Bescheid, wenn die Antwort da ist. Das würde mich ja zu sehr interessieren.« Mit diesen Worten greift sie schwungvoll mit beiden Händen in die Teigschüssel und fängt an zu kneten. Meinen amüsierten Blick übersieht sie dabei nicht. »Einmal polnisches Bauernmädchen, immer polnisches Bauernmädchen«, sagt sie und grinst.

Um 21 Uhr ziehe ich mir zu engen schwarzen Hosen irgendein albernes Glitzertop an, das seit Jahren in meinem Schrank herumliegt. Dann male ich mein Gesicht an. Und dann macht mein Handy ein leises *Ping*. Wenige Minuten später heule ich so sehr, dass meine Wimperntusche sich großflächig über beide Wangen verteilt hat.

Erik hat auf meine Mail geantwortet – und zwar genauso wütend wie auf alle anderen.

Darüber, ob dieses Geld dir tatsächlich zusteht, lässt sich streiten, schreibt er. *Du hast mich öffentlich diffamiert und meinen guten Ruf ruiniert. Ich halte mir offen, dich wegen übler Nachrede anzuzeigen. Bevor ich überhaupt darüber nachdenke, dir etwas zu zahlen, verlange ich eine schriftliche Entschuldigung, in der du endlich zugibst, dass du mich betrogen und für einen anderen Mann verlassen hast.*
Weil ich nicht nachtragend bin, wünsche ich dir trotzdem alles Gute und hoffe, dass du deine Fehler eines Tages einsiehst. Es ist nie zu spät, sich zu ändern.

Katka hört mich weinen und schießt in den Raum wie eine Kanonenkugel. Ich halte ihr wortlos das Handy mit der geöffneten Mail hin. Sie liest sie und fängt an zu lachen wie eine Verrückte.

»Greta, Herzchen, deswegen weinst du? Das ist doch lächerlich!«

»Er erpresst mich! Und er lügt! Und er ist ein Heuchler!«

»Das ist wahr.« Sie setzt sich zu mir aufs Sofa und legt den Arm um mich. »Aber er kann dir doch gar nichts. Er wird es zurückzahlen müssen, früher oder später. Um wie viel Geld geht es eigentlich?«

»Fünftausendfünfhundert«, sage ich mutlos.

Katka pfeift durch die Zähne. »Ui, und das nach Steuern. Immerhin ist es keine Bagatelle. Dafür lohnt es sich, vor Gericht zu gehen.«

»Ich will doch nicht vor Gericht!«

»Das will niemand, meine Liebe, und trotzdem passiert es ständig.« Sie wirft noch einen Blick auf die Mail. »Was meint er eigentlich mit *öffentlicher Diffamierung*? Hast du Bad Vilbel mit Nacktfotos von ihm tapeziert?«

»Ich habe keine Ahnung, was er meint. Und was diese Behauptung soll, ich hätte ihn betrogen, weiß ich auch nicht.«

»Och, das kann ich dir erklären«, sagt Katka und lehnt sich entspannt zurück. »Einen Mann wie Erik verlässt eine Frau selbstverständlich nicht einfach so. Da muss sie schon längst in den Fängen eines anderen und von dem einer Gehirnwäsche unterzogen worden sein. Alles andere würde ja bedeuten, dass Erik Fehler gemacht hat.«

»Das ist natürlich ausgeschlossen«, pflichte ich ihr bei. »Ich habe Angst, Katka. Diese Mail ist so gemein, dass ich mich ernstlich frage, was ich von ihm noch alles zu befürchten habe.«

»Das kann ich verstehen.« Meine Freundin schaut mich ernst an. »Aber er weiß nicht mal, wo wir wohnen, Greta. Schau, ich wusste doch immer, dass es einen Grund gab, warum ich ihn nie hierher eingeladen habe.«

»Der Grund war, dass du ihn nicht leiden konntest«, erinnere ich sie und wische an der Wimperntusche auf meinen Wangen herum.

»Richtig. Und nun sehen wir ja, dass ich recht hatte. Ich verstehe immer noch nicht, warum du überhaupt mit ihm zusammen warst.«

»Er setzt sich für Behinderte ein«, sage ich bockig, und Katka lacht.

»Ja und? Bist du behindert? Außerdem darf man behindert doch bestimmt gar nicht mehr sagen.«

»Oh, stimmt. Dazu hätte er jetzt wieder einen ganzen Vortrag gehalten. Also, er setzt sich für Menschen mit Handicaps ein, und das fand ich toll.«

»Und …?« Katka fuchtelt mit der Hand, damit ich weiterrede.

»Und … Hey, wie oft trifft Frau schon einen Mann, der groß, blond, blauäugig und bindungswillig ist? Außerdem hat er diesen lustigen norwegischen Akzent.« Erik ist erst als Teenager nach Deutschland gekommen und kultiviert sein Wikingertum mit Leidenschaft.

»Ein Akzent, von dem wir glücklicherweise viel gehört haben, weil er so gerne redet.«

»Ja, gut«, gebe ich zu. »Reden gehört nun mal zu seinem Job.«

»Politik ist kein Job, sondern eine Berufung!«, zitiert

Katka kichernd einen von Eriks Lieblingssätzen. Dann steht sie auf, zieht mich hinter ihr her ins Badezimmer und reicht mir eine Packung Abschminktücher. »Runter damit. Du fängst einfach von vorne an.«

»Das ist ja zutiefst philosophisch.«

»Ja, nicht wahr?« Lächelnd stellt Katka mein Make-up-Täschchen auf die Ablage.

Als Sarah kurz darauf klingelt, sehe ich wieder einigermaßen menschlich aus. Zum Ausgehen habe ich noch weniger Lust als vorher, aber gegen Sarahs geballte Energie bin ich ohnehin chancenlos. Niedergeschlagen greife ich nach meiner Handtasche.

»Du willst doch keine Tasche mitnehmen, oder? Die stört nur beim Tanzen!«

»Sarah, ich sehe mich eher nicht tanzen.«

»Trotzdem. Lass sie da. Du brauchst nichts außer Geld und deinem Schlüssel, und beides passt in die Hosentaschen.«

»Sonst nichts? Willst du damit sagen, ich müsste meinen Ausweis nicht vorzeigen, um in einen Klub zu kommen?«, flachse ich.

»Wir sind über dreißig, wir haben Krähenfüße zum Vorzeigen«, sagt Sarah lachend.

»Habt viel Spaß, Mädels!« Katka umarmt uns beide und schickt sich an, in ihrem Zimmer zu verschwinden.

»Hey, das ist doch ungerecht«, beschwere ich mich. »Wieso muss ich ausgehen, und Katka, die auch Single ist, darf zu Hause bleiben?«

»Weil ich den Männern abgeschworen habe«, sagt Katka hoheitsvoll.

»Außerdem ist sie gegen meine Überredungskünste immun«, fügt Sarah hinzu.

»Aha«, murmele ich und nehme mir insgeheim vor, ab morgen gleich an meiner eigenen Immunität zu arbeiten.

Der Club liegt im zweiundzwanzigsten Stock eines Hochhauses und ist noch ziemlich leer, als wir ankommen. Die coolen Leute gehen erst gegen Mitternacht aus, erklärt mir Sarah. Wie um alles in der Welt schaffen die das? Um Mitternacht bin ich meist froh, wenn ich es schaffe, vom Sofa aufzustehen, um mich ins Bett zu schleppen. Mich so lange nach Sonnenuntergang aufzustrapsen und bei Temperaturen um den Gefrierpunkt in einen Club zu fahren, wo es nicht mal eine gemütliche Sitzgelegenheit gibt, scheint mir ein Ding der Unmöglichkeit zu sein. Früher, ja, da ging das mal. Aber da war mein Schlafrhythmus auch noch aufs Studium ausgerichtet und nicht auf eine Erwerbstätigkeit zu klassischen Bürozeiten, in denen ich auch noch Ideen gebären soll. Die Kreativität versteckt sich gerne ganz weit im Hinterkopf, wenn man verkatert und übernächtigt ist.

Wir geben unsere Jacken an der Garderobe ab und stellen uns an die Bar. Die Musik klingt genauso seelenlos und technisch wie der Wolkenkratzer, in dem wir uns befinden. Ein Wummern, ein Scheppern und ein paar Beats.

Was mache ich eigentlich hier? Ich fühle mich ungefähr fünfhundert Jahre älter als Gott. Dabei sehen die Männer rechts und links von uns an der Bar auch nicht mehr ganz frisch aus.

»Danke, dass du mich nicht in so einen Jungspund-

Laden geschleift hast!«, brülle ich Sarah ins Ohr und überlege dabei, in welchem Alter man sich eigentlich eine Grabstätte kaufen sollte.

»Ach, das machen wir beim nächsten Mal!«, ruft Sarah. »Und dann wetten wir, wer als Erste einen Achtzehnjährigen abschleppt!«

Ich lache und bete insgeheim, dass meine Freundin das nur als Witz gemeint hat. Sicher bin ich mir da allerdings ehrlich gesagt nicht.

Wir bestellen Bier, weil die Alternativen für Damen hier offenbar Cosmopolitan und Manhattan heißen. Das ordern jedenfalls die anderen Frauen an der Bar, die kleine Handtäschchen in ihre Achselhöhlen geklemmt haben und in deren Verein ich gerade überhaupt nicht eintreten möchte.

Sarah und ich schreien uns noch gelegentlich etwas ins Ohr, aber es ist nicht einfach, bei dem Lärm eine Unterhaltung aufrechtzuerhalten. Ich lasse den Blick durch den Club schweifen.

Die meisten Gäste stehen einfach nur rum, nippen an ihrem Getränk und schauen in der Gegend herum. Die Tanzfläche ist noch leer, aber einige sind schon ins Wippen geraten. Vor allem die Frauen, deren Fertigkeit, dabei weder ihre Handtasche fallen zu lassen noch ihren Drink auszukippen, mir Bewunderung abnötigt.

Es ist ziemlich dunkel hier drin, was die Wahrscheinlichkeit, sein Gegenüber attraktiv zu finden, sicher dramatisch erhöht. Über die Tanzfläche hüpfen ein paar bunte Spotlights, das DJ-Pult und die Bar werden durch indirekte Beleuchtung unter den Tischplatten erhellt. Die Dunkelheit soll wohl dafür sorgen, dass man gut von oben auf Frankfurt hinabsehen kann.

Ich könnte theoretisch zum Fenster gehen und das mal testen, aber erstens bin ich nicht hundertprozentig schwindelfrei und zweitens würde ich dann meinen Platz an der Bar verlieren, der mir eine viel bessere Aussicht bietet: auf die Menschen, die hier öfter zu sein scheinen und trotzdem kein bisschen so wirken, als hätten sie Spaß. Wahrscheinlich ist Spaß out, und nur ich habe das mal wieder nicht mitgekriegt.

»Lass uns tanzen!«, ruft Sarah.

»Och nee. Geh ruhig. Ich bleib hier und schau dir zu.«

»Echt? Ist das okay für dich?«

»Ja, klar. Viel Spaß.«

»Danke!« Sarah stellt ihre leere Bierflasche beiseite, stößt sich schwungvoll vom Tresen ab, geht ganz alleine auf die Tanzfläche und fängt sofort an zu tanzen. Das sieht echt gut aus bei ihr. So gut, dass es die Wippenden ermutigt, sich vom Rand aus ebenfalls ein paar Schritte vorzuwagen. Bald kann ich Sarah kaum noch erkennen hinter den Rücken, Brüsten und Armen, die zwischen uns hin und her wogen.

Ich beobachte die Tanzenden und mache mich darauf gefasst, dass nun der etwas langweilige Teil des Abends beginnt.

Aber da habe ich mich getäuscht.

Er wird noch viel langweiliger als erwartet.

Das ist das Verdienst von Benedikt, der mir erst seine Schulter ins Gesicht rammt, als er sich über die Bar lehnt, sich mir dann ungefragt vorstellt, meinen Namen wissen will und fortan völlig ignoriert, dass man in diesem Club keine Unterhaltung führen kann. Benedikt ist nämlich, wie ich bereits nach zwei Sätzen erfahren darf, Vegetarier und in diesem Punkt ziemlich militant. Außerdem scheint er eine Art Missionierungsquote zu haben, die er noch an diesem Wochenende zu erfüllen beabsichtigt.

»Weißt du, ich fühle mich so viel besser als früher«, schreit er in mein Ohr. »Mein Körper muss jetzt die ganzen Giftstoffe aus dem Fleisch nicht mehr abbauen.«

»Das freut mich sehr für dich«, sage ich und werfe dem Barkeeper einen hilfesuchenden Blick zu. Er versteht ihn allerdings als Getränkebestellung.

»Noch ein Bier?«, fragt er.

»Nee, bitte auch einen von diesen albernen rosa Cocktails.«

»Cosmo oder Manhattan?« Er lacht nicht mal. Drinks sind eine ernste Angelegenheit an dieser Theke.

Ich werfe einen Blick zu Benedikt, der ungeduldig darauf wartet, dass er unser einseitiges Gespräch endlich fortsetzen darf, und treffe eine Entscheidung.

»Was mehr knallt«, sage ich und halte nur eine Minute später etwas in der Hand, das beim Trinken bis in meine Stirnhöhle hinauf brennt. Entspannt spüre ich dem leichten Schmerz hinterher, während Benedikt vor sich hin monologisiert. So könnte ich Stunden verbringen. Aber dann soll ich plötzlich auch was dazu sagen.

»Wie viel Fleisch isst'n du so?«, will Benedikt wissen.

»Keine Ahnung«, sage ich genervt. »Ich führe kein Tagebuch.«

»So dreimal in der Woche doch bestimmt?«

»Kann sein.«

»Hast du es mal mit Tofu versucht?«

Ratzfatz ist mein Drink leer. Ab jetzt bestelle ich, indem ich einfach nur noch auf das leere Glas deute. Und das nicht nur einmal.

»Kannst du mir einen guten Grund nennen, warum du Fleisch isst?«, fragt Benedikt nach meinem dritten Manhattan. Die besseren Fragen aus seinem Katalog hat er offenbar schon durch. Aber jetzt reicht es mir endgültig.

»Weißt du«, sage ich und stelle mein Glas ab. »Mir fehlt einfach der innere moralische Kompass.«

Damit lasse ich ihn stehen und gehe auf die Tanzfläche. Eigentlich wollte ich Sarah suchen und ihr sagen, dass ich nach Hause gehe, aber wenn ich schon mal hier bin … So schlecht ist die Musik gerade gar nicht mehr. Außerdem kann ich total gut tanzen. Sonst nicht so, das weiß ich natürlich, aber jetzt im Moment bewege ich mich absolut lässig und grazil. Ich schwinge die Hüften und wirbele die Arme durch die Luft, bis jemandem hinter mir die Brille herunterfällt und er wütend behauptet, ich habe sie ihm von der Nase gestoßen. Danach behalte ich meine Arme bei mir. Das macht aber gar nicht so viel Spaß, deshalb gehe ich noch einen Manhattan trinken.

Sarah knutscht gerade mit einem Typen im karierten Hemd. Ein kariertes Hemd, dabei hat sie nur ein einziges Bier getrunken. Unfassbar!

Fröhlich wandere ich zwischen Tanzfläche und Bar hin und her. So lange, bis ich nicht mehr wandern kann. Sarah und das karierte Hemd bugsieren mich erst in den Aufzug und dann in ein Taxi, dessen Fahrer ich auf dem kurzen Weg ins Ostend in groben Zügen meine Lebensgeschichte erzähle. Ich bin sicher, sie interessiert ihn brennend.

»Na dann, Meedsche«, sagt er, als ich aussteige. »Fall ned hin.«

Keine Ahnung, was er damit meint. Schließlich bin ich immer noch so ungemein leichtfüßig wie vorhin auf der Tanzfläche. Den Schlüssel aus der Hosentasche zu fieseln, dauert etwas länger. Aber die Hose ist eben sehr eng.

Das Schlüsselloch übrigens auch.

Kapitel 4

Köstlicher Kaffeeduft weckt mich am nächsten Tag. Langsam öffne ich die Augen. Katka sitzt auf der Bettkante und hält mir eine Tasse dampfenden Kaffee unter die Nase. Ein greller Sonnenstrahl fällt an der Jalousie vorbei ins Zimmer herein.

»Hallo, Schnapsdrossel«, sagt sie mitleidslos. »Weißt du, welcher Tag ist?«

»Sonntag, hoffe ich«, brummele ich und greife nach der Tasse wie eine Verdurstende.

»Hmm. Und was haben wir heute vor?«

»Oje.«

»Genauer?«

Ächzend hebe ich meinen riesengroßen Schädel, um trinken zu können. »Wir sind bei deinen Eltern zum Essen eingeladen. Wann noch mal?«

Katka wirft einen Blick auf die Uhr. »In anderthalb Stunden.«

»Dann sollte ich wohl aufstehen, was?«, sage ich souverän und versuche, die Augen offen zu halten. Vor allem das linke klappt immer wieder wie von selbst zu. Das macht mir Sorgen. »Meinst du, ich hatte einen Schlaganfall?«

»Nein. Ich wüsste jedenfalls nicht, dass es einen Cocktail gibt, der so heißt.«

»Ha, ha.«

»Komm schon. Ab unter die Dusche. Ich würde dir ja eine Badewanne einlassen, aber ich hätte Angst, dass du einschläfst und ertrinkst.«

»Zu Recht, fürchte ich.«

Nach dem Kaffee und der heißen Dusche fühle ich mich eigentlich wieder ganz fit. Außerdem freue ich mich auf Katkas Eltern, die ich länger nicht gesehen habe. Ich war schon früher nach der Schule viel lieber bei Katka als alleine zu Hause. Es gab ulkige Sachen zu essen, und beim Kochen sang Mila polnische Volkslieder, deren zahlreiche Konsonanten sie länger ziehen konnte als andere Menschen Vokale. Meine eigenen Eltern arbeiteten oft bis zum späten Abend und zogen nach Bochum, als ich mein Abitur hatte. Unser Verhältnis ist gut, aber nicht sehr eng.

Mila umarmt mich an der Wohnungstür, als wäre ich drei Jahre verschollen gewesen.

»Du armes Kind! Wirst du dich jetzt scheiden lassen?«, ruft sie.

»Noch nicht gleich«, gurgele ich, weil sie mir fast die Luft abdrückt.

»Wir hatten gehofft, vorher etwas zu essen zu bekommen«, sagt Katka und küsst ihren Vater auf die Wange.

»Dabei müsst ihr aber alles erzählen!«, befiehlt Mila.

»Versprochen.« Ich umarme Pavel und lasse mich in der gemütlichen Küche auf die Eckbank fallen. Katka setzt sich neben mich.

»Es gibt Sauerbraten.« Mila hat schon während unseres Studiums die komplette polnische Küche auf dem höchsten Level durchgespielt. Deshalb ist sie anschließend zu regionalen Herausforderungen übergegangen.

Sie ist die einzige Person in meinem Bekanntenkreis, die jemals Handkäse selbst mariniert hat.

Beim Essen erzählen Katka und ich von meinem Auszug. Mila und Pavel sind sich einig, dass Erik mich gar nicht verdient hat. Zumindest kommt Pavel nicht zu Wort, um das Gegenteil anmerken zu können, falls er das denn wollte. Mila hat sich in Rage geredet.

»Dieser Norweger muss verrückt sein. Wie kann man seine Frau nur so kurz nach der Hochzeit vertreiben?«

»Mama, sag bitte nicht immer ›dieser Norweger‹«, beschwert sich Katka. »Ich möchte auch nicht ›diese Polin‹ genannt werden.«

»Ach nein? Ich schon!« Wutentbrannt lehnt Mila sich zurück und verschränkt die Arme über ihrem Busen.

Pavel zwinkert mir zu. »Wir haben übrigens etwas für dich«, sagt er. »Eine Art vorgezogenes Weihnachtsgeschenk.«

»Das hätte ich ja fast vergessen!« Mila läuft aus der Küche und kehrt kurz darauf mit einer großen Tüte zurück. »Ich habe so eines für meine Tante gekauft und dachte, dass das auch für unsere Greta genau das Richtige ist.«

Jetzt bin ich aber gespannt. Was könnte ich wohl ebenso gut brauchen wie Milas knapp neunzigjährige Tante? Ich greife in die Tüte und ziehe eine Pappschachtel heraus, auf der eine Frau abgebildet ist, die sich wohlig in ein Bett kuschelt. *Elektrisches Wärmeunterbett*, steht daneben. Erwartungsvoll wartet Mila auf meine Reaktion.

»Das legst du unter dein Spannbettlaken, schaltest es abends ein, und sofort ist das Bett warm«, erläutert Pavel.

Katka platzt fast vor Vergnügen. »Und das«, gluckst sie zwischen zwei Lachsalven, »obwohl ich ihnen noch gar nicht erzählt habe, dass du in Skiklamotten schläfst!«

»Es ist nur ein Jogginganzug«, rechtfertige ich mich, muss aber auch lachen. »Vielen Dank, ihr zwei! Nachts fehlt Erik mir tatsächlich am meisten.«

»Am meisten? Wann denn sonst noch?«, fragt Mila betroffen.

Ich denke nach. Während der Arbeit fehlt mir Erik natürlich nicht. Abends eigentlich auch nicht, da hatte er ja ohnehin wenig Zeit für mich. Morgens sowieso nicht, da habe ich gern meine Ruhe. Und am Wochenende? Das ist jetzt gerade, und es geht mir ausgezeichnet ohne ihn.

»Er fehlt mir nur nachts«, verbessere ich mich. »Und eigentlich auch nur, weil mir kalt ist.«

»Das ist jetzt vorbei«, bemerkt Mila froh und deutet auf das Geschenk.

»Perfekt. Dann kann mir der Winter ja jetzt nichts mehr anhaben.«

»Was wünschst du dir eigentlich zu Weihnachten, Kind?«, wendet sich Mila an ihre Tochter.

»Das sind noch anderthalb Monate!«, protestiert Katka, und ich muss an den grünen Elch in unserem Flur denken.

»Du weißt doch auch schon, was du mir schenkst«, werfe ich ein.

»Siehst du. Alle anderen Geschenke habe ich schon«, sagt Mila.

»Ich weiß es nicht. Überrascht mich doch einfach.«

»Beim letzten Mal, als du das gesagt hast, war dir der Strickpulli dann auch nicht recht.«

Katka schließt kurz die Augen, als ob es sie gruselte. »Okay, ich nehm's zurück. Tut bitte nichts Unüberlegtes. Ich denk mir was aus.«

»Vielleicht sollte ich dir mal ein richtiges Kochtopfset schenken. Ihr Mädchen seid immer noch so dünn«, sagt Mila besorgt. Es ist ihr großer Kummer, dass wir keine kräftigen Frauen mit breiten Schultern geworden sind. Zur Kommunionszeit gab sie Katka jeden Sonntag ein Wurstbrot mit in die Kirche. Leider traute Katka sich nie, es während der Predigt auszuwickeln und hineinzubeißen. Ich hätte so gern das Gesicht des Pfarrers gesehen. Wir teilten uns das Wurstbrot immer auf dem Rückweg, weil es unverzeihlich gewesen wäre, es wieder mit nach Hause zu bringen. Ich hätte diesem Benedikt erzählen sollen, dass man bei einer solchen Kindheit unmöglich Vegetarier werden kann.

Am Abend stelle ich mich endlich der Frage, was ich auf Eriks Mail antworten soll. Am liebsten würde ich mich totstellen und gar nicht mehr melden. Aber dann kann ich das Geld, das ich noch von ihm bekomme, abschreiben. Und das kann ich mir nicht leisten, weil auf meinem Konto seit der Hochzeit absolute Ebbe herrscht. Erik hat es irgendwie geschafft, mich fast alles organisieren und auch bezahlen zu lassen, indem er immer etwas Wichtigeres zu tun hatte. Wer die Einladungskarten abholt, bezahlt sie. Wer an die Reservierungsfrist denkt, bezahlt den Vorschuss fürs Restaurant. Wer den Organisten engagiert, bezahlt ihn. Man sollte meinen, dass es sich am Ende ausgleicht. Aber leider war das bei uns nicht der Fall. Himmel, ich habe sogar meinen gottverdammten Brautstrauß selbst bezahlt.

Widerstrebend öffne ich auf dem Handy meine Mails. Als ich gerade auf *Antworten* tippen will, bemerke ich einen kleinen Pfeil. Er zeigt an, dass ich auf die Mail schon eine Antwort verschickt habe.

Das kann doch gar nicht sein.

Im Ordner *Gesendet* finde ich aber doch eine Nachricht von mir. Verschickt gestern Nacht gegen drei Uhr – da muss ich gerade ziemlich beschwipst nach Hause gekommen sein. Auweia. Was habe ich in dem Zustand bloß schon wieder geschrieben?

Wirklich bewundernswert, wie wenig nachtragend du bist, Erik. Daran sieht man eindeutig, dass du der bessere Mensch von uns beiden bist, wie du ja auch während unserer Beziehung nicht müde wurdest zu betonen.
Ich wüsste gern, was du mit öffentlicher Diffamierung meinst … Du wiederum solltest wissen, dass mir dieses Geld zweifelsfrei zusteht und ich nicht zögern werde, einen Anwalt einzuschalten. Deine Mail, in der du mich eindeutig erpresst, wird bei einer öffentlichen Gerichtsverhandlung sicher peinlich für dich sein. Um diesen Imageverlust auszugleichen, müsstest du dich um mehr Behinderte kümmern, als in deinem Wahlkreis überhaupt wohnen.

Argh, ich habe *Behinderte* geschrieben. Und mit dem Anwalt gedroht! Und ich habe mich über ihn lustig gemacht! Erik wird toben vor Wut. Erschrocken lasse ich mich auf mein Sofa sinken. Nie wieder trinke ich Alkohol. Obwohl ich, das muss ich zugeben, ein bisschen beeindruckt bin, wie gut ich angetrunken noch die Tasten treffe.

Jetzt habe ich erst recht Angst vor Eriks nächster Mail. Während ich noch auf mein Handy starre, fängt es an zu vibrieren. Vor Schreck lasse ich es fast fallen. Aber es ist nur meine Mutter, die anruft. Sie meldet sich zuverlässig immer dann telefonisch, wenn es mir eigentlich gerade nicht passt.

»Hallo, Gretchen! Wie geht es dir?«

Gretchen darf wirklich nur meine Mutter sagen. Die hat sich den Namen ja auch ausgedacht.

»Och, es geht ganz gut«, lüge ich. Die Alternative wäre gewesen, ihr zu erzählen, dass die frisch getrennte Tochter erpresst wird, säuft und sich danach nicht mehr unter Kontrolle hat.

»Wirklich? Hast du noch einmal etwas von Erik gehört?«

»Nur eine nicht sehr nette Mail«, gebe ich zu. »Tut mir leid, Mama. Ich weiß, dass du dir eigentlich gewünscht hast, wir würden wieder zusammenkommen.«

Erik himmelte meine Mutter mehr an als mich, und ihr gefiel das. Er war zu ihr auch tatsächlich immer reizend. Aber jetzt schnaubt sie nur vernehmlich.

»Das ist offen gestanden schon eine Weile her.«

»Oh, wirklich?« Das ist mir neu. »Gibt es dafür einen Grund?«

»Erik hat doch immer hier angerufen, nachdem du ihm gesagt hast, dass du ihn verlässt.«

»Und ist dir auf die Nerven gefallen.«

»Anfangs nicht. Er hat eben Hilfe gesucht.«

»Mir wäre es lieber gewesen, er hätte diese Hilfe bei seiner eigenen Mutter gesucht und nicht bei meiner. An manchen Abenden konnte ich dich nicht erreichen, weil er die Leitung blockiert hat«, beschwere ich mich.

»Das tut mir leid, Gretchen. Er kann ziemlich vereinnahmend sein.«

»In der Tat.«

»Jedenfalls hat er erst nur keinen einzigen meiner Ratschläge umgesetzt, wie er das sinkende Schiff vielleicht noch retten könnte. Eine Eheberatung zum Beispiel. Davon wollte er nichts wissen.«

»Komisch, ich bin gar nicht überrascht.«

»Als Nächstes hat er angefangen, mich am Telefon anzuschreien, weil ich ihm nicht in allem beigepflichtet habe.«

»Oh nein. Wieso hast du nicht einfach aufgelegt?«

»Das habe ich einmal getan. Aber dann hat er sofort wieder angerufen und gesagt, die Verbindung sei offenbar gerade unterbrochen worden.« Meine Mutter kichert ein bisschen, wird aber schnell wieder ernst.

»Und deshalb warst du dann mit der Trennung einverstanden?«

»Einverstanden war ich immer, Gretchen. Das war deine Entscheidung. Ich hatte mir nur gewünscht, es wäre alles anders ausgegangen.« Meine Mutter seufzt. »Nein, es gab vor drei Wochen einen Moment, an dem ich ihm gesagt habe, er soll hier nie wieder anrufen.«

»Was ist denn passiert?«

»Er hat sich beklagt, du hättest auch viel zu selten mit ihm geschlafen.«

Mir wird vor Wut schwarz vor den Augen. Aber meine Mutter bleibt ganz ruhig.

»Ich habe ihm gesagt, dass ich nicht der Media Markt bin und du kein DVD-Player, und ich deshalb keine Reklamationen entgegennehme. Ich würde jetzt auflegen.«

Daran, wie sie den Atem ausstößt, merke ich, dass meine Mutter raucht. Das macht sie sonst eigentlich nie, wenn wir telefonieren.

»Daraufhin hat Erik deinen Vater angerufen und sich beklagt, dass ich so hart zu ihm gewesen wäre, obwohl er ja nur die Wahrheit gesagt hätte. Dann hat er unseren Streit Wort für Wort wiederholt.«

»Nein!«, kreische ich ins Handy. »Er hat nicht ernsthaft bei meinen *beiden* Elternteilen die mangelnde Erfüllung meiner ehelichen Pflichten beanstandet, und das im Jahre 2016?«

»Doch, das hat er.« Meine Mutter nimmt einen tiefen Zug von ihrer Zigarette. Ich wünschte, sie würde aufhören zu rauchen, wenn sie wütend ist, und stattdessen auch rumschreien.

»Außerdem *stimmt* es gar nicht!«, blöke ich empört.

»Gretchen, bitte verschon mich«, stöhnt meine Mutter. »Ich weiß dank Erik wirklich mehr über eure Ehe, als ich jemals wissen wollte.«

»So, also durfte er dir seine Sichtweise erzählen, und ich soll es jetzt mit mir selbst ausmachen? Stellst du dir das so vor?«

»Nein«, sagt sie gedehnt. »Also, ehrlich gesagt, wäre es mir am liebsten, aber ich weiß schon, dass das ungerecht wäre.«

»Allerdings!«

»Na gut, dann erzähl es mir eben.« Ich kann hören, wie sie sich eine neue Zigarette ansteckt.

»Vielen Dank«, sage ich beleidigt. »Aber jetzt will ich nicht mehr.«

Wir reden noch kurz über Belangloses, aber das Gespräch erholt sich nicht mehr.

Nachdem wir aufgelegt haben, laufe ich grübelnd in meinem Zimmer auf und ab. Man kann in der Tat nicht behaupten, dass Erik und ich viel Sex gehabt hätten. Abends saß er meistens mit dem Laptop neben mir auf dem Sofa und nickte dabei oft ein. Wenn ich ihn dann weckte, erklärte er nur schlaftrunken, angezogen auf dem Sofa schlafen zu wollen. Ich durfte dann versuchen, seine annähernd zwei Meter Körpergröße hochzuhieven, wenn ich ihn nicht einfach dort liegen lassen wollte. Dass das nicht gerade ein Vorspiel für eine heiße Nacht war, versteht sich von selbst.

Am Wochenende hingegen, wenn morgens endlich mal eine Gelegenheit für Zärtlichkeiten gewesen wäre, wachte ich fast immer alleine im Bett auf. Erik war Frühaufsteher und ging dann gerne schon mal für zwei Stunden spazieren. Wenn er zurückkam, hatte ich meistens gerade geduscht und mich angezogen und wollte etwas unternehmen. Was ich in diesen Momenten auf keinen Fall wollte: zurück ins Bett. Bei aller Liebe.

Ich gehe in den Flur und klopfe an Katkas Tür. Sie liegt unter einer kuscheligen hellblauen Decke auf ihrem jagdgrünen Sofa und schaut irgendeinen Unsinn im Fernsehen an. Als sie meinen Gesichtsausdruck sieht, hebt sie fragend den Kopf.

»Was ist los?«

»Erik und ich hatten durchaus Sex!«, schnaube ich.

Katka grinst, stellt den Ton aus und lüpft kommentarlos eine Ecke der Decke. Ich krabbele zu ihr aufs Sofa und erzähle ihr vom Telefonat mit meiner Mutter. Dabei schweift meine Aufmerksamkeit allerdings immer wieder ab zum Bildschirm, auf dem sich zwei merkwürdig gestrig angezogene Menschen küssen. Sie machen das nicht mit spitzen Lippen, sondern steuern mit bereits geöffneten Mündern aufeinander zu. Es sieht aus wie stummes Anschreien.

»Was, um alles in der Welt, schaust du da eigentlich?«, frage ich, abgestoßen und fasziniert zugleich.

»*Ewige Junggesellen suchen ein Zuhause*«, antwortet Katka fröhlich. »Die meisten wohnen noch bei Mutti, aber du wirst es nicht glauben: Es bewirbt sich wirklich für jedes Ausschussexemplar noch eine Frau bei der Produktionsfirma. Das zeigt nur mal wieder, dass Frauen in Männern Potenziale zu sehen vermögen, die diese gar nicht haben.«

»Wahr gesprochen, weise alte Frau«, ziehe ich sie auf.

»Für dich gilt das ja wohl auch«, sagt Katka ernst. »Du dachtest bei Erik auch immer, dass du ihm seine nervigen Eigenschaften schon noch abgewöhnen würdest.«

»Stimmt«, gebe ich zu. »Stattdessen hat er neue hinzugewonnen.«

In diesem Moment kommt ein anderer Junggeselle ins Bild, der stolz seine Bierdeckelsammlung präsentiert. »Meine Güte. Wie nennt der Sender das Konzept?«, frage ich. »Schrottwichteln?«

»Kuppelshow, meine Liebe.« Katka schaltet entgegenkommenderweise den Ton wieder zu, damit wir die Klassifizierungen des Mannes bezüglich der Untersetzer vernehmen können.

»Ich kann nicht fassen, dass eine so kluge Frau wie du so etwas Dummes anschaut«, sage ich.

»Ja, nicht wahr?«, antwortet sie zufrieden, greift nach links und reicht mir eine halb volle Pralinenpackung herüber.

In unserer zweiten Sitzung verhält Dr. Schiechel sich ähnlich merkwürdig wie beim ersten Mal. Der Pinguin erwartet mich schon auf dem kleinen Couchtisch, als ich den Raum betrete. Er muss ihn also bereits für mich rausgekramt haben. Das finde ich eigentlich sehr nett. Aber ich weiß immer noch nicht, was ich mit dem Pinguin nun anfangen soll.

Ich erzähle Dr. Schiechel von der neuerlichen Mail, die ich nach meinem Barbesuch an Erik geschickt habe.

Er dreht seinen Kugelschreiber in der Hand, immer wieder, und betrachtet dabei den imaginären Fleck an der Wand.

»Wann haben Sie Erik eigentlich zuletzt gesprochen?«, fragt er schließlich unvermittelt.

»Am Tag meines Auszugs.«

»Erzählen Sie mir davon.« Dr. Schiechel zückt seinen Notizblock.

»Was denn genau?«

»Einfach alles.«

Die Möbelpacker hatten geklingelt, als ich gerade meine Bettwäsche in die letzte Kiste quetschte. Auf Pünktlichkeit war ich nicht gefasst gewesen. Ich trug noch den Trainingsanzug, in dem ich geschlafen hatte.

»Das sagt einem ja auch kein Mensch in der Eheberatung. Dass man sich darauf gefasst machen soll, wie sehr man nachts künftig frieren wird«, informiere ich Dr. Schiechel. »Ich glaube, das würde die Scheidungsrate dramatisch senken!«

Mein Therapeut wirft einen Blick auf den Pinguin auf dem Tisch und lächelt fein.

Der Chef der Umzugsleute schüttelte mir so fest die Hand, dass mein Nacken knirschte.

»Solle mer einfach alles mitnehme?«, fragte er jovial.

»Äh, nein. Es ist kompliziert. Nur ich ziehe aus, mein, äh, Mann bleibt hier.« Es fühlte sich nicht gut an, das zu sagen. Aber ich redete mir ein, dass Umzugsleute bestimmt viel ungewöhnlichere Sätze zu hören bekamen. Sätze wie *Hinter der Tapetentür ist unser Sadomaso-Studio, das Andreaskreuz sollten Sie zu zweit tragen* oder *Bitte graben Sie auch die toten Haustiere im Garten aus, die nehmen wir mit* oder *Machen Sie schnell, bevor meine Frau zurückkommt!*.

Immerhin konnte von solcher Eile und Heimlichkeit in meinem Fall keine Rede sein. Erik war selbstverständlich im Haus, um alles zu überwachen. Am Vortag hatte er sogar seinen Bruder gebeten, mir beim Packen zuzusehen. Damit ich nichts mitnahm, was mir nicht gehörte.

»Falls das nun klingt, als hätte ich eine kriminelle Vergangenheit: Ich bin wirklich ein schrecklich braves Mädchen«, beteuere ich Dr. Schiechel. »Zumindest zu brav, um meinen Noch-Ehemann zu bestehlen.«

Zumal ich mich gar nicht hätte entscheiden können, ob ich zuerst die verbeulte alte Wärmflasche, die er als Deko-Objekt empfand, oder zuvor noch die vierzig alten *Spiegel*-Ausgaben hätte erbeuten sollen. Nichts davon wollte ich haben.

Als die starken Männer gerade die ersten Kisten hochhoben, als seien die federleicht, spazierte Katka durch die offene Haustür herein. In der einen Hand hielt sie einen Pappbecher, der intensiv nach Kaffee duftete, in der anderen eine Papiertüte des Cafés, das die besten Croissants weit und breit macht. Beides legte sie auf die Ablage im Flur, um mich zu umarmen.

»Ihr habt ja schon angefangen!«, sagte sie.

»Von *ihr* kann keine Rede sein«, antwortete ich, ohne sie loszulassen. »Ich steh eigentlich nur dumm im Weg rum.«

»Ach ja? Das ist doch super, dann hast du ja Zeit. Ich habe dir nämlich Frühstück mitgebracht.« Katka wies auf ihren Proviant. Meine Knie wurden weich vor Glück.

»Ehrlich, das ist für mich?«

»Natürlich. Ich habe schon gefrühstückt.« Und war joggen, habe geduscht, Zahnseide benutzt und mir ein heißes Röckchen zu schicken Stiefeln angezogen – all das sagte sie aus Rücksicht auf meinen desolaten Zustand nicht. Aber es war bestimmt so. Katka würde nicht mal ihrer eigenen Mutter in einem Trainingsanzug die Tür öffnen.

Ich trottete hinter ihr her in die kleine Küche, ließ mich auf einen Stuhl fallen und futterte das Croissant direkt aus der Tüte. Katka beobachtete mich mitleidig.

»Versprichst du mir, dass du ab morgen wieder regelmäßig isst?«

»Jetzt komm schon«, protestierte ich mit vollem Mund. »Dass ich vier Kilo abgenommen habe, ist der einzige Vorteil an dieser Trennung. Willst du etwa, dass ich geschieden *und* dick bin?«

»Du warst vorher auch nicht dick, du halbe Portion.«

»Selber halbe Portion. Ich erkenne einen Minirock in Größe 36, wenn ich ihn sehe.«

Plötzlich blaffte eine mir allzu bekannte Stimme aus dem Wohnzimmer: »So, und wer sind Sie jetzt schon wieder?«

Ich sprang auf und ging in vermeintlich lässigem Tempo ins Wohnzimmer. Dort stand der ältere der Möbelpacker mit einem Karton in den Händen stocksteif vor meinem hünenhaften Noch-Ehemann und sagte in fragendem Ton: »Ich gehöre … zur Umzugsfirma?«

»So, so«, sagte Erik mit schmalen Augen.

Ich warf ihm einen wütenden Blick zu. »Würdest du den Herrn bitte in Ruhe arbeiten lassen?«

»Ich werde ja wohl noch fragen dürfen, wer sich in meinem Wohnzimmer aufhält.«

»In *unserem* Wohnzimmer!« Allmählich wurde ich sauer. »Ich zahle hier noch Miete!«

»Na, Erik«, sagte Katka plötzlich hinter mir. »Auch schon aufgewacht? Bist du heruntergekommen, um von Greta noch Ablöse für ihre Unterwäsche zu verlangen?«

»Ihre Freundin scheint ja recht konfrontationsfreudig zu sein«, konstatiert Dr. Schiechel.

»Solange ich mit Erik zusammen war, gab sie sich ihm gegenüber freundlich-distanziert«, erkläre ich. »Seit wir getrennt sind, macht sie aus ihrer jahrelangen Abneigung gar keinen Hehl mehr. Sie hält ihn für einen Schwätzer und Heuchler, und beides sind Eigenschaften, die Erik als Politiker wohl ganz gut brauchen kann. Außerdem hat sie ihm übelgenommen, dass er dachte, Frauenparkplätze hießen Frauenparkplätze, weil sie breiter sind als andere. Damit die doofen Weibchen es einfacher haben beim Rangieren.«

Erik selbst war allerdings stets hartnäckig der Überzeugung gewesen, er bedeute Katka viel, sie könne es nur nicht so zeigen.

Kurz vor der Abfahrt schlich ich noch einmal traurig durch den kleinen Garten. Hier wollten wir irgendwann unsere Kinder spielen sehen, Erik und ich. Das war allerdings, bevor er mir sagte, seiner Meinung nach gingen alle Probleme unserer Beziehung auf Charakterfehler meinerseits zurück. Seine permanente Unpünktlichkeit und Unzuverlässigkeit hätten nur deshalb zu Streit geführt, weil mein Selbstbewusstsein zu gering sei, um in aller Ruhe auf ihn zu warten. Und sei er nicht am Ende immer irgendwann noch gekommen? Zwanghaft sei ich auch, sonst hätte mich seine Unordnung nicht gestört. Außerdem hätte er beim Streiten durchaus keine emotionale Erpressung angewendet – ich sei einfach nicht bereit, Rücksicht auf andere Menschen zu nehmen. Er würde mich daher gerne unterstützen, wenn ich eine Therapie machen wolle, um mich zu ändern. Das Schlimmste war, dass ich kurz davor war, mich seiner Meinung anzuschließen.

Als ich den Umzugswagen abfahren hörte, ging ich ums Haus herum. Vor der Tür stand Katka und rauchte.

»Seit wann rauchst du denn?«, fragte ich verwirrt.

»Seit mich jemand in der gemütlichen Küche in ein Gespräch über deine seelische Grausamkeit verwickeln wollte und ich mich für die Kälte entschieden habe. Zur Tarnung habe ich die Zigarette geschnorrt.« Katka zog ihren Schal fester zusammen. Tatsächlich ging bereits ein eisiger Wind für Ende Oktober.

»Bestimmt hast du da was verpasst«, sagte ich.

»Herzchen, ich kenne dich seit der Grundschule. Mir kann keiner mehr was Neues über dich erzählen.«

»Auch wieder wahr.« Ich schloss ein letztes Mal die Haustür auf, um Erik meine Schlüssel zu geben. Er erwartete mich bereits in der Küche mit diesem merkwürdig intensiven Blick, den er in den letzten Wochen häufig draufhatte. Wie ein Sektenguru.

»Du hast dir das alles also gut überlegt«, begann er.

Ich glotzte ihn an. Sollte das ein Witz sein? Die Umzugsleute hatten gerade meine Sachen abgeholt. Dass die Phase des Überlegens bereits abgeschlossen war, verstand sich ja wohl von selbst.

All das sagte ich natürlich nicht. »Äh, ja«, war das Einzige, was mir über die Lippen kam. Immerhin konnte ich hinterherschieben: »Ich hoffe, wir bekommen das, was jetzt noch zu klären ist, einvernehmlich über die Bühne.«

»Das kann ich dir nicht versprechen«, sagte Erik genüsslich mit einer etwas tuckigen Handbewegung.

»Ja. Sollst du auch gar nicht. Ich wollte nur sagen, dass ich mir das wünsche.«

»Das muss ich mir überlegen. Schließlich warst du es, die mich verlassen hat«, bemerkte er mit düsterer Miene und zahlreichen Dackelfalten auf der Stirn. »Du schufst dir deine Strafe selbst!«

»Wie war das?«, unterbricht Dr. Schiechel meine Erzählung.

»Das ist ein Zitat«, erkläre ich. »Wotan sagt das im *Ring des Nibelungen*.«

Die Opernkarten hatten wir zur Hochzeit bekommen,

und ich konnte schon während der Aufführung ein gelegentliches Kichern kaum unterdrücken.

»Ihr Exmann vergleicht sich also mit dem Vater der Götter«, analysiert Dr. Schiechel.

»Zumindest hat er ihm den Spruch geklaut.«

»Wie haben Sie sich dabei gefühlt?«

»Klein. Blöd. Aber ihn fand ich auch blöd.«

»Unser gemeinsames Ziel wird es sein«, sagt er und dreht wieder seinen Stift in der Hand, »dass Sie sich groß und stark fühlen, wenn jemand unverschämt zu Ihnen ist.«

»Das klingt verlockend«, gebe ich zu und denke an all die Parfümerieverkäuferinnen und Taxifahrer, von denen ich mich in den letzten Jahren habe einschüchtern lassen.

»Sehen Sie«, sagt Dr. Schiechel. »Und für heute ist unsere Zeit um.«

Kapitel 5

Am nächsten Tag erreicht mich Eriks Antwort auf meine im Vollsuff verfasste Mail.

> *Du hast unseren Freunden erzählt, ich sei dominant!*, schäumt er. *Du hättest im Streit mit mir keinen Fuß auf den Boden gebracht. Ich hätte dich so lange unter Druck gesetzt, bis du dich entschuldigt hast. Das sind dreckige Lügen! Ich behalte mir vor, dich wegen übler Nachrede anzuzeigen. Die entsprechenden Unterlagen liegen bereits bei meinem Anwalt.*
> *Du hast jahrelang auf meine Kosten gelebt und mich am Schluss betrogen. Ich werde allen die Wahrheit über dich erzählen. Wenn du jetzt alles zugibst und dich schriftlich entschuldigst, kannst du vielleicht wenigstens einige deiner Freundschaften retten.*
> *Ich erwarte ja keinen öffentlichen Kniefall von dir. Aber du musst endlich lernen, zur Wahrheit zu stehen!*

Nervös schließe ich die Mail und blicke mich in der Agentur um. Es kommt mir vor, als müssten jetzt schon alle mit dem Finger auf mich zeigen. Wer solche Mails bekommt, muss doch irgendeine Schuld auf sich geladen haben, oder? Dass ich selbst genau weiß, dass ich nicht gelogen habe, ändert nichts an meinem Schuldgefühl. Kann er mich wirklich verklagen, weil ich mich bei meinen Freunden ausgeheult habe? Das wäre doch komplett irre! Er ist schließlich nicht Tom Cruise, und einen Vertrag über Stillschweigen im Trennungsfall gibt es auch nicht. Er sitzt im hessischen Landtag, Herrgott! Und zwar auf einem der hinteren Plätze. Für sein Privatleben interessiert sich nicht mal die doofste Boulevardzeitung.

Außerdem frage ich mich, wen er mit *unseren Freunden* meint. Mit seinen Freunden habe ich nämlich seit der Trennung keinen Kontakt mehr. Ich wollte ihm ihre emotionale Unterstützung überlassen und sie nicht mit meinem Kummer nerven. Für mich waren meine eigenen Freunde da, und irgendjemand von ihnen hat offenbar mit Erik über meine Trennungsgründe gesprochen. Freunde wie Katka und Sarah.

Freunde wie Anton.

Wir kennen uns seit zehn Jahren, und auch mit Erik hat er sich immer gut verstanden. Anton ist jedoch ganz eindeutig mein Freund. Finde ich.

Ich greife nach meinem Handy und gehe in den leeren Konferenzraum, um in Ruhe telefonieren zu können. Nach zweimaligem Klingeln hebt Anton schon ab. Ich höre das Rauschen der Landstraße im Hintergrund.

»Anton, hier ist Greta. Störe ich?«

»Greta, wie schön! Nein, du störst gar nicht. Ich habe noch eine Viertelstunde Autofahrt vor mir bis zur nächsten Baustelle.«

Anton ist ins Familienunternehmen eingestiegen, das recht groß und erfolgreich im Baugewerbe tätig ist. Weil sein Vater den Jungen nie verwöhnen und bevorzugen wollte, ist Anton die ersten beiden Jahre ausschließlich für den Verleih von Betonpumpen zuständig. Und zwar ganz praktisch: Er fährt von Baustelle zu Baustelle, sieht nach dem Rechten und gibt Tipps, welche Art Pumpe wo die beste Wahl sei. Seit er seinen Frust überwunden hat, dafür so mühevoll BWL studiert zu haben, sieht er es positiv. So viel an der Luft könne ja auch nicht jeder sein, sagte er mir neulich. Es scheint ihm ganz gutzutun: Er trägt jetzt Fünftagebart, und ich habe ihn schon sehr lange nicht mehr in einem der von mir ohnehin misstrauisch beäugten Polohemden gesehen.

»Sag mal«, beginne ich vorsichtig, »hast du Erik in letzter Zeit getroffen?«

»Ja, letzte Woche. Er hatte angerufen und gefragt, ob wir mal einen Kaffee zusammen trinken gehen.«

»Ah«, sage ich, um einen möglichst neutralen Tonfall bemüht, und überlege dabei, ob mich das wütend macht und wenn ja, auf wen.

»Mir fiel in dem Moment kein Grund ein, ihm die Bitte abzuschlagen«, sagt Anton entschuldigend, ehe ich zu einem Schluss kommen kann.

»Nee, sollst du ja auch gar nicht«, sage ich brav. »Ist schon okay.«

»Er hat mich jedenfalls ziemlich ausdauernd gelöchert, um herauszufinden, warum du dich meiner Meinung nach getrennt hast. Er ist der Überzeugung, dass ein anderer Mann dahintersteckt.« Anton lacht ein bisschen, denn meine Bräsigkeit in Sachen Männerfang ist legendär. Es ist nicht so, dass ich Männer nicht mögen würde. Sie fallen mir einfach nur meistens nicht auf.

»Und was für Gründe hast du ihm genannt?«, frage ich gespannt.

»Ihr habt doch einmal so schrecklich gestritten auf meiner Geburtstagsparty. Da konnte ich live und in Farbe miterleben, wie du dich heulend in mein Schlafzimmer verkrochen hast, während er den anderen Gästen gut gelaunt Vorträge über die EU-Politik hielt. Anschließend hast du dich entschuldigt, und er hat dir gesagt, du sähest jetzt so verheult aus, dass du besser nach Hause fahren solltest. Er ist noch geblieben.«

»Ich erinnere mich«, sage ich und ziehe eine Grimasse. Der Streit war daran entbrannt, dass ich den Papiermüll in den Hausmüllcontainer geworfen hatte. Was Mülltrennung angeht, versteht Erik keinen Spaß. In den meisten anderen Punkten allerdings auch nicht.

»Ich habe ihm jedenfalls meinen Eindruck geschildert und ihm klargemacht, dass er in meinen Augen in eurer Beziehung zu dominant war. Und ihm auch gesagt, dass du eure Ehe ja retten wolltest, aber von ihm einfach zu wenig kam außer der Ansage, du dürftest ihn nicht verlassen.«

Schweigend trete ich ans Fenster, blicke auf die Straße und hauche die Fensterscheibe an. Kleine Wölkchen bilden sich und verstecken mich vor der Welt.

»Er hat auf mich übrigens keinen guten Eindruck gemacht«, fährt Anton fort. »Ehrlich gesagt: Ich bin mir nicht sicher, ob er jederzeit ganz bei sich ist.«

»Wie meinst du das?«, frage ich erschrocken.

»Schwierig zu erklären. Er konnte zeitweise offenbar überhaupt nicht aufhören zu reden, und es war ganz offensichtlicher Quatsch dabei. Darüber, was er alles noch hätte tun wollen, damit du bleibst. Dass er nicht noch behauptet hat, er hätte schon ein Einhorn für dich gefangen, war alles.« Ich sehe Antons Grinsen geradezu vor mir.

»Ein tragischer Held«, lästere ich.

»Greta, sei nicht so zynisch«, tadelt mich Anton

freundlich. »Du könntest mich auch mal etwas bemitleiden. Schließlich habe ich mir das alles anhören müssen, weil ich mit dir befreundet bin.«

»Durchaus nicht. Weil du mit mir befreundet bist, musst du dir *mein* Gejammer anhören. Sein Gejammer tust du dir freiwillig an.«

»Nie wieder.« Er seufzt. »Ich habe irgendwann angefangen, im Kopf Lieder zu summen, weil ich es einfach nicht mehr ausgehalten habe.«

»Gute Idee eigentlich«, lobe ich ihn. »Wenn ich da mal früher draufgekommen wäre, könnte meine Ehe womöglich noch heute Bestand haben.«

»Merk es dir für die nächste Ehe«, rät Anton.

»Ach, wohl kaum. Ich bleibe lieber allein. Es ist doch offensichtlich, dass ich nicht zur Ehe tauge«, sage ich und betrachte die Stelle an meinem Finger, wo anderthalb Jahre lang ein schlichter Goldreif saß.

Anton schnaubt nur. »Wir werden sehen. Bei deiner nächsten Hochzeit spiele ich aber keine peinlichen Spiele mehr mit!«

»Keine Sorge, Anton. Ich auch nicht.«

Etwas beruhigt kehre ich kurz darauf an meinen Schreibtisch zurück. Immerhin, Anton will offenbar noch mit mir befreundet sein – auch wenn Erik ihn sich auf seiner Wahlkampftour zum besten Ehemann des Jahres ausführlich vorgenommen zu haben scheint. Bei wem hat er es wohl noch versucht? Ich schaue zu Sarah hinüber, die gerade aufsteht, um in die Kaffeeküche zu gehen, und folge ihr schnell.

Sarah hat gerade auf den Knopf unseres dampfenden Ungetüms von einer Kaffeemaschine gedrückt, als ich eintrete.

»Möchtest du auch einen?«, fragt sie sofort.

»Nein, danke. Eigentlich wollte ich mit dir reden.«

»Oh. Okay.«

»Hast du Erik erzählt, was ich dir über meine Trennungsgründe gesagt habe?«

Sarah schaut mich mit nussbraunen Augen groß an.

»Ja. Er wollte dich so gern verstehen.«

Seufzend lehne ich mich an die Wand und reibe mir mit den Händen übers Gesicht. Das mache ich immer, wenn ich das Gefühl habe, gleich einzuschlafen oder verrückt zu werden.

»War das falsch von mir?«, fragt Sarah besorgt.

»Nein«, beeile ich mich zu sagen. »Aber mach es in Zukunft besser nicht mehr.«

»Er hat mir auch ganz viele Sachen erzählt«, sagt sie. »Ich glaube aber nicht, dass sie stimmen.«

»Was hat er denn erzählt?«, frage ich alarmiert.

Sarah denkt kurz nach. »Du hättest jahrelang auf seine Kosten gelebt, meinte er. Er hätte sich deshalb schon überlegt, wie er es anstellen muss, das Geld nicht zurückzuzahlen, das er dir schuldet.«

»Was hat er sich denn da überlegt?« Allmählich gerate ich in Panik.

»Das weiß ich leider nicht«, gibt Sarah geknickt zu. »Aber er wollte, dass jeder die Wahrheit über dich erfährt. So hat er es immer wieder gesagt. ›Die Wahrheit über Greta‹, und dann hat er mich so komisch angeschaut, als wolle er mich aufspießen.«

»Wieso redest du überhaupt noch mit ihm?«, frage ich nun doch leicht verärgert.

»Weißt du«, sagt Sarah unbeirrbar, »ich glaube, er ist einfach nur traurig.«

Im Flur ruft jemand nach ihr. Sarah nimmt ihre Kaffeetasse und geht. Ich bleibe alleine in der Küche zurück. Es ist erst Nachmittag, aber das Wetter – und meine Stimmung – ist so düster, dass es genauso gut auch schon Nacht sein könnte.

»Traurig«, sage ich zu der blubbernden Maschine. »Ich bin doch auch traurig.«

Dann höre ich, dass mein Name ebenfalls gerufen wird.

»Und wenn der Pausensnack auf einem Eichhörnchen angeritten kommt?«

»Viel zu hoppelig. Vielleicht auf einem Albatros!«

»Hast du schon mal einen Albatros landen sehen?«

»Warum, wie landen die denn?«

»Meistens mit dem Kopf zuerst.«

»Nee, dann ist das nix.«

»Nee, das muss eleganter sein.«

»Ein Fuchs!«

»Das geht nicht, da denken doch schon alle an Waschpulver.«

»Ein Reh!«

»Zu defensiv.«

»Warum muss der Pausensnack überhaupt auf einem Tier reiten?«

»Weil der Kunde das so will.«

»Kann man ihm das nicht ausreden?«

»Haben wir versucht. Zeitverschwendung. Um den Etat bewerben wir uns nie wieder. Aber jetzt müssen wir das Beste draus machen.«

»Kann nicht eine Frau auf dem riesengroßen Pausensnack reiten?«

»Nein, Richard. Kann sie nicht. Andere Ideen?«

»Ein Elefantenbaby!«

»Gute Idee! Die Viecher sind so niedlich, das geht immer.«

»Wenn es nach Niedlichkeit geht, bin ich für ein Eisbärbaby.«

»Das ist sogar noch besser, da denkt man an ein Kühlregal.«

»Und an Coca-Cola.«

»Hm. Mist.«

»Pinguine!«

»Wie soll sich der Pausensnack denn auf einem Pinguin festhalten?«

»An den Ohren!«

»Haben Pinguine überhaupt Ohren?«

»Manche schon, so gelbe, flaumige.«

»Daran kann man sich nicht festhalten.«

Es gibt Brainstormings, da frage ich mich, warum ich nicht auch Betonpumpen verleihen darf.

Am Samstagvormittag schlage ich beim Lachtraining in der Volkshochschule auf und finde recht schnell den richtigen Raum. Das ist ungewöhnlich, denn ich habe den Orientierungssinn eines Mohnbrötchens. Hier aber ist alles so schön ordentlich ausgeschildert und durchnummeriert, dass ich gar keine Zeit für meine Schwellenangst habe.

Plötzlich stehe ich in einem hellen Raum, dessen Mitte ein bereits zu drei Vierteln bevölkerter Stuhlkreis bildet. Eine etwa Fünfzigjährige mit Kurzhaarschnitt und bemüht flott umgelegtem rotem Schal steht auf und stellt sich mir sehr freundlich als Kursleiterin vor. Sie sei die Beate, und ich solle mich am besten neben den Konstantin setzen, der sei auch neu. Ich blicke mich suchend nach einem Konstantin um und lande bei einem jungen Mann, der mich gewinnend anlächelt. Sehr gewinnend. Sehr jung. Und ziemlich gut aussehend. Keine Ahnung, ob ich seinetwegen nervös werde oder wegen Beate. Die wirft jetzt nämlich einen Blick auf die Uhr und klatscht einmal in die Hände.

»Wie schön, dass ihr alle da seid!«, sagt sie dann. »Wir haben zwei neue Gesichter in unserer Runde. Greta, Konstantin, vielleicht stellt ihr euch kurz vor?«

Auch das noch. Vorstellungsrunden sind die Hölle! Betont höflich weise ich auf Konstantin, damit er anfangen möge. Zum Glück tut er mir den Gefallen.

»Ich heiße Konstantin, aber alle nennen mich Kosta«, beginnt er. »Ich bin siebenundzwanzig und Volontär bei der *Frankfurter Rundschau*. Deshalb bin ich auch hier: um einen Artikel zu schreiben. Aber keine Sorge, ich werde keine Namen darin nennen.« Er grinst, und alle strahlen erfreut zurück, als hätte er ihnen gerade eine großartige Versprechung gemacht.

»Ich bin Greta«, stelle ich mich als Nächstes vor. »Ich arbeite als Werbetexterin und wurde von meiner besten Freundin gezwungen, mich hier anzumelden. Sie findet, ich lache zu wenig.«

Ups. War das zu persönlich?

Aber Beate schaut ganz fröhlich drein und sagt: »Richtig erkannt! Wir lachen eigentlich alle zu wenig. Kinder lachen vierhundert Mal am Tag. Und wir Erwachsenen im Durchschnitt nur fünfzehn Mal. Als hätten wir es verlernt.«

Jetzt sagen auch noch die anderen in der Runde ihre

Namen. Jürgen, Petra, Susanne – als ich merke, dass ich die meisten sofort wieder vergesse, stelle ich das Zuhören ein. Wir stellen uns im Kreis auf und strecken uns erst mal. Die Arme nach oben, dann die Finger an die Zehenspitzen. Ich hampele ein bisschen rum, während Kosta neben mir seinen Modelathletenkörper dehnt. Er ist offenbar Stammgast im Fitnessstudio. Das war ich in dem Alter auch. Heute bin ich froh, wenn ich es einmal die Woche zum Joggen schaffe. Und auch darauf habe ich im November keine große Lust.

Als Nächstes sollen wir tief atmen. Durch die Nase ein, durch den Mund aus. Den Rhythmus gibt Beate vor, laut schnaufend, und erst als ich halb erstickt bin und mein Gehirn sich unterversorgt anfühlt, wage ich es, in meinem eigenen Rhythmus zu atmen. Dazwischen schaue ich immer wieder Kosta von der Seite an. Verdammt, ist der Junge niedlich! Es ist schon eine Weile her, dass mir ein Mann zuletzt richtig gut gefallen hat. Um genau zu sein, war es damals Erik, vor viereinhalb Jahren. Schade, dass Kosta sechs Jahre jünger ist als ich. Wahrscheinlich geht er jedes Wochenende wild feiern und hält mich für eine Mumie. Unwillkürlich fange ich an, meine Haare zurechtzuzupfen. Als ich das bemerke, schäme ich mich so, dass ich es sofort wieder bleiben lasse.

»Lacht jetzt einfach los«, fordert uns Beate auf. »Wenn euch gerade nicht zum Lachen zumute ist, macht es trotzdem. Der Körper merkt den Unterschied zwischen echtem und künstlichem Lachen nicht. Ihr werdet sehen, nach einer Weile geht es von alleine.«

Alle anderen lachen sofort los, als hätte hinter unserem Rücken gerade eine famose Clownsnummer stattgefunden. Kosta und ich stehen da und gucken einander ratlos an. Seine Augen sind der Wahnsinn. Hellgrün. Ich spüre eine Wärme in meinem Gesicht aufsteigen, die nichts mit den Atemübungen zu tun hat. Oh nein, ich werde rot!

»Du wirst ja rosa«, bemerkt Kosta milde. So klingt es natürlich schon besser.

»Mir ist das hier ein bisschen peinlich. Ich wäre lieber beim Vasentöpfern für Fortgeschrittene«, scherze ich, während Susanne oder Gabi oder wie sie heißt sich an Jürgens Arm festklammern muss vor Lachen.

Kosta lächelt mich an, und dann lacht er. Über meine Bemerkung, hoffe ich. Vielleicht auch einfach weisungsgemäß. Egal, sein Lachen ist so ansteckend, dass auch ich losprusten muss. Wir lachen einander an, dann die anderen, und dann lacht jeder einfach für sich selbst. Minutenlang geht das so, und als es mir irgendwann doch ein bisschen zu blöd wird und ich aufhören möchte, merke ich, dass ich das gerade gar nicht kann. Die anderen sehen so witzig aus mit ihren weit offenen Mündern, und die ganze Situation ist so absurd, dass ich immer wieder in hysterisches Gekicher ausbreche.

»Richtig lachen! Lass es einfach raus!«, ruft Beate mir zu, und ich befolge ihren Rat, bis meine Bauchmuskeln ziepen. Auch die anderen haben allmählich genug. Es stellt sich Ruhe ein, aber ich grinse noch immer übers ganze Gesicht, weil ich mich so wohl fühle.

Kosta scheint es nicht anders zu gehen. Womöglich freut er sich aber auch einfach schon darauf, sich in seinem Artikel über die komischen Typen vom Lachtraining lustig zu machen, deren Gaumenzäpfchen er jetzt alle gesehen hat.

Wir atmen noch ein bisschen zur Beruhigung, dann ist der Spaß vorbei. Vor der Tür steigt Kosta auf eine Vespa. Sofort werde ich vom Neid gepackt – ohne zu wissen, ob ich nun Kosta um das coole Gefährt oder die Vespa um den Körperkontakt mit dem coolen Kosta beneide.

»Wie war's?«, ruft Katka mir entgegen, als ich zu Hause meine Schuhe ausziehe.

»Gut«, muss ich zugeben. »Vielleicht doch keine schlechte Idee von dir.«

»Wusste ich es doch!« Katka erscheint im Flur, ein Nadelspiel mit einer angefangenen Strickmütze in der Hand. Es ist zum Verzweifeln, die Frau kann einfach alles. Dann sieht sie meinen rosa Teint und zeigt mit dem Finger auf mich: »Du hast jemanden kennengelernt!«

»Quatsch, habe ich gar nicht«, sage ich und flüchte mich in die Küche. Aber Katka ist mir auf den Fersen.

»Greta Elisabeth Hildebrand, lüg mich nicht an!«

»Ich hasse es, wenn du meinen Zweitnamen erwähnst.«

»Deshalb mache ich es ja, du Scherzkeks. Erzähl mir alles!«

»Wir haben uns gestreckt und geatmet und gelacht«, sage ich hoheitsvoll.

»Jaja, schon klar. Erzähl von dem Mann!«

»Es gibt keinen Mann«, sage ich, und ehe sie wieder protestieren kann, füge ich hinzu: »Er ist noch ein Junge. Erst siebenundzwanzig.«

Mit riesigen Augen starrt Katka mich an, bevor sie anfängt, so vorbildlich lauthals zu lachen, dass Beate sie begeistert gelobt hätte.

»Könntest du bitte aufhören?«, flehe ich sie an. »Es ist mir eh schon peinlich!«

Meine Freundin lässt sich auf einen Stuhl fallen, legt ihr Strickzeug auf den Tisch und wischt sich über beide Augen. »Verzeihung«, sagt sie. »Ich konnte ja nicht ahnen, dass du jetzt so ein wildes Weib bist.« Dann fängt sie wieder an zu kichern.

»Er ist viel zu jung für mich. Ich schlag mir das lieber gleich aus dem Kopf.«

»Greta, um Himmels willen! Genieß es doch, dass dir mal wieder jemand gefällt.«

»Ich bin frisch getrennt und sowieso nicht beziehungsfähig.«

»Eben. Also mach dich locker und flirte den Jungen ein bisschen an, wenn es dir Spaß macht. Außerdem ist er mit siebenundzwanzig durchaus alt genug.«

»Aber nicht alt genug, um auf mich zu stehen.«

»Kann sein. Nur: Wo kriegen wir jetzt einen Achtzigjährigen her?«, witzelt Katka und zwinkert mir zu. »Überhaupt siehst du das ganz falsch. Stell dir mal vor, es wäre umgekehrt. Würde ein dreiunddreißigjähriger Mann sich schämen, in eine Siebenundzwanzigjährige verknallt zu sein?«

»Niemals!«

»Na also. Er würde sie angraben und stolz von seinem erfahrungsreichen Leben berichten. Gleiches Recht für alle, Greta!«

»Versuchst du mir im Ernst gerade zu vermitteln, ich könnte etwas für den Feminismus tun, indem ich Kosta anflirte?«

»Gib's zu, ich bin verdammt überzeugend dabei.«

»Nun. Ja.«

Zufrieden lächelnd nimmt Katka ihr Strickzeug wieder auf. Die Mütze wird hellrot und sieht winzig aus.

»Für wen ist die?«, will ich wissen.

»Für das Baby meiner Cousine.« Geduldig führt sie den Faden um ihren Zeigefinger, und das Nadelspiel macht dieses klackende Geräusch, das ich so gemütlich finde. Ich stelle Milch und Kekse auf den Tisch.

»Sag mal, was ist eigentlich mit dir und der Liebe? Es tut mir leid, ich habe dich das sehr lange nicht gefragt, weil ich so mit mir selbst beschäftigt gewesen bin.« Ich schäme mich ein bisschen.

»Wenn es etwas Positives zu vermelden gäbe, hättest du es ja auch mitbekommen«, beruhigt mich Katka.

»Aber wenn es etwas Negatives gibt, will ich es auch erfahren.«

»Ich weiß. Und ich hätte es dir längst erzählt, wenn du nicht wegen Erik so fertig gewesen wärst.«

»Was hättest du mir erzählt?«

Katka wechselt von einer Nadel auf die andere. »Tja. Wenn ich mal ehrlich zu mir selbst bin, bin ich wohl in meinen Chef verschossen.«

»Was!?« Mir fällt fast der Keks aus der Hand. Katkas Chef kenne ich nur von den Fotos auf der Website. Er wirkt nett und scheint nach ihren Erzählungen auch ein guter Chef zu sein. Aber … »Ist der nicht verheiratet?«

»Oh doch, und wie«, sagt sie und seufzt. »Entzückende Frau, zwei kleine Kinder. Sie bauen gerade ein Haus auf dem Land.«

»Spießer! Ich darf das sagen. Ich bin Bad-Vilbel-Veteranin.«

»Ja, ein bisschen spießig ist er wohl schon«, räumt

Katka ein. »Das hat mich allerdings leider nicht davon abgehalten, mich in ihn zu verknallen.«

»Weiß er davon?«

»Nein! Und er darf es auch nie erfahren«, sagt Katka mit ungewohntem Ernst.

»Und er merkt es dir auch nicht an?«

»Ich tue alles, damit er es nicht merkt«, sagt sie ruhig. »Ich bin freundlich, aber ich schäkere nicht mit ihm. Nur manchmal mache ich extra Überstunden, weil es schön ist, alleine mit ihm im Büro zu sein. Obwohl wir weit entfernt voneinander sitzen.«

»Wie schaffst du das nur?«

»Selbstbeherrschung.« Katka wickelt etwas Wolle ab und nimmt den Faden neu auf. »Eigentlich ist es ganz einfach. Ich würde niemals mit einem Mann zusammen sein wollen, der sich auf einen Flirt mit einer Mitarbeiterin einlässt. Und ich will keine Frau sein, die einen Familienvater angräbt, der noch dazu ihr Chef ist.«

»Hm.« Ich schaue meine Freundin lange an, meine kluge, lustige, hübsche Freundin, und verfluche die blöde Liebe, die sich wie ein Trottel dauernd auf den falschen Platz setzt. »Bist du traurig deswegen?«

»Ja, manchmal.«

»Das tut mir so leid.«

»Muss es nicht. Wirklich. Eigentlich bin ich doch in meinen Single-Phasen immer unglücklich in irgendjemanden verliebt. Mein Herz braucht einfach Beschäftigung, sonst rostet es ein. Nicht verknallt zu sein, das kenne ich eigentlich gar nicht.«

»Wie lange geht das jetzt schon?«

»Es ging ganz langsam los. Richtig am Arsch bin ich etwa seit zwei Monaten.«

»Das hast du schön formuliert. Romantisch.«

»Danke.«

»Und jetzt?«

»Jetzt warte ich auf den nächsten Typen, in den ich mich verliebe«, sagt Katka, lässt ihr Nadelspiel sinken und beißt in einen Keks. »Mit etwas Glück ist der weder mein Chef noch verheiratet. Mit noch mehr Glück verliebt er sich auch in mich.«

»Kann ich irgendwas für dich tun?«, frage ich besorgt.

»Ja. Du könntest den Grauburgunder aus dem Kühlschrank holen und öffnen.«

»Das kann ich tatsächlich.«

Die Flasche fühlt sich glatt und kühl an in meiner Hand. Aber ich habe Angst, sie zu öffnen. Es ist ja offensichtlich, dass ich zurzeit keinen Alkohol vertrage. Wenn ich jetzt Wein trinke, schreibe ich dann wieder wütende Mails an Erik? Andererseits möchte ich Katka nicht erzählen, dass ich mich neuerdings in Hulk verwandele, wenn ich getrunken habe.

Ich trinke einfach nur ein Glas. Da wird schon nichts passieren.

Kapitel 6

Als mein Chef am Montag Sarah und mich zu sich ruft, werde ich sofort nervös. Eigentlich rechne ich mit einem Anschiss – auch wenn ich nicht weiß, wofür. Und es fängt auch überhaupt nicht gut an. Wir nehmen vor Andreas' Schreibtisch Platz, der auf Geplänkel verzichtet.

»Sarah, du bist eine grauenvolle Protokollführerin«, eröffnet er das Gespräch.

»Ich weiß«, fällt Sarah ihm schnell ins Wort. »Es tut mir leid! Ich schreibe immer nur das mit, was ich gut finde. Den Rest braucht man doch eigentlich nicht, oder?«

»Jein.« Andreas dreht sachte in seinem Stuhl hin und her. »Ich habe mir deine Protokolle der Brainstorming-Runden angeschaut. Achtzig Prozent deiner Notizen sind vollkommen dämlich.«

Ich beiße mir auf die Lippen. Wahrscheinlich ist mein Kommentar nicht erwünscht, aber warum bin ich dann hier? Weil ich Sarah empfohlen habe? Bestimmt werde ich mitbestraft, wie bei der Mafia.

»Und die anderen zwanzig Prozent?«, fragt Sarah.

»Tja, das ist es eben.« Andreas' Drehsessel kommt zum Stillstand. »Etwa ein Drittel der guten Ideen ist in den Gesprächen überhaupt nie zur Sprache gekommen. Verstehst du das unter einem Protokoll?«

Sarah wirkt verlegen. »Wenn das Brainstorming nicht

so gut verläuft, überlege ich mir eben selbst was«, räumt sie ein. »Und schreibe das einfach auf.«

»Und was genau, Sarah«, sagt Andreas sehr langsam, »hält dich davon ab, deine Ideen im Gespräch vorzuschlagen?«

»Sie haben gesagt, ich soll nur Protokoll schreiben und die anderen ansonsten in Ruhe nachdenken lassen«, verteidigt sie sich.

»Du. Wir sagen hier *du*. Bitte merk dir das doch mal.«

»Entschuldigung. Also, du hast gesa…«

»Ja, ich weiß doch, was ich gesagt habe!« Andreas streicht gestresst über sein schütteres Haar. Er wirkt nicht glücklich über seine Ansage von damals. »Pass auf, Sarah, es ist so: Ein paar deiner Ideen sind wirklich ziemlich genial.«

Sarah beginnt zu lächeln, und auch meine Mundwinkel machen sich selbstständig.

»Ich will, dass du hier mit nachdenkst. Oder nicht nachdenkst, je nachdem, wie dir die besten Ideen kommen.« Andreas beugt sich eifrig nach vorne. »Du bekommst einen neuen Teilzeitvertrag und ein höheres Gehalt. Der Vertrag für dich liegt schon bei Gabriele.« So heißt Bumsi mit bürgerlichem Namen.

»Ja, äh, gerne! Danke!«, sagt Sarah überrascht.

Ich mache Anstalten, mich zu erheben, um zu gehen.

»Halt!«, sagt Andreas an mich gewandt. »Das war noch nicht alles.«

Erschreckt sinke ich auf den Stuhl zurück.

»Greta, es wird allmählich Zeit, dass du für einen großen Etat die Verantwortung übernimmst.« Andreas strahlt mich an. »Ich warte schon eine Weile auf die richtige Gelegenheit, und jetzt ist es so weit! Es ist genau der richtige Auftrag für dich.«

»Cognac?«, witzele ich schwach.

»Viel besser! Eine Süßwaren-Kampagne. Sie wollen ihr Produkt als Nascherei für die ganze Familie positionieren und wünschen sich eine richtig emotionale Werbung. Es soll eigentlich nicht aussehen wie eine Werbung für Karamellbonbons, sondern wie eine Werbung für die Liebe innerhalb einer Familie. Und am Ende eben noch kurz die Karamellbonbons.«

»Liebe. Ich soll Liebe bewerben«, krächze ich. Sarah schaut mich erschrocken an. »Warum genau glaubst du, dass ich da die Richtige bin?«

Andreas räuspert sich. »Okay, ich sag dir, wie es ist. Alle, die mehr Erfahrung haben, sind gerade bis über beide Ohren eingedeckt. Bis auf Rektal-Richard, und dem möchte ich das Projekt nicht anvertrauen.«

»Aha.« Ich kann meinen Schock nur mühsam verbergen. Andreas weiß, dass ich frisch getrennt bin. Offenbar findet er aber auch, ich sollte das nach ein paar Wochen bereits überwunden haben.

»Sarah wird dich dabei unterstützen«, fährt er eilig fort. »Da kann sie gleich etwas von dir lernen.«

»Mhm«, mache ich.

Ein bisschen wackelig verlasse ich das Chefbüro. Sarah holt ihren neuen Vertrag bei Bumsi ab und freut sich. Ich freue mich auch für sie. Aber über meinen ersten richtig großen Etat kann ich mich leider gar nicht freuen. Liebe. Was war das noch gleich?

Grübelnd setze ich mich an meinen Schreibtisch. Ich würde gerne Katka von den Neuigkeiten berichten, traue mich aber nicht, meinen privaten Mailaccount zu öffnen. Denn wie ich gestern feststellen musste, reicht schon ein Glas Weißwein, damit Erik eine wütende Mail von mir erhält. Ich bin der Hulk. Und muss eventuell doch mal mit Dr. Schiechel über unterdrückte Aggressionen sprechen.

Aber für den Moment reiße ich mich am besten einfach zusammen und gehe nach der Arbeit mit Sarah essen, um unser beider Beförderung zu feiern. Dafür ignoriere ich auch, dass mein Konto im Minus ist.

»Was meinst du, welchen Slogan Rektal-Richard für diese Kampagne vorschlagen würde?«, sinniert Sarah, nachdem wir Entenbrust und Muscheln bestellt haben.

»Gute Frage. Wie wär's mit: *Versetzt dein Mann dir öfter Hiebe, versuch's doch mal mit noch mehr Liebe*?«

»Mit Popoliebe.«

»Sarah!« Ich werfe einen schnellen Blick zum Nebentisch, doch glücklicherweise hat uns das ältere Ehepaar nicht zugehört. Zumindest verzieht keiner der beiden eine Miene.

»Aber das ist auch Quatsch!« Sarah zuckt nicht mal mit der Wimper. »Richard hätte bestimmt auf Triebe gereimt. *Dass Frauen junge Männer lieben, verdanken sie nur ihren Trieben*, oder so.«

»Vielleicht hätte er auch irgendeinen knackigen, kurzen Spruch gewählt und nicht so einen lieblichen Reim.«

»*Liebe. Unbezahlbar – und kostet trotzdem nix!*«

»Sehr gut!« Ich nehme einen Schluck von der hausgemachten Limonade. Alkohol kann mir vorerst gestohlen bleiben. »Oder ganz emotional: *Liebe. Das krasseste Gefühl der Welt*.«

»Ja, ungefähr so romantisch habe ich es mir tatsächlich immer vorgestellt, wenn Richard sich verliebt«, sagt Sarah grinsend. »Aber die Frage bleibt: Welchen Slogan wirst du vorschlagen?«

»Das ist ganz einfach. Den weiß ich schon.«

»Ja? Sag!«

»*Liebe. Ruiniert Menschenleben seit zweihunderttausend Jahren.*«

Sarah kichert ein bisschen, wird dann aber wieder ernst. »Es geht dir also noch nicht recht besser, was?«

»Ich weiß es selbst nicht«, antworte ich ehrlich. »Ich kann mir nicht vorstellen, jemals wieder eine Beziehung zu führen. Davon abgesehen fühle ich mich meistens fast normal. Und dann wieder, als hätte ich einen Tsunami überlebt.«

»Hast du Kontakt mit Erik?«

»Wie man's nimmt.« Ich zögere. Soll ich Sarah wirklich von meinen Filmrissen erzählen? Nicht mal Katka weiß das. Andererseits ist Sarah selbst völlig verrückt. Neben ihr wirke ich ziemlich normal. »Weißt du, er schreibt mir Mails, in denen er mir mit allem Möglichen droht. Und ich traue mich nüchtern nicht zurückzuschreiben. Aber wenn ich was getrunken habe, keife ich zurück und verdränge es sofort. Am nächsten Morgen kann ich dann immer nachlesen, wie ich nachts Öl ins Feuer gegossen habe.«

Vorsichtig linse ich zu Sarah rüber. Sie wirkt jedoch völlig unbeeindruckt. »Das ist doch praktisch!«, sagt sie. »Wieso schaust du überhaupt noch nach, was du geschrieben hast? Überlass doch der Aggro-Greta den Kampf.«

»Ich fürchte, Alki-Greta trifft es eher. Jedenfalls halte

ich mich jetzt lieber öfter mal an Limonade. Und wie läuft's bei dir?«

»Peter ist Geschichte«, verkündet Sarah.

»Oha. Was ist passiert?«

»Ach, eigentlich gar nicht so viel. Er hat rumgemeckert, ich wäre ihm zu chaotisch.«

»Und er hat Monate gebraucht, um das zu merken?«, frage ich kichernd. Widersprechen kann ich Peter schlecht. Wenn Sarah gewaschen hat, kippt sie gern den ganzen Klumpen feuchter Kleidung auf den Wäscheständer und verteilt ihn nur noch ein bisschen. Es sei denn, sie braucht ein Kleidungsstück sehr dringend. Frische Unterhosen zum Beispiel. Dann trocknet sie die in der Salatschleuder.

»Siehst du, das wundert mich auch.« Sarah streicht zufrieden über die rosa Tischdecke. »Aber er hat es ziemlich schnell bereut und mir Blumen geschickt. Über Euroflop.«

»Euroflop?«, wiederhole ich lachend. »Ich brech zusammen. Meinst du vielleicht Fleurop?«

»Ach ja, Fleurop«, sagt Sarah und zieht dann die Nase kraus. »Aber in dem Fall doch eher Flop. Ich will ihn nämlich nicht zurück. Wenn ich es recht bedenke, war er mir sowieso zu oberflächlich. Eigentlich hat er sich nur für Fußball und Bier interessiert. Das ist mir echt zu wenig.«

»Eine weise Entscheidung. Und wer ist der Nächste?«

»Der Nächste?« Sarah schaut unschuldig drein und lächelt dem Kellner zu, der gerade unser Essen bringt.

»Der Nächste, der wahrscheinlich bei dir schon in den Startlöchern steht.« Meine Entenbrust duftet famos. Begeistert mache ich mich darüber her.

»Ach ja. Er heißt Max. Woher wusstest du das?«

»Jahrelange Erfahrung. Woher kennst du ihn?«

»Aus dem Fitnessstudio. Mir ist rein zufällig die Hantel runtergefallen, als er vorbeiging.«

»Und er hat sie dir aufgehoben?«, rate ich.

»Nicht direkt.« Sarah fischt ein Stück Knoblauch aus einer Muschelschale. »Sie ist ihm auf den Fuß gefallen. Der Mittelfußknochen war gebrochen.«

»Respekt. Das Flirten hast du echt erfunden.«

»Immerhin hat er mich danach beachtet«, sagt sie und grinst. »Er konnte nicht mehr aufs Laufband, deshalb hat er immer an der Rudermaschine trainiert und mich durch die Glaswand zum Kursraum beim Zumba beobachtet.«

»Du hast entweder unverschämtes Glück, oder du bist beängstigend berechnend.«

»Weder noch«, sagt Sarah fröhlich. »Ich probiere einfach alles aus, und irgendwann klappt etwas davon.«

»Das ist eigentlich toll«, finde ich und meine es ganz ernst. »Das werde ich mir für mein Liebesleben zum Vorbild nehmen.«

»Du willst alles ausprobieren? Wirklich alles?« Sarahs Augen leuchten. Oje, was habe ich da bloß gesagt?

»Um Himmels willen, nicht alles. Aber zumindest das, was mich anzieht.«

Sarah grinst verschmitzt. »Und die, die dich ausziehen.«

»Sollte das jemals wieder jemand tun wollen, nun, da ich eine alte, traumatisierte und fast geschiedene Frau bin: Ja.«

Beim nächsten Lachtraining muss ich feststellen: Es ist tatsächlich gar nicht so einfach, jemanden zu finden, der mich ausziehen möchte. Außer diesem Jürgen, der offenbar nicht abgeneigt wäre, dessen grauer Zopf mich aber massiv abschreckt. Kosta, an dem mich nun wirklich gar nichts abschreckt, hat offenbar beschlossen, aus seinem Artikel eine Langzeitreportage zu machen: Er will nun jeden Samstag kommen und gerne auch danach mit uns allen noch in ein Café gehen, um mehr über uns zu erfahren. Leider bin ich mir sicher, dass er das für seinen Text braucht. Lieber wäre es mir, ich könnte mir einbilden, er wolle vor allem über mich mehr erfahren.

Wir lachen wieder eine halbe Stunde gemeinsam. Diesmal fällt es mir schon leichter: Weil ich mich nach dem letzten Mal so wohl fühlte, ist mir das grundlose Gelächter nicht mehr peinlich. Mein Körper gewinnt die Oberhand und schickt Glückshormone auf die Reise.

Anschließend stellt sich heraus, dass nur Petra und ich Zeit für eine Tasse Tee haben. Die anderen wollen nach Hause zu ihren Familien. Was für eine Familie muss jemand haben, dass er jeden Samstag zum Lachtraining abhaut? Wahrscheinlich eine von der eher ernsten Sorte.

Draußen stürmt und regnet es. Deshalb schaffen wir es nur in das nächstbeste Café, das vollkommen überheizt ist und vor allem von älteren Damen frequentiert wird, die ihre Hüte zum Trocknen auf der Fensterbank drapiert haben. Wir setzen uns an einen kleinen, runden Tisch, sodass mein linkes Knie eigentlich gar nicht anders kann, als das von Kosta zu berühren.

Petra ist Ende vierzig, klein und drall. Sie arbeitet in einem Kurzwarenladen und berät vor allem Kundinnen auf der Suche nach der richtigen Wolle, erzählt sie uns. Kosta wirkt brennend interessiert.

»Gibt es dabei denn nicht so viel zu lachen?«, fragt er.

»Nee. Stricken ist für viele eine ernste Angelegenheit«, seufzt Petra.

»Und bei dir, Greta?« Endlich wendet Kosta seinen hellgrünen Blick in meine Richtung. Ich rühre in meiner heißen Schokolade und versuche, nichts allzu Dummes zu sagen.

»Bei der Arbeit ist es schon oft lustig. Aber ich habe eine Trennung hinter mir und deshalb privat gerade nicht so viel zu lachen«, gebe ich offen zu.

»Oh. Das tut mir leid.« Kosta schaut betroffen, und ich verspüre den plötzlichen Impuls, ihn abzulecken und *Meiner!* zu rufen.

»Woran lag's denn?«, fragt Petra indiskret.

»Kennt ihr den Witz mit dem verschnittenen Anzug?«

Beide schütteln den Kopf.

»Also, ein Mann kommt zum Schneider und lässt sich einen Anzug anfertigen. Aber als er ihn abholt, sitzt der Anzug überhaupt nicht. Der rechte Ärmel ist zu kurz, das rechte Hosenbein zu lang, und das Jackett schief geschnitten.« Ich wickele den Keks aus, der mit meinem Kakao kam, und erzähle dabei weiter. »Der Mann ist wütend und will nicht bezahlen, aber der Schneider sagt: ›Schauen Sie doch, wenn Sie die rechte Schulter hochziehen und sich insgesamt etwas nach links beugen und das rechte Bein nachziehen, passt der Anzug wie angegossen!‹.«

Petra fängt an zu lachen. Offenbar denkt sie, das wäre schon die Pointe gewesen. Ich schaue Kosta in die Augen und fahre fort: »Der Mann lässt sich überreden. Als er dann so über die Straße geht, sagt ein Passant zum anderen: ›Guck mal, der arme Krüppel!‹ Und der andere sagt: ›Ja. Aber einen guten Schneider hat er.‹«

Kosta lacht, aber seine Augen bleiben ernst. Petra hat aufgehört zu lachen.

»Das kenne ich«, sagt sie. »Ich verbiege mich auch immer, bis ich zu den Männern passe. Aber dann passe ich nicht mehr zu mir selbst. Obwohl von außen alles nach Traumpaar aussieht.«

»Was hast du jetzt vor?«, will Kosta wissen. »Willst du den Winter alleine verbringen?«

»Ich habe jetzt ein elektrisches Wärmeunterbett«, trumpfe ich auf. »Ich bin vollkommen autark!«

»Na, dir wird doch noch eine andere Verwendungsmöglichkeit für einen Mann einfallen als die Heizfunktion«, sagt Kosta und zwinkert mir zu.

Hm. Ja, jetzt, da ich ihn so vor mir sehe mit seinem Sonnyboy-Lächeln, würde mir durchaus etwas einfallen. Er hält meinen Blick fest, und wenn Petra nicht just in diesem Moment ihren vollgesogenen Teebeutel auf den Tisch fallen ließe, könnte das ewig so weitergehen.

»Hoppla«, sagt sie kichernd und wischt an der Pfütze mit einer dieser Café-Servietten herum, die überhaupt nichts aufsaugen.

Das war es dann mit unserem Moment.

Kosta zieht ein Taschentuch hervor und hilft beim Säubern der Tischplatte. Und ich beschließe, wenn er hier schon Recherchen für seine Arbeit betreibt, dann kann ich das auch tun.

»Sagt mal«, frage ich nonchalant, »was habt ihr eigentlich schon so alles aus Liebe getan?«

Beide sehen mich etwas verwirrt an, weswegen ich

doch von meinem neuen Auftrag erzählen muss. Aber dann sind sie Feuer und Flamme.

»Ich habe für meine Exfreundin eine Konstruktion gebaut, die Rosenblätter über ihr auskippte, als sie den Raum betreten hat«, erzählt Kosta.

»Wie süß!«, quiekt Petra. »War das deine Idee?«

»Nicht ganz. Sie hatte gesagt, sie wünscht sich, einmal mit Rosen überschüttet zu werden.«

»Aber sie hat bestimmt nicht gedacht, dass du es wirklich machst.«

Kosta schaut auf bescheidene Art heldenmütig drein. Er ist wirklich verdammt niedlich.

»Und du, Petra?«, frage ich.

»Ach, bei mir war das leider überhaupt nicht romantisch.« Petra windet sich. »Es zeigt eher, wie doof Liebe einen macht.«

»Jetzt bin ich aber gespannt!«

Sie verzieht das Gesicht. »Einer meiner Exfreunde hatte eine Firma für Zehenspangen.«

Kosta und ich wechseln einen ratlosen Blick.

»Das sind kleine Spangen, die man auf die Zehennägel klebt oder seitlich an ihnen einhängt, damit die Nägel nicht einwachsen«, erklärt Petra. »Für solchen Kram gibt es eine Messe namens *Fuß*.«

»*Fuß?!*« Kosta lacht schallend.

»Schlicht und doch so ergreifend«, werfe ich ein.

»Auf der Messe brauchte mein Ex jemanden, an dem er das vorführen kann. Das war dann eben ich. Fußmodel für Zehenspangen.«

»Das ist doch mal was für den Lebenslauf«, scherzt Kosta.

»Hat das Spaß gemacht?«, frage ich vorsichtig.

»Nein! Es war öde. Und ich mag Füße nicht besonders. Nicht mal meine eigenen.«

»Jetzt hast du uns aber noch gar nichts verraten«, wendet Kosta sich an mich. »Komm schon, Greta. Was hast du aus Liebe getan?«

»Ich fürchte, ich habe auch mehr Dummheiten als Romantik zu vermelden.«

»Macht nichts, das ist eh interessanter!«

Puh. Wo soll ich anfangen? Die beiden schauen mich erwartungsvoll an.

»Ich habe jemanden geheiratet, obwohl es schon beschissen lief«, bekenne ich.

»Wieso denn das?«

»Na ja, erstens habe ich ihn eben geliebt. Und zweitens dachte ich, es wäre normal, dass man vor der Hochzeit dauernd streitet. Aber danach habe ich festgestellt, dass es noch mehr Streits wurden statt weniger.«

»Was noch? Du sprachst von mehreren Dummheiten.« Kosta ist neugierig.

»Ich habe sehr viel Geld verliehen«, sage ich.

»Und es zurückbekommen?«

»Bisher nicht.«

»Autsch.«

»Ja. Aber das Schlimmste kommt erst noch.«

»Was denn?«

»Ich bin seinetwegen nach Bad Vilbel gezogen.«

»Das ist doch hübsch!«, protestiert Petra.

»Absolut. Fachwerk, Natur und alte Gemäuer, wohin man blickt. Wunderschöner Ort.« Zufrieden trinke ich meine heiße Schokolade aus. »Und todlangweilig, wenn du dort niemanden kennst und dein Mann ständig unterwegs ist.«

Zu Hause erwartet Katka mich schon im Flur. »Du kommst spät! Ihr wart noch etwas trinken!«, kreischt sie.

»Jaha!« Lachend ziehe ich meine tropfnassen Stiefel aus. »Aber es war kein heißes Tête-à-tête, falls du das meinst. Wir waren zu dritt.«

»Och menno.« Katka zieht einen Flunsch. »Hast du ihn trotzdem angeflirtet?«

»Ich hab's versucht!«

»Du hast doch nicht wieder versehentlich merkwürdige Dinge gesagt, oder?«

Manchmal rutschen mir Sätze raus, die man leicht falsch verstehen kann. Oder die ich bereits falsch sage – das trifft es vielleicht besser. Kürzlich erst sagte ich in der Agentur zum Beispiel zu einem Elektriker, der an die unter den Schreibtischen angebrachten Steckdosen wollte und bei meinen Kollegen schon fertig war, den denkwürdigen Satz: »Soll ich Sie auch ranlassen?«

»Ich hoffe, diese Peinlichkeit habe ich uns allen dreien erspart«, ächze ich und wickele mich aus meinem Wollschal.

»Andererseits wäre das vielleicht ganz effizient gewesen als Flirttechnik«, sinniert Katka.

»Klar. Wer würde nicht auf eine Frau stehen, die ihn in einem Oma-Café blamiert?«

»Wenigstens kann man die Typen damit gut auf Humor testen. Übrigens habe ich eine Überraschung. Komm mal mit!« Sie nimmt meine Hand und zieht mich in die Küche. »Und jetzt: Lobe mich!«

Meine Freundin hat die Küche in ein Weihnachtswunderland verwandelt. Auf dem Tisch steht etwas, das bei meinen Eltern wohl ein Adventskranz gewesen wäre.

Das hier würde ich eher eine Installation aus Kerzen von Aquamarinblau bis Moosgrün nennen. Kleine goldene Kugeln leuchten aus den Zweigen hervor. Vor der Fensterscheibe hängen silberglitzernde Sterne.

»Das hast du schön gemacht!«, rufe ich begeistert.

»Ja! Und das ist noch nicht alles.«

Wir gehen zurück in den Flur, wo ich feststelle, dass Katkas Weihnachtshund auf dem Deko-Elch reitet. Der Weihnachtshund ist seit vielen Jahren ein Heiligtum. Wenn man seine Pfote drückt, singt er: *»You know you make me wanna shout: Meee-eeeerry Christmaaa-aas!«* Dabei fliegen seine Ohren im Takt hoch. Wir beide lieben das Vieh heiß und innig. Kein Wunder, dass wir Singles sind.

Katka führt mich in mein Wohnzimmer, wo sie an der Vorhangstange viele kleine Päckchen aufgehängt hat. Da ist viel Platz, denn Vorhänge habe ich noch nicht. Die Päckchen sind rot und grün verpackt und tragen Nummern. Ein Adventskalender. Sie hat mir einen Adventskalender gebastelt.

»Hey, jetzt aber nicht weinen!«, sagt sie und umarmt mich stürmisch, als meine Augen überlaufen. »Du wirst es noch bereuen, gerührt gewesen zu sein. Du weißt ja gar nicht, was drin ist!«

»Kartoffeln?«, kichere ich albern. Meine Stimme kiekst ein bisschen, weil Weinen und Lachen gleichzeitig nicht ganz einfach ist.

»Nicht ganz. Ich fand, du brauchst Trost und Kalorien. Deshalb gibt's mal was Süßes, mal einen weisen Spruch.«

»Das ist so lieb von dir. Danke, Katka.«

»Es trifft die Richtige.« Sie drückt mich noch mal fest,

bevor sie mich loslässt und sich zur Tür dreht. »Jetzt habe ich ein Date mit meinem Fernseher.«

»Am Samstagnachmittag?«

»Es schüttet draußen. Und es läuft *Basic Instinct*.«

»Huch. Ich bin ja selbst nicht stolz auf mein Faible für Kevin-Costner-Filme, aber – *Basic Instinct*? Ist das dein Ernst?«

»Aber hallo. Meinetwegen könnte es auch *Eine verhängnisvolle Affäre* oder *Ein unmoralisches Angebot* oder sonst einer von diesen Neunzigerjahre-Filmen sein. Aus der wunderbaren Zeit, da man noch eine *femme fatale* war, wenn man kein Höschen trug, und nicht einfach verpennt hatte zu waschen.«

»Du trägst keine Unterwäsche?«

»Natürlich trage ich Unterwäsche. Aber ich will ja auch niemanden verführen.«

Ich folge Katka in ihr Zimmer und bleibe im Türrahmen stehen, während sie bei ausgeschaltetem Ton den richtigen Sender sucht. »Apropos, wie läuft's mit deinem Chef?«

»Einigermaßen unverändert.« Katka lässt sich auf ihr Sofa fallen. Im Fernsehen läuft noch Werbung. »Allerdings ist mir die Aufgabe zugefallen, gemeinsam mit ihm die Weihnachtsfeier zu organisieren. Und das wird in etwa so ablaufen: Ich organisiere alles, muss ihn aber wegen jeder Kleinigkeit fragen.«

»Das machst du wahrscheinlich nicht allzu ungern.«

»Stimmt.« Katka schließt kurz die Augen. »Echt, der ist einfach toll. Und er hätte auch schon längst sagen können: Weißt du was, entscheide das doch alles selbst. Aber das will er offensichtlich nicht.«

»Er ist also entweder ein Kontrollfreak, oder er sieht

dich gern vor seinem Schreibtisch stehen«, resümiere ich.

»Genau. Ich weiß nur nicht, was schlimmer wäre.«

»Jeder halbwegs normale Hetero-Mann sieht dich gerne, Katka.«

»Wenn er normal wäre, hätte ich mich wahrscheinlich nicht in ihn verliebt.«

Kapitel 7

Begeistert springe ich am Morgen des 1. Dezember aus dem Bett und hechte zu meinem Adventskalender. Ich packe eine kleine Schachtel aus, in der ein von Katka geschriebener Zettel steckt.

> *Es ist wahr, was die Philosophie sagt, dass das Leben rückwärts verstanden werden muss. Aber darüber vergisst man den andern Satz, dass vorwärts gelebt werden muss.*
>
> *Søren Kierkegaard*

Oha. Da hat sie mir ja richtig was zum Nachdenken beschert. Beschäftige ich mich zu viel mit der Vergangenheit? Lebe ich zu wenig vorwärts? Sollte ich mich doch an Kosta ranschmeißen? Aber wie zur Hölle macht man das eigentlich, ohne sich komplett der Lächerlichkeit preiszugeben?

Aufreißtipps kann ich von Dr. Schiechel wahrscheinlich nicht erwarten. Aber zumindest die ersten beiden Fragen stelle ich ihm, als ich wieder in seiner Praxis sitze. Unseren letzten Termin hatte er ohne nähere Angabe von Gründen kurzfristig abgesagt, und ich war nicht unglücklich darüber: Niemand erzählt seinem Arzt gerne, dass noch überhaupt keine Besserung eingetreten ist.

»Inwieweit beschäftigen Sie sich denn im Alltag mit der Vergangenheit?«, fragt er zurück, während er wie immer die Wand neben meinem Kopf fixiert.

»Na ja, ich denke eben an sie. Ansonsten eigentlich wenig. Ich will das Kapitel gern abschließen. Deshalb habe ich eine Filterregel eingerichtet, damit die Mails von Erik direkt in einem eigenen Ordner landen. Und in den schaue ich nicht mehr rein«, gebe ich zu.

»Und leben Sie Ihrer Meinung nach genug vorwärts?«

»Ich weiß nicht. Ich arbeite. Gestern habe ich Plätzchen gebacken. Samstags gehe ich zum Lachtraining.«

»Ja, aber. Was ist mit Ihren Gedanken?« Dr. Schiechel hebt die Pinguinfigur hoch. »Was hat dieser Pinguin für Pläne und Wünsche für die Zukunft?«

»Ich schätze, er versucht vor allem, sich nicht von einem Seelöwen erwischen zu lassen.«

Mit einem Knall stellt er den Pinguin abrupt wieder auf den kleinen Tisch neben seinem Sessel. Ich zucke leicht zusammen.

»Und das halten Sie nicht für ein bisschen wenig?«, blafft er mich an.

Instinktiv ziehe ich den Kopf ein.

»Doch, schon«, beeile ich mich zu sagen. »Sie haben ja recht.«

Dr. Schiechel löst seinen Blick kurz von der Wand, um mich anzuschauen und missbilligend den Kopf zu schütteln. Dann macht er sich wieder so eine ominöse Notiz. Schnell rede ich weiter.

»Ich würde damit gern an Silvester anfangen«, erkläre ich. »Bilanz ziehen und mir überlegen, wie ich mir die nächsten Jahre vorstelle. Dieses Jahr ist tatsächlich noch der Erholung von der Vergangenheit gewidmet. Und vor Weihnachten komme ich sowieso zu nichts.«

»Wie werden Sie denn die Feiertage verbringen?«

»Wie jedes Jahr, bei meinen Eltern.« Über deren Weihnachtsgeschenke ich noch nicht einmal nachgedacht habe. Mist. »Ich möchte noch mit Ihnen über einen Vorfall in meiner Arbeit sprechen.«

Dr. Schiechel reagiert mal wieder nicht. Das hält mich nicht vom Reden ab.

»Mein Chef hat mir den Auftrag gegeben, ein Konzept zum Thema Liebe zu entwickeln. Um ehrlich zu sein, bin ich gerade nicht in der rechten Verfassung dafür.« Weswegen in der Sache auch noch nichts geschehen ist. Das muss sich bald mal ändern. »Aber ich habe es nicht fertiggebracht, ihm zu sagen, dass ich nicht kann oder nicht will. Oder dass ich es einfach nur für wenig feinfühlig halte, mir das als genau den richtigen Auftrag für mich anzupreisen. Die Gedanken waren in meinem Kopf, aber es kam nichts raus!«

»So, wie Sie auf die Nachrichten Ihres Exmannes nüchtern nicht antworten können?«

»Ja. Ziemlich genau so.« Ich lasse die Schultern hängen.

»Wir haben ja bereits besprochen, dass wir an Ihrer Reaktion auf Unverschämtheiten arbeiten wollen. Es gibt da grundsätzlich zwei Möglichkeiten, Frau Hildebrand. Entweder wir betreiben Ursachenforschung in Ihrer Vergangenheit.«

»Hm. Was ist die Alternative?«

»Oder wir geben Ihnen ein paar Hilfen an die Hand, mit denen Sie das in Zukunft üben. An allen Leuten, die Ihnen blöd kommen.«

»An allen? Auch an Fremden?« Ich bin entsetzt.

»An allen.«

Ich überlege. Die zweite Variante klingt, als würde sie deutlich schneller über die Bühne gehen. Außerdem habe ich keine große Lust, in meiner Kindheit herumzuwühlen.

»Okay. Dann will ich lernen, mich zu wehren.«

»Nächstes Mal. Für heute ist unsere Zeit um«, sagt Dr. Schiechel und erhebt sich.

Eigentlich haben wir noch zehn Minuten, wie ich beim Blick auf die Uhr feststelle. Aber ich sage nichts dazu, sondern nehme artig meinen Mantel und gehe.

Das mit dem Widerspruch muss ich ja erst noch lernen.

Auf jeden Fall wird meine Lektion in Sachen Widerstand zu spät kommen, um mich von der Karamell-Kampagne zu erlösen. Also muss ich mir allmählich tatsächlich Gedanken machen, wie ich Liebe und Zucker unter die Leute bringe. Bevor ich in dieses tiefe Loch aus Kummer und Zynismus gefallen bin, wäre das wahrscheinlich gar kein Problem für mich gewesen, denn ich habe ein zärtliches Verhältnis zu Karamell.

Meiner Meinung nach ist Karamell der einzige konkrete Gottesbeweis. Alleine wie es sich anfühlt, auf so einem Karamellbonbon herumzukauen! Der ganze Kopf ist beteiligt. Eigentlich kann man währenddessen an nichts anderes denken. Das entspannt. Und wärmt die Seele.

Aber leider soll es ja in der Werbung nicht um Karamell gehen. Mein Verhältnis zur Liebe ist nämlich derzeit ein ganz anderes. Ich gehöre jetzt tatsächlich zu diesen Menschen, die angesichts eines verliebten Paares denken: *Ja, ja. Euch gebe ich noch zwei Monate.* Die sich bei Hochzeiten zusammenreißen müssen, nicht versehentlich zu kondolieren. Die an kalten Tagen nur danach gehen, ob sie warm genug angezogen sind, weil Attraktivität gerade kein relevanter Faktor ist.

Außer samstags. Bei mir zumindest. Samstag ist Kosta-Tag.

Aber an diesem grauen Donnerstagmorgen ziehe ich dunkelblaue Jeans und klobige gefütterte Stiefel an. Dazu einen petrolfarbenen Pullover, den Mila für mich gestrickt hat. Als ich noch schnell an meinen Adventskalender will, treffe ich vor der Küche auf Katka.

»Huch! Was machst du denn noch hier?«

»Ich gehe heute später zur Arbeit. Letzte Woche war ich wegen der blöden Weihnachtsfeier vier Stunden länger da.«

»Vier Stunden? Musst du die Plätzchen selbst backen?«

»Schön wär's. Das hätte ich wenigstens zu Hause erledigen können.« Katka gießt Milch in ihre Kaffeetasse mit Schneeflockenmuster. »Mein Chef hat die Dekoration dreimal umgeschmissen und mich neu planen lassen. Dabei haben ihm die Entwürfe immer gefallen.«

»Ui, Dekoration. Bei uns in der Agentur gibt's traditionell Wiener Würstchen und dazu Kartoffelsalat aus dem Eimer, und das war's.«

»Sei froh. Offenbar sind bei uns alle der Meinung, wir hätten einen Ruf zu verlieren in Sachen Ausstattung. Ich habe versucht ihnen zu erklären, dass man als Start-up generell überhaupt nichts zu verlieren hat, aber es hat niemanden überzeugt.«

»Kommen denn eure Investoren? Dann würde ich es verstehen.«

»Nee. Nur Zulieferer. Die Investoren sind davor zu einem Abendessen ins Sternerestaurant geladen.«

»Wie praktisch. Selten können sie so direkt beobachten, wo ihr Geld hingeht.«

Katka grinst. »Apropos«, sagt sie dann. »Ich brauche Weihnachtsgeschenke. Wollen wir nach der Arbeit in die Stadt?«

»Ja. Tolle Idee«, rufe ich und klatsche in die Hände. »Ich kauf einfach für meine Eltern dasselbe wie du für deine. Hab nämlich bisher überhaupt keine Idee.«

»Wenn du so sicher bist, dass deine Eltern sich über einen Fleischwolf freuen würden …«

Mein Adventskalendersprüchlein passt perfekt zu meinem Kampagnen-Auftrag.

Lieben, hassen, fürchten, zittern,
Hoffen, zagen bis ins Mark,
Kann das Leben zwar verbittern;
Aber ohne sie wär's Quark!

Jakob Michael Reinhold Lenz

Noch von der Straßenbahn aus verschicke ich einen Termin zum Brainstorming für den heutigen Nachmittag an meine Kollegen. Wir helfen einander immer beim Entwickeln von Ideen, auch wenn wir die Projekte nicht von Anfang bis Ende gemeinsam bestreiten. Oft kommen die besten Einfälle von jenen, die geistig gerade ganz weit vom Thema entfernt sind – die abwegigsten allerdings auch.

Beschwingt betrete ich die Agentur. Mein Schreibtisch

sieht schon wieder aus, als habe ein Gabelstapler kiloweise Papiere draufgewuchtet. Aber auf die Weise habe ich wenigstens einen Sichtschutz zu Richards Monitor, der offensichtlich gerade eine intensive Recherche zum Thema Unterwäschemodels betreibt.

»Neuer Auftrag?«, frage ich nonchalant und deute auf die halb nackte Blondine mit Flügelchen, die wie ein überzüchteter Weihnachtsengel wirkt.

»Nicht doch.« Richard lächelt etwas gönnerhaft. »Gestern Abend war die Show von *Victoria's Secret*. Tolle Bilder!«

»Mhm.« Meine Güte. Wenn alle Männer so schlicht sind, bleibe ich wirklich am besten Single. Kann er das nicht zu Hause anschauen?

Um mir auch etwas zu gönnen, starte ich eine sofortige Recherche zu ganz anderen Trieben. Unser Auftraggeber vertreibt Karamellbonbons mit Meersalz und Edelbitterschokolade, erfahre ich und verstehe immer noch nicht, wieso man so etwas Wunderbares mit einem Umweg über Liebe bewerben muss. Aber gut. Familie also. Was fällt mir zu Familien ein?

Eigentlich hatte ich mir immer vorgestellt, selbst eine Familie zu haben. Nicht das klassische Idyll mit Hund und Kiesauffahrt und einer Kinderbetreuung, die nur bis 15.30 Uhr geöffnet hat, weil Papi ja genug verdient und Mutti eh am liebsten den ganzen Tag backt und gärtnert. Das entspricht allerdings genau der Familie, die in der Werbung meistens vorkommt. Entweder die Mutter ist der einzige anwesende Elternteil, oder der Vater kommt gerade von der Arbeit nach Hause. Alternativ will er gerade gehen, und die Aktentasche steht schon gepackt neben seinen Füßen. Da kommen die Kinder noch mal angerannt, schenken ihm ein selbstgemaltes Bild und bekommen dann am Abend Überraschungseier mitgebracht. Oder einen Welpen. Je nach Absurditätsgrad.

Wenn der Vater überhaupt mal was macht in dieser Werbung, dann Heimwerken. Aber niemals hängt er Wäsche auf oder gießt beim Kindergeburtstag Saft in fünfzehn bunte Plastikbecher. Das macht natürlich Mutti. Niemand kann es so wie Mutti.

Meine Familie soll anders sein, entscheide ich. Nicht nur meine eigene, später vielleicht, irgendwann, sondern auch die in meiner Werbung. Eine moderne Familie. Was auch immer das genau heißt.

»Wie würdet ihr eine moderne Familie beschreiben?«, frage ich später am Konferenztisch in die Runde. Neben Sarah und Richard haben sich noch Helen und Stipe eingefunden. Helen ist eigentlich gerade in Sachen Kapselkaffee unterwegs, und Stipe kümmert sich um einen besonders innovativen Staubsauger. Beide wirken ganz froh, mal von ihren eigenen Kampagnen wegzukommen.

»Geschiedene Eltern«, sagt Richard wie aus der Pistole geschossen.

»Es geht um Liebe. Scheidungen sind raus.«

»Eine Scheidung kann auch ein Akt der Liebe sein.«

»Das mag alles sein, aber wir bewerben Karamellbonbons und nicht den Berufsverband der Scheidungsanwälte.«

»Für mich ist eine moderne Familie eine, die sich überlegt hat, wie sie ihr Leben gestalten will«, sagt Stipe bedächtig. »Mann und Frau, die nicht unreflektiert alte Rollenmuster von den eigenen Eltern übernehmen.«

»Und wenn, dann weil sie sich dafür entschieden haben«, wirft Helen ein.

»Genau.«

»Eine klassische Rollenverteilung, die bewusst gewählt wurde? Das lässt sich schlecht abbilden«, gebe ich zu bedenken.

»Vielleicht indem alle besonders glücklich aussehen?«

»Haben wir jemals eine Werbung gemacht, in der eine Familie *nicht* besonders glücklich aussah?«

»Ja, die eine, in der die Mutter vergessen hatte, Fertigpizza zu kaufen.«

»Grundgütiger.«

»Okay, also sagen wir, sie haben zwei Kinder und arbeiten beide. Wirkt das nicht ein bisschen freudlos für eine Werbung? Den Stress haben die Leute doch selbst daheim.«

»Er ist Künstler«, wirft plötzlich Sarah ein, die bisher geschwiegen hat.

»Künstler?«

»Ja. Er ist in seinem Atelier und malt oder arbeitet mit Holz, und die Kinder sitzen mitten in dem großen Raum auf dem Boden und malen selbst, machen Hausaufgaben oder spielen.«

»Das ist eine schöne Idee!« Ich bin begeistert. »Und dann kommt die Mutter nach Hause.«

»Und alle freuen sich.«

»Weil sie jetzt Karamellbonbons futtern dürfen!«

»Nee, nix da, die freuen sich aus Liebe!«, bestimme ich. »Sie könnte von außen durch die erleuchtete Fensterfront sehen und sich am Anblick ihrer Familie erfreuen, bevor sie reingeht.«

»Und dann?«

Schweigen breitet sich aus.

»Das war irgendwie alles schon mal da«, sage ich und seufze. »Der Papi, der einen Hundewelpen unter dem Mantel hervorzieht, die Mutti, die Karamellbonbons auf den Tisch stellt …«

»Dann kommt sie eben nicht nach Hause, sondern ist schon da.«

»Hm. Ja, vielleicht. Da muss ich in den nächsten Tagen mal ein bisschen drauf rumdenken.« Mir ist nicht entgangen, dass Helen bereits mehrfach auf die Uhr geschaut hat. Der Kapselkaffee ruft.

Wir gehen auseinander.

Am Schreibtisch grübele ich weiter, komme aber zu keinem Ergebnis. Immerhin mache ich schon ein paar Notizen dazu, wie der Mann aussehen soll und wie alt die Kinder sein könnten. Kurz vor Feierabend gehe ich zur Toilette und komme an der Kaffeeküche vorbei, in der das Licht bereits ausgeschaltet ist. Ich kann aber recht deutlich die Stimmen von Helen und Richard hören.

»Es kam heute keine einzige konkrete Idee von ihr«, sagt Helen.

»Der Auftrag ist eben noch eine Nummer zu groß für sie.«

»Konnte das nicht jemand anders übernehmen? Sie wird die Agentur blamieren!«

»Ich hätte Zeit gehabt«, sagt Richard, und ich höre eine Biestigkeit heraus, die ich von ihm bisher noch nicht kannte.

»Und ich hätte den blöden Kapselkaffee liebend gern abgegeben.«

»Sollen wir Andreas sagen, dass sie überfordert ist?«

»Auf keinen Fall. Er wird das schon merken.«

Ich bin kurz vor der Tür stehen geblieben und merke erst jetzt, dass ich komplett vergessen habe zu atmen. Schnell gehe ich weiter. Der weiche Boden dämpft meine Schritte.

»Haben die wirklich dich gemeint?«, fragt Katka mich später, als wir uns ins Weihnachtsgewühl eines Einkaufszentrums in der Innenstadt gestürzt haben.

»Ich wüsste nicht, wen sonst«, sage ich trübsinnig. »Und dann haben sie auch noch recht.«

Katka bleibt abrupt stehen, dreht sich zu mir um und legt mir die Hände auf die Schultern. »So was will ich überhaupt nicht hören!«, schimpft sie. »Wo kommen wir denn da hin, wenn du den Leuten recht gibst, die nichts von dir halten?«

»Tut mir leid. Mein Selbstbewusstsein ist einfach im Keller«, bekenne ich und senke den Blick.

»Das sieht man.« Katka mustert mich kritisch. »Du weißt schon, dass dieser Pullover nur noch aus Fusseln besteht, oder?«

»Aber er ist von deiner Mutter«, protestiere ich und ziehe meinen geöffneten Mantel vor der Brust zusammen, als müsse ich den Pulli vor ihren kritischen Blicken beschützen.

»Sie hat ihn dir vor fünf Jahren geschenkt. Und du hast ihn oft getragen.«

»Hm.«

»Komm schon.« Katka zieht mich in ein Geschäft. »Für die Weihnachtsgeschenke ist später auch noch Zeit. Jetzt zwinge ich dich erst mal, ein paar schöne Strickkleider zu kaufen.«

»Aber wozu denn?«, quieke ich melodramatisch, als ich hinter ihr hertrotte. »Mich wird ohnehin nie wieder jemand lieben.«

»Falls das so kommt«, entgegnet Katka liebenswürdig, »liegt das daran, dass du dauernd widersprichst, jammerst und schwarzmalst.«

Eine halbe Stunde später schickt sie mich mit drei Kleidern an die Kasse. Und ich gehorche artig.

Außerdem finde ich einen Opernführer mit Musikauswahl für meine Eltern, die auf ihre alten Tage die gepflegte Abendunterhaltung für sich entdeckt haben. Früher gingen sie eher Kegeln. Jetzt erzählen sie mir bei jedem Telefonat in epischer Breite die Handlung des letzten Theaterstücks oder der letzten Oper, die sie angesehen haben. Einmal saß ich in der U-Bahn neben einem etwa fünfjährigen Kind, das seinem Vater eine *Tom und Jerry*-Folge nacherzählte. Das war deutlich kurzweiliger. Mittlerweile bin ich perfekt darauf trainiert, über etwas ganz anderes nachzudenken und mich erst dann wieder einzuschalten, wenn sie sagen: »Ja, und am Ende waren alle tot. Schön war's!«

In einem kleinen Laden am Rande der Innenstadt begegnet mir eine bunt getupfte Teekanne, die Sarah gefallen würde. Die blond gelockte Inhaberin, die wirkt, als sei sie gerade aus Ibiza eingeflogen, verpackt sie sorgfältig in orangerotes Seidenpapier.

»Wir nehmen im Moment leider nur Bargeld«, sagt sie, als ich ihr meine EC-Karte reichen will. »Unser Lesegerät ist kaputt.«

»Ich kann's dir auslegen«, bietet Katka sofort an.

»Nebenan ist auch eine Bank«, sagt die sonnige Inhaberin.

»Dann flitze ich da mal schnell rüber. Ich brauche ja sowieso Bargeld.«

Allerdings stelle ich fest, dass es die falsche Bank für mich ist. Mit meiner Karte müsste ich Gebühren zahlen. Da fällt mir das gemeinsame Konto ein, das Erik und ich hier hatten. Als ich zuletzt den Kontostand gecheckt habe, waren noch achtzig Euro drauf. Eine Woche später schickte Erik mir seine zerschnittenen Karten per Post. Also müsste ich zumindest meinen Anteil von vierzig Euro abheben können.

Doch der Automat verweigert mir die vierzig Euro. Auch zwanzig will er mir nicht auszahlen. Nicht mal fünf. Schließlich gehe ich zum Kontoauszugsdrucker und schiebe die Karte hinein.

Bevor Erik die Karten zerschnitt, hat er ganze Arbeit geleistet: Noch exakt 23 Cent befinden sich auf dem Konto. Diese nahezu perfekte Punktlandung hat er offenbar geschafft, indem er zum Abschluss mehrere Päckchen Kaugummi im Supermarkt einzeln gekauft hat. Zumindest schließe ich das aus den kleinen, immer gleichen Beträgen.

Katka bezahlt die Teekanne für mich. Und ich beschließe, das Konto zu kündigen und Erik den Rest zu überweisen.

»Welch Edelmut«, kommentiert meine Freundin.

»Passiv-aggressiv trifft es wohl eher.«

»Das freut mich. Edelmütig warst du in dieser Sache schließlich lange genug.«

Kapitel 8

Das nächste Lachtraining bringe ich ziemlich geistesabwesend hinter mich. Ich hoffe die ganze Zeit, wir würden danach wieder ins Café gehen. Wir, damit meine ich eigentlich vor allem Kosta und mich. Okay, bisher zeigt er nur schwaches Interesse an mir als Frau. Er hat noch nicht nach meiner Nummer gefragt und mich noch nicht mal bei Facebook als Freund hinzufügen wollen. Ich hingegen habe natürlich schon nach ihm gesucht. Aber ohne mit ihm befreundet zu sein, kann ich dort nur sein Profilbild sehen, das ihn vor einem Werbeplakat mit Südsee-Motiv zeigt. Und selbst eine Freundschaftsanfrage zu schicken, habe ich mich nicht getraut. Er muss das machen, finde ich.

Tatsächlich gehen wir in dasselbe Café wie beim letzten Mal. Diesmal schließt sich auch Jürgen an. Kosta setzt sich neben mich, was ich trotz der hohen Wahrscheinlichkeit an einem Vierertisch als gutes Omen betrachte. Wir unterhalten uns gut, als sich plötzlich eine große, brünette Schönheit unserem Tisch nähert.

Kosta springt auf, küsst sie innig und dreht sich zu uns um.

»Das ist Isabel!«, verkündet er. »Meine Freundin.«

Isabel kichert und hält dabei ein zierliches Händchen vor ihre vollen Lippen. Jürgens Augäpfel treten aus den Höhlen. Hoffentlich lenkt das von meinem eigenen Gesichtszirkus ab, denn ich bin erschütterter, als ich das für möglich gehalten hätte.

»Hallo«, presse ich heraus. Verdammt, ist die hübsch!

»Soll ich dir einen Stuhl holen?«, fragt Jürgen eilfertig.

»Ach, danke. Das geht schon so.« Isabel schlüpft aus ihrem Mantel und legt damit eine schlanke Silhouette frei. Dann setzt sie sich auf Kostas Schoß.

Ich würde gern etwas sagen. Etwas Witziges, Souveränes. Es dürfte notfalls auch banal sein. Aber ich stiere nur in mein Teeglas und laufe tomatenrot an vor Scham. Ich spüre, wie meine Wangen heiß werden, und streiche mir hektisch meine Haare ins Gesicht. Natürlich hat niemand bemerkt, dass ich in Kosta verknallt bin. Aber es ist mir vor mir selbst so unsagbar peinlich. Herrgott, wie alt ist Isabel – neunzehn vielleicht?

»Was machst du denn so?«, fragt Petra, um das peinliche Schweigen zu durchbrechen. Denn ich starre auf den Tisch, Jürgen auf Isabels ausgeschnittenen Pullover und Kosta zur Bedienung, um etwas für seine Freundin zu bestellen.

»Ich studiere Wirtschaftsgeografie. Im fünften Semester«, zwitschert Isabel.

»Das ist ja interessant«, sagt Petra, doch es klingt nicht überzeugend. Zu Nachfragen kommt es auch nicht. Dafür beginnt Jürgen nach einer Weile, von seinem liebsten Hobby zu berichten: Er baut Modellboote. Ich befürchte unterdessen ernsthaft, vor Scham zu sterben. Aber niemand scheint meine Nöte mitzubekommen.

Die Minuten vergehen quälend langsam. Ich will sofort gehen, habe aber Angst, das würde komisch wirken. Andererseits: Warum ist es mir wichtig, vor vier mir fast fremden Menschen nicht komisch zu wirken? Ich weiß es nicht. Jürgen monologisiert vor sich hin, Isabel schaut aus dem Fenster und krault dabei Kostas Nacken. Ich bleibe sitzen, bis wir alle bezahlt haben.

Vor der Tür des Cafés holt Kosta einen zweiten Helm für Isabel aus dem Koffer seiner Vespa und zieht elegant mit ihr davon. Wir schauen ihnen nach, bevor wir uns nach wenigen Abschiedsworten in unterschiedliche Richtungen zerstreuen.

Wahrscheinlich fühlen die anderen beiden sich auch gerade unglaublich alt.

Zu Hause gehe ich als Erstes an meinen Adventskalender, den zu öffnen ich am Morgen vergessen habe. Und dann frage ich mich, ob meine Freundin eigentlich hellseherische Fähigkeiten besitzt.

Ob es das wohl gibt:
Ein Mann, der so nett bleibt, so aufmerksam
wie am ersten Tag, wo er einen nahm …?
Einer, der Freund ist und Mann und Liebhaber;
der uns mal neckt, mal bevatert,
der immer neu ist, vor dem man Respekt hat
und der einen liebt … liebt … liebt …
ob es das gibt?
Manchmal denke ich: ja.
Dann sehe ich: nein.
Man fällt immer wieder auf sie herein.

Kurt Tucholsky

Zum Glück kann ich schon wieder darüber lachen.

Ja, ich habe mich zum Narren gemacht. Na und?

Männer vergucken sich dauernd in Frauen, die zu jung und zu hübsch für sie sind. Jetzt ist mir das eben auch mal passiert. Mit Klebeband befestige ich den Zettel an meinem Kleiderschrank. Ich muss mir eben etwas anderes als Kosta suchen, woran ich abends beim Einschlafen sehnsüchtig denken kann. Karamellbonbons zum Beispiel. Genau, das ist perfekt. Vielleicht kommt mir dabei ein guter Gedanke für die Werbung. Zwei Fliegen mit einer Klappe!

Mit dem Laptop verziehe ich mich auf mein Sofa und öffne mein Onlinebanking. Schließlich will ich Erik noch 23 Cent überweisen. Und in den Verwendungszweck könnte ich schreiben: *In froher Erwartung der 5500 Euro.* Hach.

Die Website baut sich auf.

Ich stutze. Da ist viel zu viel Geld auf meinem Konto. Wo kommt das denn plötzlich her? In den letzten Wochen habe ich mich nur selten eingeloggt, weil der Kontostand absolut deprimierend war. Aber jetzt steht da eine fette schwarze Zahl. Fassungslos öffne ich die Umsätze und finde eine Überweisung von Erik. *Wie vereinbart*, steht im Verwendungszweck. Er hat mir mein Geld zurückgezahlt. Einfach so.

Einfach so?

Mit fliegenden Fingern öffne ich meinen Mailaccount und den Ordner, in den Eriks Nachrichten der letzten Zeit automatisch eingegangen sind. Mir wird schwarz vor Augen, als ich bemerke, dass keine einzige ungelesene Mail dabei ist. Aber durchaus sehr viele Mails, von denen ich der Meinung bin, sie nie gesehen zu haben. Zumindest nicht im Vollbesitz meiner geistigen Kräfte. Und die Betreffzeilen sind lang, sehr lang.

Re: AW: Re: AW: Re: AW: Re: AW: Re: AW: Noch zu klären lautet die letzte. Bange beginne ich zu lesen – und zwar ganz unten.

Da tobt ein Wettbewerb der Gemeinheiten. Wer nachts solche Mails schreibt, kann tagsüber gut edelmütig sein. Dr. Schiechel würde wahrscheinlich sagen, ich hätte ein Ventil gefunden, mich abzureagieren. Aber dass dieses Ventil so offen stehen muss, ist schrecklich. Ich hätte die Mails lieber nüchtern schreiben und danach löschen sollen. Vielleicht hätte mir das auch geholfen, mich abzuregen.

Bei den letzten Mails ändert sich der Ton: Erik knickt ein.

Da mir an einer einvernehmlichen Scheidung liegt, möchte ich zügig die Ungereimtheiten zwischen uns klären, schreibt er.

Aggro-Greta pampt daraufhin zurück, dafür müsse er erst mal das Geld überweisen.

Und zwar bis zum 10. Dezember, sonst übergebe ich die Angelegenheit einem Anwalt.

Die letzte Mail ist sehr kurz gehalten. Das Geld sei nun überwiesen, ich möge den Erhalt bestätigen, schreibt Erik. Zittrig tippe ich eine Antwort.

Deine Überweisung ist bei mir eingegangen. Vielen Dank.
Greta

Dann lösche ich das *Vielen Dank* wieder und schicke sie ganz schnell ab, ehe ich es mir anders überlegen kann.

Abends liege ich im Bett und versuche, an Karamell zu denken. Aber Kosta schiebt sich immer wieder in meine Gedanken. Ich sehe ihn vor mir, wie er mich in der drögen Volkshochschule anlacht. Wie er gedankenverloren in seinem Cappuccino rührt. Und dann leider auch, wie er mit Isabel auf der Vespa davonbraust.

Schließlich falle ich in einen leichten Schlaf. Die Bilder von Kosta belagern weiterhin mein Unterbewusstsein. Im Traum wate ich durch knietiefes Karamell und sehe ihn weit von mir entfernt stehen. Eilig versuche ich ihn zu erreichen. Aber ich komme nicht vorwärts, das klebrige, zähe Zeug hält mich zurück. Unruhig werfe ich mich hin und her. Ich höre jemanden weinen. Bin ich es selbst, die so schluchzt? Und dann sagt jemand meinen Namen. Jemand ist in meinem Zimmer.

Entsetzt reiße ich die Augen auf. Katka sitzt auf meinem Bett. Sie ist auch diejenige, deren Schluchzen ich gehört habe. Ihr Gesicht ist tränenüberströmt. Sofort bin ich hellwach.

»Was ist los?«

»Ich habe mit meinem Chef rumgeknutscht.«

Ich richte mich auf. »Auf der Weihnachtsfeier heute?«

»Auf dem Klo während der Weihnachtsfeier.«

»Hat euch jemand gesehen?«

»Ich weiß es nicht.« Katka lässt sich weinend auf meine Decke fallen. Sie trägt ein schickes schwarzes Kleid mit Pailletten. Ihr Lippenstift ist ganz verschmiert. Unbeholfen streichele ich ihren Arm.

»Es war schrecklich! Also, am Anfang natürlich nicht.

Da war es aufregend und verboten und so.« Sie schnieft. »Und dann ist irgendetwas in mir aufgewacht. Nenn es Gewissen, oder Vernunft, oder Selbstachtung. Ich wollte nur noch weg. Ich habe mich so geekelt vor mir. Und vor ihm auch.«

»Wie spät ist es?«

»Jetzt Mitternacht. Es waren nicht mehr viele Leute da.«

»Ein Glück.«

»Ja. Stimmt.« Katka beruhigt sich etwas. Das Schluchzen lässt nach, sie schaut schweigend an die Decke. Dann sagt sie ganz klar und in ruhigem Ton: »Ich gehe da nie wieder hin.«

»Wohin? In die Firma?«, frage ich.

»Nie wieder.«

»Aber wo willst du arbeiten?«

»Nicht dort.«

Darauf fällt mir keine Erwiderung ein. Ich wühle mich aus dem Bett und bringe Katka ein Glas Wasser und ihren bunt gestreiften Schlafanzug.

»Da. Und jetzt geh Zähne putzen und dich abschminken. Du schläfst heute Nacht bei mir, und morgen sieht alles wieder viel besser aus.«

»Meinst du?«, fragt Katka zaghaft und zieht sich ihr Kleid über den Kopf.

»Ja. Du darfst sogar auf das elektrische Wärmeunterbett.«

»So etwas Schönes hat noch nie jemand zu mir gesagt.«

Meine Hoffnung, Katka werde sich am nächsten Morgen beruhigt haben und nicht mehr kündigen wollen, zerschlägt sich. Also, ruhig wirkt sie schon. Allerdings setzt sie mir, als wir uns morgens im Bett den Schichtnougat aus meinem Adventskalender teilen, ganz klar auseinander, dass an ihrem in der Nacht gefassten Entschluss nicht zu rütteln ist.

»Ich will für diesen Menschen nicht mehr arbeiten. Ich kann ihm nicht mehr trauen.«

»Urteilst du da nicht ein bisschen voreilig über ihn?«, wende ich ein. »Vielleicht ist er ja unsterblich in dich verliebt und bringt das gerade seiner Frau bei.«

»Wir wissen beide, dass so etwas nach einer Knutscherei auf einer Weihnachtsfeier nicht passiert. Er hätte alle Gelegenheiten gehabt, mir auf andere Weise seine Zuneigung zu gestehen.«

»Aber er hat dich doch dauernd wegen der Organisation zu sich gerufen.«

»Ja und? Das soll ein Beweis seiner zärtlichen Gefühle für mich sein? Mein Bankberater ruft mich auch dauernd an, und ich bilde mir nichts darauf ein.«

»Vielleicht findet er dich ja auch einfach nur heiß«, mutmaße ich widerwillig.

»Das glaube ich auch. Mit zwanzig konnte ich das noch nicht auseinanderhalten, aber heute schon.«

»Und jetzt? Wirst du dir einen neuen Job suchen?«

»Ja, klar.« Katka zuckt mit den Schultern. »Ich nehme erst mal meinen Resturlaub und verhandle mit ihm über eine vorzeitige Entlassung aus meinem Vertrag.«

»Meinst du, er lässt dich gehen?«

»Greta, du bist so eine Romantikerin. Das ist richtig süß.«

»Na ja, aber ich meinte es auch beruflich«, verteidige ich mich. »Er ist doch auf dich angewiesen!«

»Noch viel mehr ist er aber darauf angewiesen, dass seine Frau nichts von gestern Nacht erfährt. Ich bin die Einzige, die ihn ans Messer liefern könnte.«

»Wegen so einer kleinen Knutscherei?«

»Ich glaube«, sagt Katka langsam, »der Einzige, der es als kleine, unbedeutende Knutscherei abtun würde, ist er. Ich nicht und seine Frau ganz sicher auch nicht.«

»Es tut mir sehr leid, Katka.« Ich greife nach ihrer Hand und drücke sie leicht. »Wenn ich irgendetwas tun kann, dann lass es mich wissen. Jedenfalls musst du dir keine Sorgen machen, falls die Jobsuche länger dauern sollte. Ich bin jetzt nämlich reich und könnte die Miete ein paar Monate alleine zahlen.« Begeistert erzähle ich ihr von Eriks Überweisung und auch von den Mails, die dazu geführt haben. Dass ich mich nicht daran erinnern kann, sie geschrieben zu haben, erwähne ich allerdings nicht.

Katka sieht mich seltsam an. Zuerst kann ich ihren Blick nicht einordnen. Dann erkenne ich, dass sie gerührt ist.

»Danke«, sagt sie. »Das Angebot ist sehr lieb von dir. Hoffen wir, dass ich es nicht in Anspruch nehmen muss.«

Wir kauen auf den Nougatpralinen herum und schauen aus dem Fenster. Auf der Birke im Hof sitzt eine verfroren aussehende Krähe.

»Was ziehst du eigentlich zur Hochzeit an?«, fragt Katka unvermittelt.

»Welche Hochzeit?«

Sie hebt eine Augenbraue. »Jetzt mach keine Witze.«

Mir entfährt ein Stöhnen. »Das ist wirklich dieses

Silvester? Paula plant schon seit zwei Jahren. Ich kann nicht fassen, dass es jetzt so weit sein soll.«

»Hm, geht mir ähnlich.« Nach Katkas Sprechweise zu urteilen, klebt der Nougat auch ihre Kiefer zusammen. »Da sie von nichts anderem mehr gesprochen hat, habe ich schon seit Monaten keine Lust mehr sie anzurufen.«

»Sie schrieb mir zuletzt eine lange Mail darüber, wie schwierig so eine Tischordnung festzulegen sei. Und ob ich ein Diadem übertrieben fände, denn ihre Trauzeugin und sie seien da geteilter Meinung.«

»Ob manche Bräute wohl ahnen, dass die Gäste sich nur auf die Hochzeit freuen, damit das endlose Gerede darüber ein Ende hat?«

»Also ich ahnte es damals nicht. War es bei mir auch so?«, frage ich erschrocken.

»Um Himmels willen, nein!« Katka wirkt ehrlich empört. »Außerdem hat mich deine Hochzeit wahrscheinlich einfach mehr interessiert als die von Paula.«

»Wie hartherzig von dir«, zwitschere ich. »Schließlich hat sie zwei Jahre im Voraus ein Hotel für die Feierlichkeiten angemietet.«

»Jahaa. Eben.« Katka zieht eine Grimasse. »Wie ist es eigentlich für dich?«, will sie dann wissen. »Bist du dem romantischen Jawort in der Kirche gewachsen?«

»Solange ich selbst nicht Ja sagen muss«, antworte ich lakonisch.

»Im Ernst.« Sie stupst mich leicht mit der Schulter an. »Du bist frisch getrennt, deine eigene Hochzeit ist erst anderthalb Jahre her, und ich weiß genau, dass du dich in Zynismus geflüchtet hast.«

»Na ja. Mir wäre es recht, nicht mit keuschem Lächeln die Blumen streuen zu müssen.«

»Siehst du, genau das meine ich«, seufzt sie.

»Es ist in Ordnung, Katka. Wirklich. Ich werde in der Kirche nicht weinend zusammenbrechen, aber ich werde auch nicht von mir selbst in einem Traum aus weißem Tüll fantasieren.«

»Die Zeiten sind wohl vorbei, hm?«

»Ich fürchte schon. Und bei dir? Wovon wirst du bei Paulas Hochzeit träumen?«

»Na, zumindest nicht von diesem Bräutigam.« Alex, Paulas Zukünftiger, fällt durch eher eigenwilligen Charme auf. »Man muss sich in solchen Situationen, wenn der Neid aufzusteigen droht, ja immer fragen, ob man tauschen wollte. Und ich will nicht.«

»Du könntest ja von einem anderen Mann träumen.«

»Hm.« Katka sammelt Schokopapierchen von der Bettdecke und knüllt sie zusammen. »Eher von einem neuen Job.«

Auch am Abend ist Katka noch entschlossen zu kündigen. Am Montagmorgen ebenfalls. Während ich mich anziehe, sitzt sie mit einer Tasse Kaffee in der Küche, schreibt dienstliche Mails und wirkt völlig entspannt. Dann greift sie zum Telefon. Ich komme halb angezogen an der offenen Tür vorbei und bleibe stehen, im T-Shirt, die Socken in der Hand.

»Guten Morgen. Hier ist Katka«, sagt sie in den Hörer.

Am anderen Ende brummt eine tiefe Männerstimme etwas. Ich kann die Worte nicht verstehen. Katka schweigt und hört zu.

»Nein, ich möchte nicht darüber reden«, sagt sie schließlich. »Ich möchte kündigen.«

Die Männerstimme ist verstummt.

»Hallo?«, fragt Katka nach.

Kurzes Brummen.

»Jedenfalls habe ich noch fünfzehn Urlaubstage. Ich möchte, dass du mich früher aus dem Vertrag entlässt, damit ich sofort freigestellt bin.«

Die Stimme sagt etwas. Katka verdreht die Augen.

»Wirklich, mir ist total egal, wie du das den Kollegen erklärst«, sagt sie frostig. »Schick mir einen Aufhebungsvertrag zu, dann hole ich meine Sachen ab. In der Zwischenzeit arbeite ich von zu Hause aus und schließe meine Projekte ab.«

Am anderen Ende der Leitung meine ich so etwas wie Protest zu vernehmen.

»Nein, ich reagiere nicht über«, versetzt Katka ruhig. »Warte nicht darauf, dass ich meine Meinung ändere. Schick mir den Aufhebungsvertrag. Tschüss.«

Sie legt auf. Ich stehe fassungslos im Türrahmen und schaue meine Freundin an, die jetzt die Wangen aufbläst und langsam ausatmet.

»Das war echt beeindruckend«, stammele ich.

»Oh, ich bin so erleichtert, dass du das sagst. Ich dachte, man hört mein Herz schlagen wie eine Kirchturmglocke.«

»Gar nicht. Du hast unglaublich cool und souverän gewirkt.«

»Der Fluch der starken Frauen«, ächzt Katka und presst beide Hände auf ihr Herz.

»Und wie fühlst du dich jetzt?«

»Als wäre ich aus einem Albtraum aufgewacht. Aber dafür erschreckend gut.«

Sie steht auf und fällt mir in die Arme.

»Das hast du toll gemacht«, lobe ich, während ich ihr über den Rücken streichele.

»Danke. Tust du mir noch einen Gefallen?«, bittet sie.

»Klar.«

»Erzähl bloß meinen Eltern nicht, dass ich gekündigt habe, ohne einen neuen Job zu haben.«

»Nur das nicht?«, frage ich und zwinkere ihr zu. »Und das mit der Knutscherei?«

Katka runzelt die Stirn. »Hm. Erzähl ihnen am besten gar nichts.«

»Kein Problem. So mache ich das bei meinen Eltern auch immer.«

Bevor ich zur Arbeit fahre und Katka ihrem Laptop am Küchentisch überlasse, öffne ich noch ein Päckchen Weisheit aus meinem Adventskalender.

Liefere dich keinem Kompromiss aus. Du selbst bist alles, was du hast.

Janis Joplin

Kompromisse gehören zu einer Ehe, hat meine Mutter immer gesagt, als es mit Erik und mir bergab ging. Schade, dass ich diesen Spruch da noch nicht kannte. Denn genau so fühlte es sich oft für mich an: als würde ich mich ausliefern. Bestimmt hat meine Mutter recht. Aber man sollte die Kompromisse eingehen, statt sich ihnen auszuliefern. Wahrscheinlich ist das eines der Geheimnisse einer glücklichen Familie.

Huch, glückliche Familie? Genau das suche ich doch gerade! Kann man aus Kompromissen einen Werbespot machen, oder ist das zu ernst?

In Gedanken versunken komme ich in der Agentur an, begrüße fahrig meine Kollegen, setze mich sofort an den Schreibtisch und kritzele auf meinem Block herum. Worin können Paare sich uneinig sein? Am Morgen: Brötchen oder Brot. Abends: Oper oder Rockkonzert. Im Urlaub: Berge oder Meer. Sport oder Kultur. Wie sähen die Kompromisse aus? Gibt es überhaupt Kompromisse, oder ist es manchmal der beste Kompromiss, den anderen etwas alleine machen zu lassen?

Und dann sind da noch die Kinder. Die wollen nicht ins Museum, sondern ins Kino. Und nicht spazieren gehen, sondern mit Lego spielen. Nicht schlafen, sondern toben. Wenn ich so darüber nachdenke, ist das Familienleben eine einzige Ansammlung von Kompromissen. Eigentlich seltsam, dass so viele Menschen sich trotzdem gar nichts anderes vorstellen können.

Ich verwerfe meine ursprüngliche Idee von der Frau, die zu ihrer Familie nach Hause kommt. Stipes Analyse war gut: Ein modernes Paar ist eines, das sich bewusst für sein gemeinsames Leben entschieden hat und immer wieder neue Entscheidungen trifft. Was würde ein solches Paar von sich erzählen?

Die anderen Kollegen möchte ich nicht noch einmal zum Brainstorming bitten. Ich verziehe mich nur mit Sarah in den Konferenzraum und bitte anschließend unsere Zeichnerin um ein paar Skizzen. Als ich am Abend die Agentur verlasse, bin ich erleichtert. Zumindest werde ich bei der Präsentation etwas zeigen können, mit dem ich selbst einigermaßen zufrieden bin. Ob der Kunde es mag, ist die andere große Frage.

Kapitel 9

Es fühlt sich seltsam an, umprogrammiert zu werden. Auch wenn Dr. Schiechel es natürlich nicht umprogrammieren nennt. »Sie werden jetzt Handlungsalternativen für sich entdecken«, sagt er salbungsvoll und schickt mich auf die Couch. Ich soll tief in den Bauch atmen. Bisher fängt diese Hypnose-Nummer an wie das Lachtraining, aber ich bin mir recht sicher, dass es dabei nicht bleibt. Langsam entspanne ich mich.

Die Anweisungen meines Therapeuten führen mich im Geiste auf eine Wiese. Mein Unterbewusstsein ist also eine Blumenwiese! Ich hatte eher an einen übervollen Keller gedacht. Und warum kann ich eigentlich nicht einmal in der Hypnose aufhören, Quatsch zu denken? Ich reiße mich zusammen und konzentriere mich wieder darauf, das Gras unter meinen Füßen zu spüren. Zwei Gretas soll ich jetzt vor mir sehen. Einmal die viel zu höfliche Greta, die ich so gut kenne, die am liebsten nie jemandem widersprechen möchte. Daneben eine Greta, die das durchaus macht. Einfach so, ohne Angst. Ich stelle mir die beiden vor und bin verblüfft, dass ich auch die fremde Greta sympathisch finde. Sie sagt ihre Meinung, aber sie äußert sie ganz freundlich und klar.

»Jetzt schicken Sie die alte Greta weg«, fordert mich Dr. Schiechel auf. »Bedanken Sie sich bei ihr, und sagen Sie, dass es jetzt Zeit wird für eine Veränderung.«

Es fällt mir schwer. Aber zum Glück ist die alte Greta zu höflich, um beleidigt zu sein. Sie dreht sich einfach um, geht weg und verschwindet im Wald.

Mit der widerständigen Greta bleibe ich zurück. Wir beäugen einander. Doch ehe eine von uns etwas sagen kann, holt Dr. Schiechel mich in die Realität zurück. Blinzelnd setze ich mich auf der Couch auf.

»Bin ich jetzt geheilt?«, frage ich.

»Geheilt? Sie sind doch nicht krank.«

»Sie wissen, was ich meine.«

»Wir haben es hier mit ganz alten, eingefahrenen Verhaltensmustern zu tun«, erklärt mein Therapeut und schaut dabei zum Fenster hinaus. »Es wird eine Weile dauern, bis Sie die geändert haben.«

»Das heißt, ich muss jetzt jede Woche auf die Blumenwiese?«

»Jeden Tag. Sie werden das alleine zu Hause üben.«

»Kann ich das denn alleine?«

»Ja. Und für heute ist unsere Zeit um.«

Abends wedelt mir Katka begeistert mit einem mehrseitigen Dokument unter der Nase herum.

»Mein Aufhebungsvertrag! Er ist da!«, jubelt sie.

»Hoppla. Das ging jetzt aber schnell«, sage ich verdutzt.

»Und ob! Wenn du mich fragst, hat seine Frau davon Wind bekommen und das Ganze beschleunigt.«

»Aber wie soll sie es erfahren haben?«

»Die Sekretärin ist eine Schulfreundin von ihr. Wenn die es irgendwie mitbekommen hat, wollte sie es sicher nicht für sich behalten.«

»Und wie geht es dir jetzt damit?«, frage ich. Katkas

scheinbar beste Laune macht mich doch etwas argwöhnisch.

»Es gibt zwei unterschiedliche Antworten darauf, und sie sind beide wahr«, erklärt sie.

»Okay, sag mir beide. Ich habe Zeit.«

»Ich bin traurig, weil ich den Job gemocht und mir Illusionen über den Anstand eines Mannes gemacht habe, in den ich verliebt war.«

»Das verstehe ich.«

»Und ich bin froh«, fährt sie fort, »einigermaßen unbeschadet aus der Nummer rauszukommen, nicht die betrogene Ehefrau zu sein und beruflich was Neues anfangen zu können. Für ein Start-up zu arbeiten, bedeutet fast immer zu viel Arbeit bei zu wenig Gehalt.«

Ich nicke zustimmend. »Ja, das leuchtet mir auch ein.«

»Übrigens hat Anton hier angerufen«, sagt Katka so übergangslos, dass ich mich sofort frage, ob ihre gute Laune etwa auch damit zusammenhängt.

»Ja? Was wollte er denn?«

»Er hatte dich nicht erreicht und wollte uns beide zu seinem Geburtstag einladen. Am Samstag, in einer Bar. Ich hab's aufgeschrieben.«

»Ach, schön. Und, kommst du mit?« Dass ich hingehe, steht außer Frage. Aber Katka war noch nie ein großer Fan von Anton. Seine Schickimicki-Phase während des BWL-Studiums sorgte dafür, dass sie ihn nicht recht ernst nahm. »Ich höre mir doch keine Vorträge übers Wirtschaftswachstum von jemandem an, der pfirsichfarbene Polohemden trägt!«, empörte sie sich einmal. Dass er den Vortrag nur hielt, um sie mit seinem für die letzte Klausur erworbenen Wissen zu beeindrucken, bemerkte sie nicht. Und das Pfirsichpolo, nun ja – das war tatsächlich ein Irrweg in Antons Leben.

»Doch, klar«, sagt sie jetzt zu meinem Erstaunen. »Ich hab ihn ja ewig nicht gesehen.«

Ja. Das letzte Mal vor einem Jahr und ein paar Monaten, bei meiner Hochzeit. Also beinahe ewig, denke ich und halte einfach die Klappe.

Am nächsten Morgen lacht mir eine schlichte Weisheit aus dem Kalender entgegen:

Dumm sein und Arbeit haben, das ist das Glück.
Gottfried Benn

Ich muss gestehen: An manchen Tagen fände ich dumm sein und Urlaub haben auch ganz gut. Heute zum Beispiel. Mir geht nämlich die Düse, weil ich mein Konzept für die Werbekampagne vorstellen muss. Dumm sein und eine Idee präsentieren ist gar nicht so einfach.

Leicht flatterig komme ich in der Agentur an. In meinem Mailpostfach finde ich etliche Nachrichten meiner Mutter, der ich unvorsichtigerweise von Paulas Hochzeit an Silvester erzählt habe. Das hat sie offenbar zum Anlass genommen, das Internet nach Kleidern zu durchforsten, in denen ich dort auflaufen soll. Ich ahne, woher dieser Wahn plötzlich kommt: Angeblich sind Hochzeiten ja die perfekte Gelegenheit, neue Partner kennenzulernen. Ich kenne allerdings nur Menschen, die es als demütigend empfinden, mit den anderen Singles am Restetisch platziert zu werden – zumal diese anderen Singles selten aussehen wie Florian David Fitz, sondern meist eher wie Sigmar Gabriel.

Für jedes Kleid, das meine Mutter aufgetan hat, hat sie mir eine eigene Mail mit einem Link geschickt. Das fasst ihren technischen Sachverstand ganz gut zusammen. Nummer eins ist aus schokoladenbraunem Tweed. Nummer zwei besticht mit Schulterklappen in Pink. Nummer drei hat Rüschen am Dekolleté. Die restlichen Mails lösche ich daraufhin, ohne die Links geöffnet zu haben. Aber immerhin schreibe ich ihr zurück.

Hallo, Mama, danke für deine Anregungen! Ich hab aber schon ein Kleid für Paulas Hochzeit. Das grüne mit den langen Ärmeln.

Nur eine halbe Stunde später kommt die Antwort.

Zieh bloß nicht das grüne Kleid an, Kind! Darin siehst du aus wie deine Tante Hedwig!

Ich unterdrücke den Impuls, in eine Papiertüte zu atmen. Tante Hedwig gilt als Familienschlampe, weil sie sich mit Mitte vierzig von ihrem unglaublich langweiligen Mann scheiden ließ und eine sexuelle Tobephase einläutete, um die ich sie eigentlich schon immer beneidet habe. Sie weigert sich hartnäckig, etwas anderes als tief ausgeschnittene Kleider zu tragen. Der Rest der Familie beäugt sie bei Feiern stets misstrauisch – fast so, als müsse man befürchten, sie stürze sich als Nächstes auf einen Cousin ersten Grades.

Alles in allem kann ich mit diesem Vergleich also leben, nehme ich an. Tante Hedwig ist immer noch ein besseres *role model* als meine Mutter. Und ja, das Kleid ist ausgeschnitten, aber ansonsten wirklich dezent. Außerdem ist es das einzige in meinem Schrank, in dem ich an Silvester nicht frieren werde, wenn wir draußen die dämlichen obligatorischen Tauben steigen lassen. Bestimmt haben Paula und Alex Tauben. Bestimmt auch eine Kutsche, in der sie sich den Hintern abfrieren werden auf dem Weg zur Kirche. Oh Gott, ist die Kirche eigentlich beheizt?

Mit Gedanken dieser Art bringe ich den Vormittag herum. Das ist nicht besonders produktiv, lenkt mich aber immerhin von der Präsentation ab.

Bis ich dann mit einer hypernervösen Sarah vor Andreas stehe und erklären soll, was ich mir vorstelle. Eigentlich würde ich am liebsten zuerst ausführlich darlegen, was ich mir dabei gedacht habe. Warum der Spot so aussehen soll, wie er aussieht. Aber Andreas will das nicht wissen. Werbung muss für sich selbst stehen, sagt er gerne. Den Leuten vor den Fernsehern könnten wir ja schließlich auch nicht im Vorfeld erklären, wie das Folgende gemeint wäre. Ich hasse es, wenn er recht hat.

»Wir sehen eine Frau der Kamera zugewandt am Tisch sitzen«, beginne ich. »Hinter ihr öffnet sich das Wohnzimmer, in dem zwei Kinder spielen und ihr Mann gerade eine Schallplatte auflegt. Die ersten Töne erklingen. *Er hört gern Jazz*, sagt sie. *Die Kinder mögen am liebsten einfach Krach. Und ich, nun ja, anderen Krach.*«

»Schnitt auf dieselbe Frau, wie sie bei einem Rockfestival vor der Bühne auf und ab hüpft«, wirft Sarah ein.

»Dann sehen wir die Frau glücklich im Bikini am Strand, daneben ihren Mann: bis zur Unkenntlichkeit mit Sunblocker eingecremt und mit Mütze mit Nackenschutz.«

»*Ihr gefällt es am Strand,* sagt er.« Sarah grinst. Sie macht das gut.

»Als Nächstes wandern sie in den Bergen. Er begeistert voran, sie schwitzend hinterher.«

»*Er wandert gerne. Ich würde ihn trotzdem wieder heiraten*«, deklamiert Sarah.

»Und dann die vor Freude schreienden Kinder im Karussell in einem Erlebnispark, während die genervten Eltern von Wespen umschwirrt daneben stehen und vier Eiswaffeln in den Händen halten. *Du wolltest Kinder,* sagt sie zu ihm. *Du aber auch,* antwortet er.«

»Dann sehen wir die Familie wieder im Wohnzimmer«, erklärt Sarah.

»Sie sagt: *Aber manchmal wollen wir auch einfach alle das Gleiche.* Im Hintergrund sieht man bereits die Kinder, die sich um die Karamellbonbons balgen, der Mann stürzt sich ins Gewühl, und die Frau wirft einen letzten Blick in die Kamera, bevor sie ebenfalls versucht, die Packung zu erobern. Kampfgetümmel. Ende.«

Ich verstumme. Gespannt starren wir beide Andreas an und versuchen, aus seinem Gesicht eine Reaktion herauszulesen. Er lässt sich eine ganze Weile nichts anmerken. Dann endlich heben sich seine Mundwinkel.

»Das könnte ganz witzig werden«, murmelt er. »Wenn die Schauspieler sympathisch sind und ein gutes Timing haben …«

»Ja, genau!«, sagt Sarah eifrig. »Besonders die Rauferei am Schluss muss ein bisschen absurd und lustig aussehen.«

»Hm, hm.« Andreas schaut auf. »Ja, wir probieren es so. Mail mir das Konzept mitsamt der dazugehörigen

Plakatwerbung, vielleicht verändere ich noch ein paar Kleinigkeiten. Dann stellen wir es dem Kunden vor.«

So richtig begeistert wirkt er nicht, finde ich. Aber das ist auch mein erster Etat in dieser Größenordnung. Vielleicht ist er sicherheitshalber skeptisch.

Aber Sarah sieht das ganz anders, als wir uns fünf Minuten später in der Kaffeeküche flüsternd unterhalten. »Er hat gelächelt, als du das mit dem Erlebnispark gesagt hast«, behauptet sie.

»Was, bist du sicher? Davon habe ich nichts mitbekommen.«

»Weil du viel zu angespannt warst. Du warst selbst total ernst.«

»Oh, war das schlecht?«

»Nein, das war gut! Da wirkte das, was du erzählt hast, noch viel witziger.«

Ich lasse mich gegen die Arbeitsplatte sinken und umklammere meine Kaffeetasse. »Sarah, du bist super. Eigentlich sollte ich diejenige sein, die dir Mut macht und dich aufbaut, weil du ja die Neue im Team bist. Jetzt ist es umgekehrt.«

Sarah zuckt mit den Schultern. »Du hast eben Angst. Und ich nicht.«

»Hast du eigentlich jemals vor etwas Angst?«, will ich wissen.

»Ja, klar. Neulich bin ich nachts in den Keller gegangen, da stand plötzlich ein Mann im dunklen Gang!«, zwitschert sie vergnügt. »Da hatte ich Angst. War aber nur der Nachbar.«

»Ähm, wenn du in dieser Situation *keine* Angst gehabt hättest, wärst du ja verrückt.« Schon bei der Vorstellung dieser unheimlichen Begegnung bekomme ich Gänsehaut. »Aber ich meine so irrationale Ängste. Hast du nicht manchmal Angst vor der Zukunft?«

Sarah überlegt kurz, dann schüttelt sie den Kopf.

»Vorm Alleinsein?«

Jetzt hebt sie noch irritiert die Augenbrauen dazu.

»Vor Publikum?«

»Nein.«

»Du bist krass!«

»Finde ich nicht. Die Zukunft kommt sowieso, egal ob ich sie fürchte oder nicht. Alleinsein finde ich nicht so schlimm. Angst vor dem Publikum hatte ich nur bei meinem ersten Poetry-Slam. Seitdem ist das weg. Hey, übrigens, am Freitag ist wieder einer hier in Frankfurt. Magst du kommen?«

»Ja, gerne«, sage ich vielleicht einen Hauch zu schnell. Ich liebe Sarah, und sie macht das toll. Nur die anderen Menschen, die da mit hippen Biersorten in den Händen herumstehen, sind nicht so mein Fall. Egal. Hauptsache, ich muss nicht alleine hin.

Den restlichen Nachmittag maile ich mit meinem Chef Änderungsvorschläge hin und her und recherchiere zu Pinguinen. Ja gut, das fällt jetzt vielleicht nicht exakt in meinen Aufgabenbereich. Aber seit Katka behauptet hat, ich hätte durchaus Ähnlichkeit mit Pinguinen und mit Sicherheit nicht nur zufällig einen als Power-Tier ausgewählt, ist mir aufgefallen, wie wenig ich über die Viecher weiß. Meine Recherchen fallen allerdings ernüchternd aus, wie ich Katka sofort empört per WhatsApp mitteile.

Katka, ich will kein Pinguin sein. Echt jetzt. Ist dir klar, dass Pinguinmännchen keinen Penis haben?

Natürlich haben die keinen Penis, du Profi-Zoologin. Das sind Vögel! Die haben Kloaken, Männchen wie Weibchen.

KLOAKEN?! *Und du findest, ich ähnele denen?*

Wieso, ist doch praktisch. Ein Ein- und Ausgang für alles, vielseitig einsetzbar :-P

Du bist ekelhaft!
Außerdem: Wusstest du, dass sie in Höhlen aus ihrer eigenen Kacke leben?

Man nennt das Guano.

Du wusstest es also!

Ja klar wusste ich das. Jeder weiß das! Außer dir vielleicht.

Du bist nicht mehr meine Freundin!

Ich kann ja wohl nichts dafür, dass du dir den Pinguin ausgesucht hast. Ich hätte was Schlichteres genommen. Ohne unliebsame anatomische Überraschungen.

Eine Kuh? Einen Esel? Einen Mistkäfer?

Haha <3 Beleidige mich nur. Du kannst mir die Laune überhaupt nicht verderben.

Verdammt. Wieso nicht?

Komm du mir mal nach Hause! Es gibt was zu feiern.

Jetzt bin ich wirklich neugierig. Ziemlich früh streiche ich in der Agentur die Segel und eile nach Hause. Noch im Mantel stürme ich in die Küche – dort empfangen mich eine absurd große Flasche Champagner und eine Katka mit glänzenden Augen, die soeben den Korken kommen lässt.

»Frag mich! Frag mich!«, jauchzt sie. Mit ordentlichem Schwung schießt der Korken aus dem Flaschenhals, knallt gegen die Decke und rollt unter die Küchenschränke.

»Was feiern wir?«, kreische ich zurück, während ich ihr eilig zwei Gläser hinhalte.

»Polstermöbel!« Katka gießt ein, nimmt mir eines der Gläser ab und schwenkt es dramatisch durch die Luft.

»Äh, bitte was?« Verwirrt stoße ich mit ihr an und nehme einen Schluck.

»Polstermöbel!«, jubiliert sie noch einmal, und ich frage mich kurz, ob das hier die erste Magnumflasche ist, die sie heute geköpft hat. Wovon redet die Frau?

»Polstermöbel?« Ich stelle mein Glas ab und lasse erst mal den Wintermantel von meinen Schultern gleiten.

»Jaha!« Katkas Glas ist schon fast leer.

»Himmel, Mädchen, jetzt erzähl schon!« Ich drücke meine Freundin auf einen Stuhl, schenke ihr Champagner nach und setze mich ihr gegenüber. »Was ist mit Polstermöbeln?«

»Also.« Sie kichert haltlos, und ich weiß nicht, ob die Geschichte gleich so lustig wird oder ob sie einfach nichts mehr verträgt. »Am Samstag bei der Weihnachtsfeier waren ja auch unsere Zulieferer.«

»Mhm.«

»Und mit einem von ihnen habe ich mich länger unterhalten, ehe es zu jenem denkwürdigen Absturz mit meinem Chef kam …« Sie schnaubt bei dem Gedanken an besagten denkwürdigen Absturz undamenhaft durch die Nase, dann räuspert sie sich. »Jedenfalls: Die Firma heißt *Palpau*, die machen unglaublich schöne Sessel. Mit tollem Holz für die Armlehnen. Produzieren im Hunsrück, sitzen aber hier in Frankfurt.« Katka hält mir ihr Glas hin, das sich auf wundersame Weise schon wieder geleert hat. Ich hätte schwören können, dass sie keine einzige Redepause gemacht hat. »Heute hat der Sesselmann angerufen. Ich hatte nämlich meine private Handynummer auf den Visitenkarten stehen.«

»Der schreckliche Fluch der Mitarbeiter eines Startups«, kommentiere ich trocken.

»Genau. Aber in diesem Fall war es super. Eigentlich wollte er nur mit mir über irgendeinen Katalog sprechen, und als ich sagte, ich hätte gekündigt, war er ganz schockiert.«

»Kann ich verstehen. Warte mal ab, wie schockiert deine Eltern sein werden.«

»Werden sie nicht!« Katka wedelt begeistert mit den Händen auf und ab. »Denn der Sesselmann will, dass ich für ihn arbeite. Er braucht jemanden, der sich um die Materialien und die Auswahl der Entwürfe kümmert. Ist das nicht toll?«

»Du hast einen neuen Job? Ist das dein Ernst?« Ich klatsche laut in die Hände.

»Ja! Also, noch keinen Vertrag natürlich, aber eine mündliche Zusage! Und weißt du, was das Beste ist?« Katka beugt sich in meine Richtung. Ihr Oberkörper schwankt dabei beträchtlich.

»Sie zahlen mehr?«

»Das auch. Noch besser!«

»Es gibt kostenlos Eis am Stiel?«, rate ich weiter.

»Du, meine Liebe, hast seltsame Prioritäten.« Sie deutet mit dem Finger auf mich und kichert schon wieder.

»Okay, ich komm nicht drauf.«

»Ich verrate es dir«, sagt Katka leicht lallend und fährt nach einer dramatischen Kunstpause fort: »Der Chef ist total unattraktiv.«

»Was?!«

»Der Chef ist total unattraktiv.«

»Ja, akustisch habe ich dich schon verstanden.« Ich hoffe auf weitere Erklärungen und sehe sie fragend an, aber Katka hat sich auf angeschickertes Gekicher verlegt. Also hake ich vorsichtig nach: »Du meinst also, du bist nicht gefährdet, dich in ihn zu verlieben?«

»Genau. Also, nicht dass du jetzt denkst, ich wäre oberflächlich!«, beeilt sie sich hinterherzuschieben. Katka ist wirklich zum Knutschen süß, wenn sie angetrunken ist.

»Ach, Quatsch. Ich kenne dich seit siebenundzwanzig Jahren, und …«, hebe ich an, und sie nickt vehement, bis ich fortfahre, »… ich *weiß* natürlich längst, dass du oberflächlich bist.«

»Bin ich gar nicht!« Sie ist empört. »Du solltest den mal sehen!«

»Vielleicht hat er ein total großes Herz«, piesacke ich sie weiter.

»Ja. Platz genug wäre. Er sieht selbst ein bisschen aus wie eine Polstergarnitur.«

»Boah, bist du fies!«

»Ein Dreisitzersofa.«

»Fies und witzig. Du solltest viel öfter Champagner trinken.«

»Siehst du!«, sagt Katka und schenkt uns beiden noch mal nach. »Das finde ich nämlich auch.«

Kapitel 10

Ein bisschen fies kann ich aber auch sein. Deshalb habe ich der angetüdelten Katka das Versprechen abgenommen, mich am Freitagabend zu Sarahs Poetry-Slam zu begleiten. Ich bin irgendwie nach der Trennung noch nicht recht in der Verfassung, alleine zu einer solchen Veranstaltung zu gehen.

Ach, was rede ich – für so was bin ich noch nie in der Verfassung gewesen. Alleine macht es einfach keinen Spaß.

Nach dem Frühstück baue ich mich vor meinem Adventskalender auf. Der Zettel von Mittwoch galt ja offenbar eher Katka. Wie so ein vertauschter Glückskeks. Obwohl es korrekterweise irgendwas mit *sternhagelvoll sein und Arbeit haben* hätte heißen müssen.

Jedenfalls hoffe ich, dass das heutige Zitat wieder für mich eine Bedeutung hat. Gespannt angele ich nach dem Päckchen, ziehe den Zettel heraus und lese:

Besser ein weiser Tor als ein törichter Weiser.
William Shakespeare

»Haben wir Themenwoche Dummheit, oder meintest du damit was Bestimmtes?«, frage ich Katka, die gerade mit der Zahnbürste im Mund an der Espressomaschine steht.

»Ja«, nuschelt sie, nimmt die Zahnbürste aus dem Mund und fuchtelt damit in meine Richtung. »Ich weiß nicht, ob du es bemerkt hast, aber Erik war echt nicht besonders heiter.«

»Hm, doch. Ist mir aufgefallen. So im Nachhinein.«

»Dein nächster Typ hat bitte schön Humor. Sonst weigere ich mich, ihn zu ertragen«, droht sie, dann wendet sie sich wieder der Espressomaschine zu und putzt sich weiter die Zähne.

»Klingt fair.«

Und absurd. Nächster Typ? Ja, klar. In ein paar Jahren vielleicht.

Nach der Arbeit treffe ich Sarah vor einer Kneipe in der Frankfurter Innenstadt. Sie wirkt tatsächlich überhaupt nicht aufgeregt, obwohl sie gleich noch vor etwa hundert Leuten in ein Mikro sprechen muss. Auswendig. Ich würde sterben vor Angst.

»Wie machst du das, dass du so cool bleibst?«, frage ich sie, als wir Burger und Pommes bestellt haben.

»Man darf das Atmen nicht vergessen«, verrät mir Sarah grinsend.

Ich muss sofort daran denken, dass ich seit der ersten Hypnose jeden Tag brav tief in den Bauch atme und die neue Greta in mir begrüße. Aber dass ich davon viel cooler geworden wäre, habe ich bisher nicht bemerkt. Ich bin kurz davor, Sarah davon zu erzählen, als Katka zur Tür hereinweht – gemeinsam mit einem Schwall eiskalter Winterluft.

»Leute! Der Hunsrück ist ganz schön weit weg«, sagt sie und plumpst neben mir auf die Bank. »Aber immerhin habe ich die Firma jetzt mal gesehen.«

»Und, waren die anderen Kinder auch nett zu dir?«, fragt Sarah im Tonfall einer Kindergärtnerin.

»Ja, sehr nett. Ich habe auch schon den Vertrag unterschrieben.«

»Herzlichen Glückwunsch!« Sarah lacht. »Seht uns an, wir drei Spießerinnen, in anständigen Jobs bei richtigen eingetragenen Unternehmen.«

»Hey, wir arbeiten in der Werbung. Wir sind total cool und modern!«, protestiere ich.

»Das kannst du vielleicht einer Dorfschönheit aus dem Amazonasgebiet erzählen«, antwortet Sarah. »Einer, die noch nie unsere Waschmittelwerbung mit dem Waschbären gesehen hat.«

»Ich finde den Waschbären süß«, sagt Katka und klaut Pommes von meinem Teller.

»Ja, klar. Jetzt sollten wir nur noch Kohl mit Kohlmeisen bewerben und Mehl mit Mehlwürmern.«

»Ich träume heimlich davon, Nacktmulle als Testimonials für Enthaarungscreme einzusetzen«, gestehe ich.

»Du bist krank, weißt du das?«, fragt Katka.

»Ist mir egal. Und bestell dir gefälligst eigene Pommes!«

»Ich bin Polin. Wir sind alle Diebe. Das wisst ihr Deutschen doch.«

»Du bist im Bürgerhospital im Nordend geboren. Wenn du polnisch sprichst, höre sogar ich deinen deutschen Akzent raus.«

»Wie nationalistisch von dir.« Katka winkt endlich nach der Bedienung.

»Was trägst du eigentlich heute Abend vor? Worum geht's bei deinem Auftritt?«, frage ich an Sarah gewandt.

»Um einen Klassiker: Liebe!«

»Oh Gott!«, entfährt es mir. Das Thema verfolgt mich ja auf Schritt und Tritt. Meine Freundinnen wechseln einen belustigten Blick.

»Vielleicht kommt es ja zu einer Spontanheilung«, witzelt Katka. »Wie bei solchen Esoterikern, die von der Bühne herab angeblich hunderte Menschen durch reines Anschauen gesund machen können.«

»Zynismus ist unheilbar«, wendet Sarah ein, woraufhin beide anfangen zu kichern.

»Hallo?«, sage ich beleidigt. »Ich bin nicht zynisch. Außerdem will ich nicht geheilt werden. Ich will den Rest meines Lebens alleine verbringen. Ich werde eine dieser verrückten alten Katzenladys und sammle jahrgangsweise alte Fernsehzeitschriften neben meinem Bett.«

»Halt die Klappe, sonst lass ich dich einweisen«, sagt Katka freundlich.

»Ja, ja.« Ich strecke ihr die Zunge raus. »Erzähl uns von der Liebe, Sarah.«

»Es ist ein eher ernster Text, aber in der Form nicht gerade extravagant. Eigentlich mache ich einen Vergleich nach dem anderen. Es geht um die Frage, ob es in der Liebe Gewinner und Verlierer gibt. Ob derjenige, der mehr liebt, verliert.«

»Oh. Das klingt tiefgründig. Und, ist es so?«

»Nein.« Sarahs rote Locken wippen, als sie den Kopf schüttelt. »Es ist doch ganz einfach: Wer mehr geliebt wurde, verliert auch mehr, wenn es vorbei ist.«

»Andererseits geht es wahrscheinlich nur deshalb vorbei, weil er es nicht mehr will. Wer weniger liebt, hat die Wahl«, widerspricht Katka.

»Außerdem setzt deine Rechnung voraus, dass Geliebtwerden die einzige Währung in der Beziehung ist«, merke ich an. »Dabei macht es uns ja auch glücklich, jemanden zu lieben.«

»Hast du das gehört?« Katka stupst Sarah an. »Sie weiß doch noch, wie es geht!«

»Ja, ich hab's gehört.« Sarah grinst breit. »Erstaunlich. Demnächst toure ich mit dieser Wunderheilungsnummer durch sämtliche Großstädte.«

»Wie geht's eigentlich Max?«, frage ich sie, um von mir abzulenken.

»Max heißt jetzt Martin«, antwortet Sarah lächelnd.

Auf der Bühne ist Sarahs Nummer dann aber doch ziemlich lustig. Das liegt vor allem daran, dass sie Beziehungen mit Sumo-Ringen vergleicht – und die Posen der Ringer gleichzeitig nachstellt. Damit es überzeugender ist, hat sie sich Kissen unter ihren gelben Pullover gestopft und sieht aus wie eine kleine Rettungsboje. »Der Moment beim Sumo, in dem der eine die kleine Hose hochzieht, sodass der andere im Sopran singt«, sagt sie schließlich vor einem lauthals lachenden Publikum. »So fühlt es sich an, wenn du auf deinen romantischen Heiratsantrag zu hören bekommst: *Na ja. Zeig erst mal den Ring.* Oder: *Sind wir etwa offiziell zusammen? Seit wann?!*«

Nach der letzten Nummer wenden sich alle Gäste wie auf Kommando dem Tresen am hinteren Ende des Clubs zu. Das Publikum ist erschreckend jung und lässig. Ich rutsche neben Katka auf einen Barhocker, lasse den Blick schweifen und entdecke ein einziges Grüppchen, das in unserem Alter zu sein scheint. Eine der Frauen winkt in unsere Richtung. Meint sie mich? Nein: Katka winkt begeistert zurück, als die große Blonde in der karierten Bluse mit ihren Freunden näher kommt. War ja irgendwie klar, dass die wenigen Überdreißigjährigen hier sich kennen. Ein spontanes kleines Veteranentreffen.

Die Blonde fällt Katka um den Hals und begrüßt auch mich herzlich. Huch, kennen wir uns etwa doch? Ich betrachte angestrengt ihre großen blauen Augen und ihre dramatische Nase, aber es will einfach nicht bei mir klingeln.

»Das ist Tamara«, zischt Katka mir zu, die offenbar meinen verwirrten Gesichtsausdruck bemerkt hat. Ach ja, Tamara. Sie hat mit Katka zusammen studiert, aber ich habe sie höchstens dreimal gesehen. Bestimmt hat sie mich auch nur erkannt, weil ich neben Katka stehe. Tamara war bei ihren Kommilitonen legendär, weil sie völlig unverfroren mit sämtlichen Dozenten flirtete. Auch mit den weiblichen, die das nicht alle mit Humor nahmen. Unterm Strich verbesserte sich ihr Notendurchschnitt dadurch also nicht. Aber Tamara hatte offenbar Spaß daran. Die Kommilitonen auch.

»Ihr kennt euch ja, oder?«, flötet mir Tamara durch den Lärm der Musik hindurch zu und schiebt einen ihrer Begleiter in meine Richtung. Dunkle Haare, graue Augen. Zaghaftes Lächeln. Er erinnert sich offenbar genauso wenig wie ich.

»Ich bin Greta«, sage ich deshalb einfach und strecke ihm die Hand hin.

»Weiß ich doch«, antwortet er und nimmt meine Hand. Seinen Namen sagt er nicht. Verdammt. Ich weiß schon, warum ich so selten rausgehe. Da trifft man Menschen, und die Menschen haben Namen und wollen sich unterhalten, und das ist mir eigentlich alles schon wieder viel zu kompliziert.

Die grauen Augen stellen sich neben mich und versuchen, die Aufmerksamkeit des Barkeepers zu erregen. Unauffällig stupse ich Katka an. Sie nimmt hinter ihrem Rücken meine Hand und buchstabiert hinein, damit es niemand mitbekommt. Wir haben uns in der Mittelstufe mal gemeinsam das Taubstummenalphabet beigebracht, aber ich habe es nicht mehr so richtig präsent. Der erste Buchstabe ist ein D, das erkenne ich. Und dann? Ein A? Ehe ich mir den Namen zusammenreimen kann, ist Katka schon fertig und lässt meine Hand los. Mist!

Daniel vielleicht?

Da-irgendwas bestellt Gin Tonic und lässt den Vortrag des Barkeepers, warum er in diesem Fall keine Gurkenscheibe hinzufügt (irgendwas mit Geschmacksknospen und widersprüchlichen Aromen), geduldig an sich abperlen. Dann lehnt er sich seitlich an den Tresen und lächelt mich an.

»Na, wie geht's dir so?«, fragt er mich, als hätten wir uns vergangene Woche zuletzt gesehen.

»Gut, danke!« Was redet man noch mal so, unter Menschen? Ich durchforste eilig mein Gehirn und werfe einige Smalltalk-Karteikarten zur Seite, auf denen etwas von Eiseskälte für Dezember, der ziemlich lauten Musik und dem ja doch ganz coolen Club steht. Ich bin offenbar der langweiligste Mensch der Welt. Spontan entscheide ich mich für die Wahrheit.

»Es tut mir total leid«, bekenne ich, »aber ich kann mich nicht mehr an deinen Namen erinnern.«

Da-irgendwas grinst. Ein Glück, er ist immerhin nicht beleidigt.

»Aha«, sagt er gedehnt. »Das ist jetzt doof für dich, was?«

»Ein bisschen schon.« Ich muss lachen, obwohl er mich gerade auflaufen lässt. »Aber ich weiß, dass er mit D anfängt.«

»So, so.« Er schaut mich amüsiert an. »Ich könnte also Dennis heißen. Oder Dirk.«

»Ja, könntest du. Heißt du aber nicht. Sonst hättest du das nicht als Erstes genannt.«

»Touché.«

»Es gibt jetzt zwei Möglichkeiten«, erkläre ich ihm. »Entweder ich nenne dich den ganzen Abend abwechselnd Dennis und Dirk, zwei übrigens eher mittelschöne Namen, wie ich finde, oder du verrätst mir einfach, wie du heißt.«

»Hm, ich weiß nicht recht.«

»Komm schon, Dirk. Gib dir einen Ruck.«

»Ja, na gut.« Er stellt sein Glas ab und gibt mir ein zweites Mal die Hand. Sie ist kalt von den Eiswürfeln, wird aber in meiner schnell warm. »David.«

Puh. Zum Glück bin ich nicht das Risiko eingegangen, ihn einfach Daniel zu nennen.

»Du und Katka, ihr seid also immer noch unzertrennlich, was?«, fragt David.

»Mehr denn je«, antworte ich und bin froh, keines der typischen Smalltalk-Themen erwischt zu haben. »Wir wohnen mittlerweile sogar zusammen.«

»Ehrlich?« David schaut überrascht drein. »Als ich sie zum letzten Mal gesehen habe, erzählte sie, sie sei deine Trauzeugin.«

Hurra. Und schon sind wir mittendrin in einem peinlichen Gespräch über die großen Niederlagen im Leben der Greta Hildebrand. Er hat ganze zwei Minuten gebraucht, um hierhin zu kommen. Nur meine Mutter schafft das schneller.

»Hmnaja«, nuschele ich. »Es hat nicht funktioniert. Schon nach ziemlich kurzer Zeit nicht mehr.«

»Das tut mir leid«, sagt David.

»Muss es nicht. Es geht mir gut. Mit Katka zusammenzuwohnen, ist super. Vielleicht kaufe ich mir irgendwann noch eine Katze. Oder vier Hamster.«

»Von Hamstern muss ich dringend abraten. Passen perfekt zwischen zwei Brötchenhälften, schmecken aber nicht«, erklärt er mit todernstem Gesicht.

»Hm. Aber was wäre denn dann ein idealer Hausgenosse für mich?«

»Vielleicht ein Minischwein. Oder eben doch ein Mann.«

»Ich fürchte, du nennst beide mit Bedacht in einem Atemzug.«

»Wenn es der falsche Mann ist, ja.«

»Den falschen Mann hatte ich schon«, versichere ich.

»Dann kannst du es ja als Nächstes mit dem richtigen versuchen.«

»Hoffentlich ist der richtige jung und kann darauf noch ein paar Jahre warten.«

Plötzlich taucht Sarah neben uns auf, strahlend. Ich umarme sie.

»Super hast du das gemacht! Wir haben sehr gelacht.«

»Stimmt«, wirft David ein. »Toller Auftritt.«

»Das ist David«, sage ich wohlerzogen. »Und das ist meine Freundin Sarah.«

»Hallo, David!« Sarah schaut erst ihn, dann mich mit einem bedeutungsschwanger begeisterten Blick an. Wenn mir das schon so unangenehm ist, wie muss das erst für ihn sein? »Und ihr habt euch hier kennengelernt?«, fragt sie jetzt auch noch.

»Nein, wir kennen uns von früher«, sage ich etwas dreist und werde prompt überführt.

»Sie meint, *ich* kenne sie von früher«, korrigiert David. »Greta hat sich nicht an mich erinnert.«

Autsch.

Zum Glück ist Sarah erfrischend mitleidlos. »Wie kommt's? Warst du damals dick?«

Ich kichere in mich hinein, als David ertappt zusammenzuckt. »Na, ehrlich gesagt, ja. Ein bisschen schon.« Er schaut verlegen. »Außerdem habe ich eine ziemlich große Brille getragen. Ich dachte, das würde mich älter und klüger aussehen lassen.«

»Und jetzt?«, frage ich.

»Jetzt bin ich alt genug, dass es mir egal ist, ob ich klug aussehe.«

»Dann hat es mit der Klugheit am Ende ja doch noch geklappt. Lebst du in Frankfurt?«, fragt Sarah mit jenem Unterton, mit dem Mütter gern Schwiegersohnqualitäten abklopfen: *Haben Sie ein Auto? Und was machen Ihre Eltern beruflich? Gibt es irgendwelche Krankheiten in Ihrer Familie?*

»Ja, ich bin nach dem Studium einfach hiergeblieben«, erzählt David. »Aber zurzeit bin ich viel unterwegs. Ich plane eine Wohnsiedlung in Regenstauf in der Oberpfalz.«

»Wirklich?« Sarah ist begeistert. »Meine Mutter war Miss Regenstauf 1968!«

Muss man eine Frau, die solche Sätze sagt, nicht einfach lieben? Ich lache sie an.

»Großartig. Willst du was trinken?«, fragt David sie und weist auf den Barkeeper, der sich gerade hinter uns zu schaffen macht.

»Ach, ich weiß nicht. Zeig erst mal den Ring«, witzelt sie.

Schäkern die zwei miteinander? Ach nee, ich habe mich geirrt: Sarah ist einfach nur viel durchtriebener, als ich dachte. Denn David hebt prompt lachend seine Hände und dreht sie, um zu zeigen, dass kein Ring daransteckt. Hoffentlich bekommt er nicht mit, dass Sarah mich sofort auffordernd anstupst. Sie ist clever, aber unauffällig ist sie nicht gerade.

»Ich hätte gern ein Bier«, sagt sie dann.

»Ich nehme auch noch eins.«

David dreht sich zum Tresen und bestellt. Sarah nutzt die Gelegenheit, um sich zu mir zu beugen und zu flüstern: »Mensch, der wär doch was für dich, Greta!«

Also, technisch gesehen flüstert sie. In Sarahs Ausführung aber handelt es sich um ein Bühnenflüstern, mit dem sie noch die obersten Ränge des Burgtheaters problemlos erreichen würde. Passenderweise setzt der Beat der Musik in diesem Moment aus, vielleicht ist es auch mein Herzschlag, jedenfalls fühle ich mich wie in einer Taucherglocke, in der die Posaunen von Jericho erschallen. Ich bin mir sicher, dass jeder im Club diesen Satz gehört haben muss, und würde am liebsten vor Scham mitsamt dem Barhocker im Boden versinken.

Aber seltsamerweise passiert gar nichts. David dreht sich wieder zu uns und reicht uns unsere Getränke. Wir plaudern über die hessische und die oberpfälzische Provinz und über die wilde Jugend unserer jeweiligen Eltern. David erzählt, dass seine Mutter erst vor wenigen Wochen nebenbei erwähnte, sie hätten früher bei Partys die Bowle direkt in der Badewanne gemischt, und Sarah denkt sofort laut darüber nach, bei welcher Gelegenheit sich diese geniale Idee umsetzen ließe.

»Ihr habt eigentlich noch gar keine Housewarming-Party gefeiert«, sagt sie anklagend zu mir.

»Na ja, weil Katka seit Jahren da wohnt.«

»Aber du erst seit ein paar Wochen! Ihr könnt ja eine ganz aufwandsarme Party machen.« Sarah grinst. »Dann gibt es eben nur Badewannenbowle und Leitungswasser.«

»Ähm, bin ich die Einzige hier, die das mit der Badewanne ziemlich unhygienisch findet?« Ja, so schnell ist man als Neurotiker geoutet. Hab ich doch gern gemacht.

»Och. Wenn man das Hochprozentige zuerst reinkippt, geht's eigentlich«, schlägt David hilfsbereit vor.

»Du hast echt tolle Ideen«, antworte ich spitz.

»Ich hoffe eingeladen zu werden, wenn ich wertvolle Beiträge zur Planung liefere.«

»Klar bist du eingeladen!«, ruft Sarah sofort. »Mitte Januar wäre doch super. Kannst du da?«

»Sarah, vielleicht sollten wir erst mal Katka fragen, ob sie überhaupt eine Party schmeißen will.«

»Gute Idee!« Sarah schiebt sich an mir vorbei zu Katka. Hervorragend. Katka wird keine Lust darauf haben, dass jemand Badewannenbowle auf ihrem Designersofa verschüttet. Sie wird ablehnen, also bin ich fein raus.

Dass die beiden gerade ausdauernd und geheimniskrämerisch miteinander tuscheln, macht mich allerdings etwas misstrauisch. Besorgt runzele ich die Stirn. Auch David beobachtet die beiden.

»Wieso überlässt du Katka die Entscheidung? Ist sie der *bad cop* bei euch?«

»Einerseits schon. Andererseits ist sie viel freundlicher als ich.«

»Schrecklich. Aber man kann ja nicht nur gute Eigenschaften haben.«

Im nächsten Moment bahnt sich Sarah wieder einen Weg zu uns. Beim Anblick ihres siegessicheren Gesichtsausdrucks wird mir ganz mulmig zumute.

»Katka ist dafür!«, jubelt sie und klatscht erfreut in die Hände.

»Wie hast du das gemacht? Was hast du ihr erzählt?«, stammele ich.

»Och, das mit der Badewannenbowle hab ich erst mal weggelassen. Das hat ja Zeit. Aber sie kann dann ihre neuen Kollegen einladen. Das passt doch super, da lernen sie sie gleich besser kennen.«

»Na gut!« Ich gebe mich geschlagen, schließlich will ich nicht wie ein Spielverderber dastehen. Die letzte Party, die ich geschmissen habe, war meine Hochzeit. Wahrscheinlich ist es eine ganz gute Idee, die Erinnerung zu überlagern. Außerdem muss ich diesmal immerhin kein halbes Jahr darauf hinplanen.

Den Rest des Abends sonnt sich Sarah vergnügt im Glanze ihres Erfolges über meine Menschenscheu. Gegen ein Uhr will Katka gehen, und auch ich bin müde. David umarmt mich zum Abschied.

»Kommt gut nach Hause, ihr zwei.«

»Hat mich gefreut, dich wiederzusehen.«

»Kennenzulernen, wolltest du wohl sagen«, meint er grinsend.

»Ja, ja.« Ich boxe ihn leicht gegen die Schulter und sehe im Augenwinkel Katka die Augen verdrehen über diese avancierte Flirttechnik.

»Ihr habt euch ja ganz schön lange unterhalten heute Abend«, beginnt sie die Befragung, kaum dass wir den Club verlassen haben.

»Ja, Ma'am«, sage ich. Es weht ein eisiger Wind. Wir laufen schnell zur Straßenbahnhaltestelle. Unterwegs bohrt Katka weiter.

»Hast du dich wirklich gar nicht an ihn erinnert?«

»Nein, Ma'am.«

»Hast du vor, mir weiterhin so doof zu antworten?«

»Ja, Ma'am.«

»Warum willst du nicht darüber reden?«

»Weil es nichts zu reden gibt, Ma'am.«

»Nichts zu reden? Du unterhältst dich seit deiner Trennung zum ersten Mal wieder einen ganzen Abend mit einem netten Typen, und ich, deine *beste Freundin*«, Katka täuscht einen kleinen emotionalen Anfall vor, »darf nichts darüber erfahren?«

»Also gut«, stöhne ich. »Was willst du wissen?«

»Gefällt er dir?«

»Er ist witzig, er ist intelligent, er sieht gut aus.«

»Das beantwortet meine Frage nicht.«

»Ja, verdammt! Er gefällt mir.«

»Willst du ihn wiedersehen?«

»Katka, ich bin frisch getrennt, man sollte mich niemandem zumuten. Schon gar nicht einem witzigen, intelligenten, gut aussehenden Mann.«

»Du bist nicht mehr frisch getrennt. Es ist Monate her, und wenn du jetzt allmählich mal aufhören könntest, dich in Selbstmitleid zu suhlen, könnte das Leben weitergehen!«

Erschreckt reiße ich die Augen auf. Sie wirkt wirklich gereizt, aber im nächsten Moment ist das schon wieder verflogen.

»Tut mir leid. Das war übertrieben«, sagt sie. Wir steigen in die Straßenbahn, in der außer uns nur ein schlafender Mann und zwei junge Mädchen sitzen, die sich ein Bier teilen. Das richtig harte Partyvolk fährt jetzt nicht in die Wohnviertel – das macht sich gerade erst zurecht zum Weggehen.

»Wahrscheinlich hast du recht. Aber ich bin trotzdem noch nicht so weit«, gestehe ich kleinlaut.

»Ist ja gut.« Katka seufzt. »Vielleicht bin ich auch nur so streng, weil ich mir wünschte, mir würde nach dem Desaster mit meinem Chef auch wieder jemand gefallen.«

»Gefällt dir David nicht?«

»Ich kenne ihn schon so lange, und es hat nie gefunkt. Außerdem habe ich mal seine Jacke gehalten, während er nach einer Uni-Party im Park an einen Buchsbaum gekotzt hat.«

»Gut, ich sehe ein: Das versperrt einem gewisse Türen.«

»Allerdings. Hätte ich dir das jetzt besser nicht erzählen sollen?«

»Nee, ich bin ganz froh. Das hält mich von wilden erotischen Fantasien von ihm ab.«

»Ja dann – gern geschehen!«

Am nächsten Morgen graust es mir schon vor dem Lachtraining. Ich habe keine Lust, Kosta wiederzusehen – und am Ende auch noch die liebreizende Isabel. Gleichzeitig muss ich mir eingestehen: Eigentlich war mir von vornherein klar, dass Kosta nichts für mich ist. Sonst hätte ich diese leichte Verknalltheit gar nicht erst zugelassen. Sobald nämlich jemand tatsächlich infrage kommt, wie zum Beispiel dieser David, mache ich panisch alle Schotten dicht.

Dieses Bewusstsein entspannt mich ein bisschen. Trotzdem würde ich am liebsten schwänzen. Das könnte mich allerdings verraten, und das will ich auf keinen Fall. Niemand will als der verknallte Trottel dastehen, der er in Wahrheit ist.

Äußerst genervt sitze ich deshalb ein paar Stunden später in der Volkshochschule. Wir machen ein paar Atemübungen, bei denen mir zum ersten Mal auffällt, dass Kostas Augen seltsam hervortreten. Sieht eigentlich fast ein bisschen gruselig aus. Hat der mir echt so gut gefallen? Ich denke kurz an Davids graue Augen, und mir vergeht das Lachen. Mich jetzt sofort in den Nächsten zu verknallen, wäre wirklich überhaupt keine gute Idee.

Ich simuliere ein bisschen Fröhlichkeit und mache mich anschließend schnell vom Acker, bevor jemand fragen kann, ob ich noch mit ins Café komme. In der Stadt besorge ich einen perversen Fresskorb für Anton, der aus einem mir unerklärlichen Grund alles mit Pfefferminze über die Maßen schätzt. Pfefferminztee, Pfefferminzschokolade, Pfefferminzschnaps, Pfefferminzbonbons. Immerhin, er riecht immer frisch. Manchmal ein bisschen zu frisch. Wie eine Zahnpastafabrik.

Am Abend trete ich in Jeans und Bluse aus meinem Zimmer in den Flur, wo Katka gerade mit dem Reißverschluss eines ziemlich engen dunkelroten Kleides kämpft.

»Hallöchen. Du siehst ja heiß aus.«

»Danke. Hilfst du mir mal?«

Ich ziehe den Reißverschluss an ihrem Rücken hinauf und schließe das Häkchen im Nacken. Das Kleid scheint neu zu sein. Hat sie sich etwa extra für Antons Geburtstag ein neues Kleid gekauft? Seltsame Dinge geschehen hier.

Zwei Abende hintereinander in Bars herumzuhängen, fühlt sich nach spätrömischer Dekadenz an, und als ich mich bei diesem Gedanken ertappe, schimpfe ich mich sofort der Frühvergreisung. Die Zeit, in der ich im beschaulichen Bad Vilbel gewohnt habe, ist offenbar doch nicht spurlos an mir vorübergegangen. Die Bar liegt fast direkt am Main, an den Wänden stehen ein paar gemütliche Sofas, aber ich weiß, dass ich mich da erst ganz spät am Abend draufschmeißen darf, wenn ich nicht wie eine Rentnerin rüberkommen will.

Anton kommt auf uns zu und umarmt mich fest. Ich drücke ihm das Pfefferminz-Potpourri in die Hand und sage: »Herzlichen Glückwunsch! Das ist von uns beiden, Katka und mir.«

Ich drehe mich nach meiner Freundin um, die offenbar tatsächlich gerade versucht hat, sich hinter mir zu verstecken. Das ist ziemlich absurd, denn sie ist fast einen Kopf größer als ich, und in diesem Kleid könnte sie sich nicht mal bei Nacht in einem Tunnel verstecken. Antons Blick verrät denn auch sofort Begeisterung.

»Hallo, Katka!«

»Hi.« Sie räuspert sich verlegen und umarmt ihn vorsichtig. Irgendwas passiert hier, das ich nicht verstehe. Wenn sie mein Flirtverhalten schon seltsam findet, was soll dann bitte das hier werden?

Ich begrüße ein paar Bekannte und setze mich an die Ecke der Bar. Von hier aus kann ich den ganzen Raum sehen, und während ich mir von Antons jüngerer Schwester Nora von ihrem letzten Urlaub in Island vorschwärmen lasse, beobachte ich Anton und Katka genau. Sie stehen nicht beieinander, aber immer so, dass sie den anderen im Blick behalten. Manchmal schauen sie gleichzeitig in die Richtung des jeweils anderen und tun dann so, als wäre nichts gewesen.

»Wohin geht eigentlich dein nächster Urlaub?«, fragt Nora mich schließlich.

»Puh, das ist eine gute Frage«, gebe ich zu und starre in mein Glas. »Ich habe mich noch nicht an den Gedanken gewöhnt, alleine verreisen zu müssen.«

»Alleine verreisen? Wie kommst du denn auf die Idee?«

»Na ja, ich bin ja jetzt Single.«

»Na und? Ich auch. Aber ich würde auf keinen Fall alleine in Urlaub fahren, das ist doch irre langweilig.«

»Mit wem fährst du dann?«

»Mit Freunden. Manchmal zwinge ich auch Anton zu einem Städtetrip«, sagt Nora und kichert. »Es ist dann immer ein bisschen wie früher. Wir streiten die ganze Zeit, und unsere Eltern sind total froh, dass sie uns nicht mehr ertragen müssen dabei. Die fahren jetzt immer an die Ostsee.«

»Ihr streitet die ganze Zeit? Warum verreist ihr dann

überhaupt zusammen?«, will ich wissen und nippe an meinem Drink.

»Ach, so ist es eben unter Geschwistern. Irgendwie hat es auch schon Tradition. Wir haben uns an der Freiheitsstatue gestritten, unterm Eiffelturm und auf dem Forum Romanum. Danach finden wir es immer lustig.«

»Dann habt ihr offenbar zumindest denselben Humor.«

»Absolut. Als Nächstes fahre ich übrigens in den Skiurlaub. Im Februar. Wir haben noch ein paar Betten frei in der Hütte, willst du mit? Es sind lauter sehr lustige Leute dabei, die würdest du sicher mögen!«

»Oh. Hm.« Ich überlege hin und her. Einerseits hat mir Skifahren beim ersten und bisher einzigen Versuch meines Lebens nicht so richtig Spaß gemacht. Da war ich siebzehn und musste mit meiner Schulklasse in der Rhön Ski fahren. Das Skigebiet bestand aus zwei kleinen Hügeln, aber das war egal, ich kam über den flacheren der beiden die ganze Woche lang nicht hinaus. Andererseits habe ich noch ziemlich viel Urlaub übrig. Und ich mag Nora sehr.

»Ja, warum nicht?«, höre ich mich sagen. »Ich kann zwar nicht Ski fahren, aber notfalls leihe ich mir einen Schlitten aus und rutsche auf dem rum.«

»Toll!« Nora klatscht in die Hände. »Ich mail dir morgen alles, was du dazu wissen musst. Und natürlich fährst du Ski. Wir bringen dir das schon bei!«

»Das ist nett von euch.« Oh Gott, worauf habe ich mich da nur eingelassen? Ich werde mit lauter sportlichen Endzwanzigern unterwegs sein und mich wie ein Idiot anstellen. Mein Schamgefühl verzieht sich vorsorglich winselnd in eine Ecke. Das ist aber ganz praktisch, denn von dort aus spielt es nicht mehr mit. Deshalb endet der Abend, indem Nora und ich uns von zwei Marketingheinis zu mehreren Runden Tequila einladen lassen und einander schmutzige Witze erzählen, bis wir gemeinsam mit den anderen Übriggebliebenen von der Bedienung aus der Bar gefegt werden.

Katka hat sich da schon längst verabschiedet, und auch der Gastgeber ist bereits gegangen. Doch ihn sehe ich überraschend bald wieder.

Kapitel 11

»Guten Morgen, Greta«, sagt eine Stimme, als ich am nächsten Vormittag in die Küche tapse. Verwirrt hebe ich den Kopf. Was macht ein Mann hier? Und wieso kommt mir die Stimme so bekannt vor? Autsch, mein Kopf.

An der Kaffeemaschine steht Anton in T-Shirt und Boxershorts und schäumt Milch auf.

»Äh«, sage ich wenig souverän.

»Guten Morgen, Anton«, hilft er mir.

»Ja. Genau. Guten Morgen, Anton. Was zur Hölle machst du in Boxershorts in unserer Küche?« Allmählich werde ich doch wach.

»Kaffee.«

»Für die blöde Antwort musst du mir auch einen machen«, verlange ich und lasse mich auf einen Stuhl sinken. »Wo ist Katka?«

»Noch im Bett.«

Ach so. Klar. Noch in ihrem Bett, wo er höchstwahrscheinlich auch war. Mit Katka. Die ihn nie leiden konnte. Die beiden sind doch gestern Abend nicht mal gleichzeitig gegangen. Ich krieg das alles nicht zusammen. Aber immerhin hält Anton mir jetzt einen dampfenden Becher unter die Nase.

»Erzählst du es mir, oder soll ich Katka fragen, wenn du weg bist?«, frage ich in meiner Dankbarkeit höchst kooperativ.

»Hm. Das soll sie dir vielleicht besser selbst erzählen.« Er grinst ein bisschen verlegen.

»Anton?«

»Was?«

»Du weißt, ich mag dich sehr. Aber wenn du ihr wehtust, breche ich dir beide Beine.«

»Ich meine es ernst mit ihr und bin überhaupt ein sehr ehrenwerter junger Mann.«

»So siehst du aus.« Ich deute auf seine Boxershorts in Neonorange. »Sie hat übrigens ein ausgeprägtes Empfinden für schöne Farben. Falls du deine Kleiderwahl künftig überdenken möchtest.«

Anton lacht und strubbelt mir freundschaftlich durch die Haare. »Ich merk's mir.«

Dann nimmt er zwei Tassen Kaffee und marschiert zurück in Katkas Schlafzimmer. Ich gewöhne mich allmählich an den Gedanken, dass die Erklärung für diesen seltsamen Stimmungsumschwung noch auf sich warten lässt. Wahrscheinlich bleiben die beiden noch geraume Zeit im Schlafzimmer verschwunden. Und sehr wahrscheinlich ist auch, dass es für alle Beteiligten angenehmer ist, wenn ich unterdessen nicht durch den Flur geistere. Ich trinke deshalb meinen Kaffee aus und mache mich auf die Suche nach meinem Badeanzug. Ein paar ruhige Bahnen im Schwimmbad sind jetzt genau das Richtige – wenn sich schon das Leben weigert, in ruhigen Bahnen zu verlaufen.

Allerdings hatte ich in einem Anfall von Naivität nicht damit gerechnet, dass an diesem regnerischen Dezembersonntag auch andere ins Schwimmbad gehen könnten. Familien, insbesondere. Familien mit ziemlich kleinen Kindern, die zwar noch nicht richtig schwimmen können, aber trotzdem im Schwimmerbecken rumpaddeln und sich dabei strampelnd an aufblasbaren Gerätschaften festhalten. Nach dem dritten Tritt gegen meinen Oberschenkel verziehe ich mich auf eine der abgesperrten Schwimmbahnen. Das ist blöd für jene, die dort wie angestochen kraulen, weil ich ziemlich gemütlich schwimme. Aber da müssen wir jetzt alle gemeinsam durch. Schließlich will ich hier keinen Preis gewinnen, sondern nachdenken.

Während ich durchs Wasser gleite, grübele ich über die letzten Wochen und Monate nach. Das Lachtraining war das Erste, womit Katka mich wieder ins Leben zerren wollte. War das gut? Zumindest hat es mir gezeigt, dass ich wieder jemanden attraktiv finden kann. Auch wenn Kosta nur ein niedlicher Junge war und kein Mann. Außerdem habe ich endlich mal wieder richtig gelacht. Ich hatte schon Sorge, ich würde später mal keine Lachfältchen um die Augen bekommen, sondern bittere Furchen um den Mund. Trotzdem: Eigentlich will ich da jetzt nicht mehr hin. Ich lache lieber über wirklich lustige Sachen im richtigen Leben. Und ich bin sicher, dass es Katka mir nicht übelnehmen wird, wenn ich den Kurs früher abbreche.

Am Ende der Bahn wende ich gemächlich und ignoriere das entrüstete Schnauben eines Ehrgeizlings mit grauer Badekappe, der an mir vorbeiprescht wie ein Thunfisch.

Nächster Punkt: meine Therapie. Ich habe keine Ahnung, wie viel mir das bringt, und Dr. Schiechel ist wirklich äußerst seltsam. Immerhin, als ich vor ein paar Tagen nachgeschaut habe, waren keine bösen Mails mehr von mir im *Gesendet*-Ordner. Seit Erik nachgegeben und mir das Geld überwiesen hat, ist das vorbei. Also hatte ich vielleicht doch gar nicht so schlimme unterdrückte Aggressionen gegen ihn?

Trotzdem muss ich das unbedingt weiterverfolgen, beschließe ich. Angenommen, ich entwickele mal Wut auf meinen Chef – womöglich laufe ich dann Gefahr, ihm auch angeschickert Hassmails zu schreiben. Kein Risiko, mit dem ich auf Dauer leben möchte. Also lasse ich mich weiter hypnotisieren. Was soll's? Tut ja nicht weh.

Und dann ist da noch die Sache mit den Karamellbonbons. Die erste Hürde ist geschafft, aber ich fürchte mich entsetzlich vor der Präsentation beim Kunden. Nächste Woche ist es so weit. Was soll ich denen nur vermitteln? Vielleicht: *Hallo, ich bin Greta und kenne mich mit liebevollen Familien aus.* Oh Gott, ich müsste selbst als Erste laut loslachen.

Ich erreiche den Beckenrand und mache eine kleine Pause. Meine Schwimmbrille macht ein leises schmatzendes Geräusch, als ich sie von meinen Augen nehme. Dann dümpele ich vor mich hin und beobachte die Menschen, die an mir vorübergehen. Die alte Frau mit rosa Badeanzug und beeindruckend muskulösen, straffen Beinen. Die kleinen Mädchen mit Schwimmflügeln, die mehr schlittern als gehen. Und der Mann, der sich gerade ein Handtuch um die Hüften wickelt und ein bisschen aussieht wie David. Die Haare. Die Statur. Hm. David. Über ihn nachzudenken, habe ich mir die letzten zwei Tage konsequent verkniffen.

Während ein leichter Pommesduft in meine Nase zieht, setze ich meine Schwimmbrille wieder auf und stoße mich vom Beckenrand ab. Zwei Bahnen lang glotze ich stumpf auf die Kacheln am Boden, was mich dann aber doch nicht lang genug ablenken kann. David also. Wenn Katka mich nicht gefragt hätte, ob er mir gefällt, hätte ich darüber wahrscheinlich gar nicht nachgedacht. Es war ja offensichtlich. Er war nett und lustig. Wir haben uns gut unterhalten. Wieso muss man eigentlich jede Unterhaltung zwischen Mann und Frau immer sofort auf erotisches Potenzial abklopfen? Schließlich sind das genau die Eigenschaften, die ich auch an meinen Freunden schätze. Vielleicht will ich mit David ja einfach nur befreundet sein.

Du willst ihn also wiedersehen, sagt eine Stimme in mir.

Ja, klar will ich ihn wiedersehen. Daran ist ja wohl nichts verwerflich!

Die Stimme schweigt. Zum Glück.

Es wird alles ganz entspannt und freundschaftlich, beschließe ich. Wir werden gemeinsam eine eklige Badewannenbowle ansetzen, das ist so unsexy, da kann nichts passieren. Und dann gehen wir vielleicht mal was trinken mit Katka und Tamara. Das wäre doch nett.

Beschwingt schwimme ich zur Leiter und klettere aus dem Becken. Mir wird ein bisschen schwindlig in der dunstigen Luft, deshalb halte ich mich am Geländer fest und schließe für einen Moment die Augen. Plötzlich sehe ich lustige bunte Zeichentrick-Katzen durch einen Garten hüpfen.

Als ich die Augen wieder öffne, hat meine Perspektive sich verändert. Ich sehe dicht vor mir das Gesicht einer jungen Frau, die meine Wange tätschelt, und im Hintergrund ziemlich viel Schwimmhallendecke.

»Alles in Ordnung?«, fragt die Frau. Ihre Stimme klingt schrill. Überhaupt ist alles gerade sehr laut.

»Äh, ja. Klar.« Ich schiebe sie weg und will aufstehen.

»Mach langsam!« Sie hält mich an den Schultern fest. »Du bist gerade umgekippt, das muss ja kein zweites Mal passieren.«

»Ich bin umgekippt?«, frage ich, als wäre es normal, auf dem Boden aufzuwachen. Ich bin wohl wirklich noch nicht wieder ganz wach.

»Ja. Du hattest Glück, dass du nicht ins Wasser gefallen bist.«

»Sondern nur auf den Fliesenboden. Was bin ich nur für ein Glückspilz.« An meiner Hüfte spüre ich etwas wachsen, das sich wie der Bluterguss des Jahrhunderts anfühlt.

»Genau. Kleineres Übel.« Sie erlaubt mir, mich aufzurichten. Da sitze ich nun, beginne zu frieren und bemerke einen kleinen Ring von Kindern und Halbwüchsigen um uns herum, die mich anstarren.

»Passiert dir das öfter?«, will die nette Frau wissen.

»Nein. Ist mir noch nie passiert.«

»Du solltest mal zum Arzt gehen und dich untersuchen lassen. Hast du Kopfschmerzen?«

»Nee, wieso?« Während ich über die schmerzende Stelle an der Hüfte streiche, fällt mir auf, dass sich der Bademeister gar nicht hat blicken lassen. Die kleine Menge an Schaulustigen, die sich um mich schart, kann ihm eigentlich nur schwer entgangen sein. Nicht dass es sein Job wäre, bei Vorfällen dieser Art mit dem Erste-Hilfe-Kasten herbeizueilen oder zumindest mal nach dem Grund des kleinen Menschenauflaufs zu sehen, nein …

»Das ist gut. Dann kannst du keine Gehirnerschütterung haben.«

In Anbetracht des bizarren Testbilds, das mein Gehirn gesendet hat, ehe es auf den Notaus-Knopf haute, kann bei mir wahrscheinlich gar nicht allzu viel kaputtgehen. Vorsichtig rappele ich mich auf, bedanke mich bei meiner Helferin und wende mich den Umkleiden zu, woraufhin der Ring um mich herum sich teilt. Fühlt sich ein bisschen wie Rockstarleben an, aber ohne die Coolness.

Wackelig dusche ich und ziehe mich an. Beim Föhnen setze ich mich hin und schlafe in der warmen Luft fast ein. Mit letzter Kraft schleppe ich mich ins Schwimmbad-Restaurant, aus dem der köstliche Duft vorhin kam, und bestelle einen großen Teller Pommes. Mit Ketchup.

Am Nebentisch sitzt der Bademeister.

»Dir ist WAS passiert?«, kreischt Katka später, als ich ziemlich blass am Küchentisch sitze und Cola für den Kreislauf trinke. Anton ist während meiner Abwesenheit verschwunden.

»Es war nur eine kleine Ohnmacht, mir ist nichts passiert«, beruhige ich sie. »Erzähl lieber du!«

»Och. Bei mir war es schon eine etwas größere Ohnmacht«, sagt Katka und kichert.

»Bitte, verschon mich!« Abwehrend hebe ich die Hände. »Ich stelle mir meine Freunde nicht so gerne beim Vögeln vor. Und auch noch miteinander!«

»Pah. Was willst du denn dann wissen?«

»Wie um alles in der Welt ist es dazu gekommen? Ich dachte, du magst ihn nicht besonders.«

»Das war früher auch so.«

»Und wann hat es sich geändert?«

»In der Nacht eurer Hochzeit.«

»Äh, bitte, was?« Ich starre Katka an. Die Party ging bis vier Uhr nachts. Nicht mal ich als Braut hatte in der Nacht noch Sex, was vielleicht ein bisschen trist war, sich aber zumindest als äußerst zutreffendes Omen für den weiteren Verlauf der Ehe erwies. »Ich habe euch nicht mal miteinander reden sehen an dem Abend.«

»Haben wir auch nicht. Aber dann haben wir uns beim Gehen vor der Tür getroffen und uns ein Taxi geteilt.«

»Uuuuuund?« Ich fuchtele mit den Händen, damit sie weiterspricht. »Das Teilen eines Taxis verpflichtet ja noch zu nichts.«

»Wir waren beide ziemlich aufgekratzt und müde, und ich hatte vielleicht ein oder zwei Gläser Wein zu viel. Ich glaube, wir haben vor allem angefangen zu knutschen, um die peinliche Stille zu überbrücken.«

»Das ist ja ein super Smalltalk-Tipp. Warum steht der nicht in allen Business-Ratgebern?«

»Ich würde dich jetzt hauen, wenn du nicht so blass wärst.«

»Doof für dich. Erzähl weiter.«

»Wir sind dann beide bei Anton ausgestiegen.«

»Katka, was war denn los mit dir? Seit wann schläfst du mit Männern, die du nicht leiden kannst?«

»Das ist es ja gerade!« Katka beugt sich vor, ihre Wangen sind gerötet. »Er war so wahnsinnig süß in der Nacht. Richtig liebevoll und lustig und fürsorglich. Ich habe völlig vergessen, dass er mich früher genervt hat.«

»Aber ihr habt euch danach nicht wieder getroffen?«

»Nein.« Katka schaut zu Boden und verzieht das Gesicht. »Es war meine Schuld. Ich bin irgendwann am frühen Nachmittag aufgewacht, hab ihn schlafend neben mir liegen sehen und Panik gekriegt. Also hab ich mich schnell sehr leise angezogen und auf einen Zettel so was geschrieben wie: *Wir sind uns ja einig, dass das nichts bedeutet hat. Schönes Wochenende noch.*«

Mir klappt die Kinnlade herunter. »Whoa. Du bist ja hart drauf!«

»Das war so eine Arschlochaktion von mir.« Katka reibt sich mit den Händen übers Gesicht.

»Hast du das gemacht, obwohl oder weil die Nacht so schön war?«, frage ich vorsichtig.

»Ich weiß nicht genau. Eine Mischung aus beidem vielleicht.«

»Hm. Daraufhin hat er sich wahrscheinlich nie gemeldet.«

»Nein. Und das kann man ihm wohl kaum verübeln.«

»Sicher nicht. Wieso hast du mir nichts davon erzählt?«

»Es war mir so unangenehm. Beides, die Nacht und mein Abgang. Außerdem hattest du dann den Ärger mit Erik am Hals, und ich hab mich in meinen Chef verknallt.«

»Und was ist bei diesem Telefonat mit Anton neulich vorgefallen?«

»Gar nicht so viel. Er hat uns eingeladen, und ich habe gesagt, dass ich mich freue, von ihm zu hören. Ich hab mich auch wirklich gefreut.«

»Daraufhin bist du in diesem Mörderkleid zu seiner Feier gegangen.«

»Ja.« Katka grinst. »Das hat er zum Glück ganz richtig interpretiert. Zum Reden war ich nämlich zu schüchtern.«

»Du hast versucht, dich hinter mir zu verstecken.«

»Ah, du hast es bemerkt.«

»Allerdings.«

»Anton zum Glück nicht. Er hat mir in der Bar heimlich eine Nachricht geschrieben, irgendwas von wegen *schönes Kleid*, und als ich antwortete, eskalierte es seltsam schnell in Richtung von: *Wir sollten diese Nacht wiederholen.*«

»Deshalb ist der Gastgeber vor seinen letzten Gästen verschwunden.«

»Hm, könnte sein!« Sie lächelt geschmeichelt. »Aber diesmal habe ich mich nicht so blöd benommen. Ich habe mich heute bei ihm für den Zettel entschuldigt.«

»Seht ihr euch wieder?«

»Ganz bestimmt.« Als sie das in diesem träumerischen Tonfall sagt, weht ein bisschen Sternenstaub durch unsere Küche.

»Katka, unter normalen Umständen würde ich dich jetzt nach seiner sexuellen Performance ausfragen, weil ich so krankhaft neugierig bin.«

Sie grinst. »Und untervögelt.«

»Ja. Und untervögelt«, schnaube ich. »Danke, dass du mich daran erinnerst. Aber diesmal ist es einer meiner ältesten Kumpel, über dessen Penis ich überhaupt nicht nachdenken möchte, und ich sag dir jetzt schon mal: Erzähl mir bitte nie Details, sonst ertränke ich mich in unserer Badewanne. Oder dich. Oder ihn.«

»Okay. Gut, dass du mich warnst.«

»Es ist schon verrückt, wie es gerade bei dir läuft.« Ich trinke meine Cola aus. Trotz der bahnbrechenden Neuigkeiten fühle ich mich schon etwas weniger wackelig. »Seit du den alten Job und den alten Typen los bist, hast du beides in viel besseren Varianten gefunden.«

»Ja, seltsam, oder? Ist mir auch aufgefallen. Es ist, als wäre ich blockiert gewesen.« Katka stellt einen Topf auf den Herd, holt eine Packung Nudeln aus dem Schrank und drückt mir die Parmesanreibe in die Hand. »Man sollte wirklich an nichts festhalten. Es kommt so oft was Besseres nach.«

Nach dem Essen gehe ich an meinen Adventskalender, den ich am Morgen in der Verwirrung vergessen hatte. Ich ziehe einen Zettel heraus, lache und überreiche ihn direkt Katka: »Es ist schon wieder für dich.«

Und es kam der Tag, da das Risiko, in der Knospe zu verharren, schmerzlicher wurde als das Risiko zu blühen.
Elizabeth Appell

Kapitel 12

Die neue Arbeitswoche beginnt schon beim Aufwachen mit einem fiesen Muskelkater. Er ist fast schlimmer als der riesige Bluterguss, der an meiner rechten Hüfte blüht. Vielleicht sollte ich wirklich öfter Sport machen, wenn eine Stunde Brustschwimmen mir schon so in die Glieder fährt. Schläfrig taste ich nach meinem Handy, um den Weckton auszustellen. Das Display zeigt mir zwei Nachrichten an. Die erste ist von Katka.

Wenn du wegen dieser plötzlichen Ohnmacht nicht zum Arzt gehst, sag ich's deinen Eltern. Oder meinen, die schimpfen noch mehr. Hab einen schönen Tag!

Oh Mann. Ich hasse es, wenn sie das macht. Die zweite Nachricht kam per Mail – von David. Plötzlich bin ich hellwach. Mit weit aufgerissenen Augen öffne ich die Mail.

Liebe Greta,
ich habe meine Mutter gefragt, was sie damals in die Badewannenbowle gekippt haben. Sie sagte etwas von Pfefferminzsirup und Grenadine, also war früher offenbar doch nicht alles besser. Von Werktreue würde ich dringend abraten. Aber wir könnten uns am Donnerstag direkt nach der Arbeit treffen und diverse Cocktails auf

ihre Tauglichkeit für diesen Zweck prüfen. Was meinst du?
David

Ich freue mich viel mehr über diese Mail, als ich es selbst angemessen finde. Lächelnd kuschele ich mich noch mal unter die Bettdecke. Cocktails mit David am Donnerstag? Klingt echt ziemlich gut.

Dementsprechend übellaunig bin ich, als mir kurze Zeit später eine Sprechstundenhilfe sagt, sie könnten mich nur am Donnerstag einschieben. Und zwar um 19 Uhr. Mein Hausarzt ist im Urlaub, ich muss also zu seiner Vertretung, die offenbar seltsame Sprechstundenzeiten hat.

»Sie arbeiten am Donnerstag noch so spät?«, frage ich verständnislos.

»Sie können mir glauben, ich finde das auch nicht schön! Also, seien Sie pünktlich, Sie sind dann die letzte Patientin an dem Tag. Warum kommen Sie noch mal?«

»Weil ich in Ohnmacht gefallen bin.«

»Ach ja. Dann kommen Sie nüchtern, wir nehmen Ihnen Blut ab.«

»Nüchtern? Um 19 Uhr?«

»Frühstücken dürfen Sie!« Mit diesen Worten legt sie auf.

Lieber David,
Pfefferminze und Grenadine, in ein und derselben Bowle? Was für ein schrecklicher Irrweg der Zivilisationsgeschichte. Ich würde mich sehr gern am Donnerstag mit dir treffen. Leider muss ich um 19 Uhr zur Blutabnahme,

was bei meiner ausgeprägten Panik vor Spritzen weder für den Arzt noch für mich ein Vergnügen wird. Danach wäre eine Bar aber sicher genau der richtige Ort für mich. Greta

»Greta, hast du einen Moment Zeit?«, reißt mich Rektal-Richard aus meinen Gedanken, kaum dass ich auf *Senden* geklickt habe.

»Ja. Worum geht's denn?«

»Also, pass auf!« Richard rollt auf seinem Bürostuhl näher an mich heran. Mit seinem bunt gestreiften Pulli sieht er aus wie ein Fünfjähriger, aber immerhin trägt er das dazu passende kindlich begeisterte Gesicht. »Es geht um eine Werbekampagne für einen Online-Elektrohandel mit einem, nun ja, sehr breiten Sortiment. Die haben nämlich auch Sexspielzeuge. Ich hab mir da was ausgedacht, es ist sehr witzig, aber auch provokativ. Und jetzt wollte ich mal die Meinung einer Frau dazu hören.«

Mir schwant Arges.

»Okay …«, sage ich vorsichtig. »Dann erzähl mal.«

»Es ist eine Serie von unterschiedlichen Spots«, erklärt Richard eifrig. »Man sieht ein Paar, das ein Kaufhaus zusammen betritt. Kurz hinter dem Eingang trennen sich ihre Wege – er geht zu den Videospielen, sie zu den Bügeleisen.«

Meine Augen verdrehen sich so heftig, dass sie fast aus den Höhlen kullern. Das bekommt selbst Richard mit, obwohl er sich gerade im Rausch seiner eigenen Genialität befindet.

»Nein, nein!«, sagt er schnell. »Warte, es wird noch viel besser. Jetzt kommt der Clou!«

»*Noch* viel besser«, murmele ich. »Na dann.«

»Also, die beiden schauen sich kurz um, dann schleichen sie sich beide in die Sextoy-Abteilung. Und just in dem Moment, als sie einen schwarzen Riesendildo in die Hand nimmt und er nach einem gelben Exemplar greifen will, sehen sie einander und sind total peinlich berührt.«

»Kein Wunder. Ich bin es jetzt schon.«

»Dann kommt das Logo des Onlineshops und irgendwas in die Richtung von: *Hier können Sie unbeobachtet einkaufen. Selbst wenn es nur Bügeleisen sind.*« Richard malt mit der flachen Hand eine unsichtbare Plakatwand in die Luft.

»Das ist ja sehr … griffig.« Ich muss mich unglaublich anstrengen, nicht laut zu lachen.

»Du findest es also gut, ja?« Seine Augen leuchten. In seiner Begeisterung ist er ziemlich niedlich. Leider muss ich seinen Höhenflug trotzdem beenden.

»Nein, Richard«, sage ich sanft. »Das ist grauenvoll.«

»Aber warum denn?« Jetzt schaut er plötzlich trotzig drein. Wie ein trotziger Fünfjähriger eben.

»Es beleidigt Frauen auf ungefähr allen Ebenen. Und Männer gleich mit.«

»Das ist doch ironisch gemeint!«

»Du weißt genau, dass Ironie in der Werbung nicht funktioniert.«

»Was ist denn so falsch daran?«

»Ich weiß gar nicht, wo ich anfangen soll.« Ich seufze tief. »Vielleicht an dieser Stelle: Frauen wollen weder Bügeleisen noch schwarze Riesendildos. Ein Spot, der das vermittelt, ist völlig daneben.«

»Wollt ihr nicht? Wirklich?« Richard schaut mich ungläubig an.

»Sag mal, wann hast du dich eigentlich zuletzt mit einer Frau richtig unterhalten?«

»Ich komme eben besser mit Männern aus.«

»Ach, wirklich? Frag dich mal, warum.«

»Jetzt wirst du aber unfair.« Plötzlich sieht er richtig verletzt aus.

»Tut mir leid.« Ich ächze nur innerlich, um ihn nicht noch mehr zu quälen. »Es ist jedenfalls keine Idee, die Andreas, den Kunden oder die Leute da draußen begeistern wird. Bitte denk dir was aus, das einen geringeren Anteil der Bevölkerung beleidigt.«

»Hm. Das ist aber gar nicht so einfach, wenn Sextoys vorkommen.«

»Sollen die denn vorkommen? Ist das so gewünscht?«

»Nein, nicht direkt.« Ein missbilligender Blick streift mich. »Aber wenn man schon mal so was Besonderes hat, muss man das doch zeigen.«

»Richard, ein Furunkel ist auch was Besonderes, und ich möchte es trotzdem nicht sehen.«

»Ich soll gar keine Dildos zeigen, meinst du?«

»Ja. Genau das meine ich.« Ich beginne langsam im Kopf zu zählen. Wenn er bei zehn immer noch davon redet, raste ich aus.

»Na gut«, sagt Richard dann aber auf einmal überraschend gut gelaunt. »Dann halt nicht. Danke für deine Meinung als Frau!« Mit diesen Worten rollt er auf seinem Stuhl wieder zu seinem Schreibtisch hinüber.

»Äh, bitte. Das hat allerdings nichts mit meinem Chromosomensatz zu tun. Die meisten Männer hätten dir dasselbe gesagt.« Zumindest hoffe ich das von ganzem Herzen. Aber Richard hat sich schon wieder in seine Unterlagen vergraben und kritzelt wild herum. Immerhin, Ideen hat der Mann. Wenn sie nur einen Hauch weniger geisteskrank wären.

Ich wende mich wieder meinem Computer zu und bin überrascht: David hat schon geantwortet. Seine Mail ist allerdings auch sehr kurz.

Ich könnte dich zum Aderlass begleiten.

Fantastischer Vorschlag, David! Ich möchte wirklich sehr gerne, dass du mich schon zu Beginn unserer Bekanntschaft als wehleidiges Nervenbündel erlebst.

Aber das schreibe ich natürlich nicht zurück.

Nein, danke. Ich krieg das schon hin. Wir können uns danach treffen.

Gut, das ist jetzt vielleicht nicht übermäßig freundlich, wirkt aber wenigstens nicht, als müsste man mich dringend beschützen. Finde ich. David scheint das anders zu sehen.

Ich könnte dir zur Ablenkung etwas sehr Langweiliges über Statik erzählen, das wirkt wie eine Vollnarkose. Soll ich wirklich nicht mitkommen?

Was meine Finger dann machen, kann ich mir auch nicht so ganz erklären. Jedenfalls klicke ich im nächsten Moment auf die *Senden*-Schaltfläche. Und gesendet habe ich:

Doooooch. Bitte komm mit.

Ah ja. Jetzt muss ich nicht mal mehr getrunken haben, um unkontrolliert Mails zu versenden. Immerhin ist sie freundlich. Viel zu freundlich! Was soll der Mann bloß denken?

Ach, was soll's? Wir werden ja Freunde sein. Und unter Freunden ist so was egal. Unter Freunden darf man zeigen, dass man ein Angsthase ist.

Der nächste Zettel aus dem Adventskalender am Morgen darauf ist zumindest eindeutig für mich.

Gehen Sie nach Hause, und fragen Sie sich heute vor dem Einschlafen: Was würde ich tun, wenn ich keine Angst hätte? Und dann tun Sie's. Herzlichen Glückwunsch!
Sheryl Sandberg

Was würde ich tun? Ich würde allein zur Blutabnahme gehen. Andererseits habe ich fast größere Angst davor, dass David meine Panik bemerkt, als vor der Panik selbst. Also eine Art Panik vor der Bloßstellung der Panik. Grundgütiger. Zum Glück habe ich einen Therapeuten. Ich denke da nämlich Dinge, bei denen ich mir ansonsten dringend einen suchen sollte.

Besagter Therapeut allerdings kommt mir heute mal wieder noch seltsamer vor als ich selbst. Ich erzähle ein bisschen von meiner letzten Woche, aber es scheint ihn zu langweilen.

»Unsere Zeit ist um«, sagt er schon bald.

»Auf meiner Uhr nicht«, wage ich tapfer einzuwenden. Dr. Schiechel macht mit einer auffälligen Regelmäßigkeit zu früh Schluss, aber ich habe noch nie etwas gesagt.

»So.« Dr. Schiechel zieht eine Augenbraue hoch, fixiert aber weiterhin einen Punkt neben meinem Kopf. »Und was schlagen Sie da vor?«

»Dass wir erst in zehn Minuten aufhören, damit Sie die volle Zeit abrechnen können«, informiere ich ihn freundlich.

Er schaut mich an, lächelt und sagt: »Na endlich.«

»Wie bitte?«

Er blättert in seinen Notizen. »Ich habe Sie seit Beginn der Therapie dreimal angeschrien, einmal als beknackt bezeichnet und jedes Mal zu früh Schluss gemacht. Außerdem habe ich die meiste Zeit mit der Wand gesprochen.« Er blickt auf, direkt in meine Augen. »Und jetzt endlich wehren Sie sich!«

Ich glaube, ich habe mich verhört. »Dr. Schiechel, wollen Sie mir sagen, Sie haben das alles getan, um mich zu provozieren?«

»Provokation ist nicht gerade ein Fachterminus. Aber man könnte es so sagen«, räumt er lächelnd ein.

»Toll!«, sage ich säuerlich. »Und wie stellen Sie sich unsere Treffen in Zukunft vor?«

»Eigentlich gar nicht. Sie haben gelernt, was Sie lernen wollten. Das haben Sie gerade bewiesen. Ihr Mentaltraining war äußerst erfolgreich. Man merkt, dass Sie zu Hause weiter an den Visualisierungen gearbeitet haben.«

»Aha.« Ich bin stinksauer. »So arbeiten Sie also, ja?!« Erbost stehe ich auf. »Dann mache ich heute mal früher Schluss. Aber nächste Woche komme ich wieder, und dann reden wir noch mal über Ihre Methoden!«

»Das ist Ihr gutes Recht«, sagt Dr. Schiechel und hilft mir zuvorkommend in den Mantel.

Kopfschüttelnd gehe ich Richtung Tür. Aber eine Sache muss ich dann doch noch wissen. Ich drehe mich zu ihm um.

»Das mit dem Power-Tier, war das auch Quatsch?«

»Das Power-Tier? Nein. Das mache ich immer so.«

Verwirrt gehe ich zur U-Bahn. Der Typ hat wirklich ein Rad ab. Allerdings muss ich ihm lassen, dass er auf diese Weise ziemlich genau erkennen konnte, wann ich etwas dazugelernt hatte. Soll ich da nun weiter hingehen? Einerseits bin ich stinkwütend auf den Kerl. Andererseits ist die Therapie sicher viel angenehmer, wenn er sich nicht mehr so merkwürdig verhält, um mich zu provozieren. Und ich habe nicht das Gefühl, fertig zu sein. Wir haben das mit den Mails ja noch nicht richtig klären können.

Just in diesem Moment ruft meine Mutter an. Ich beäuge kritisch das Telefon. Es passt mir gerade nicht, aber wann passt es mir schon? Also gehe ich ran.

»Hallo, Mama.«

»Hallo, Greta«, höre ich ihre Stimme. Sie hat etwas Schnarrendes, aber das kann an der schlechten Verbindung liegen. »Was willst du an Weihnachten essen?«

Mein Nacken beginnt gereizt zu jucken. Die Frage kenne ich; den Gesprächsverlauf auch. Es ist jedes Jahr dasselbe.

»Am liebsten Gans«, sage ich wahrheitsgemäß. Schließlich hat sie gefragt.

»Mmmmjaaa …«, raunt meine Mutter wie jedes Jahr. »Also, dein Vater und ich, wir hätten lieber was *Einfacheres*.«

»Kann ich verstehen. Meinetwegen können wir auch Pizza bestellen, dann musst du gar nicht kochen.« Das habe ich bisher jedes Jahr vorgeschlagen und freue mich schon wieder auf die Reaktion.

»Pizza?!« Sie schnaubt entrüstet. »Das ist so gar nicht *feierlich*!«

»Na gut.« Ich unterdrücke ein Kichern. Wie sie das immer sagt, als hätte jemand vorgeschlagen, Weihnachten auf einem Motorradtreffen zu verbringen. Es ist doch nur Pizza, Herrgott.

»Wir dachten eher an Würstchen mit Kartoffelsalat.«

»Aha. Mama, du weißt aber schon, dass ich Kartoffelsalat hasse?«

»Was? Seit wann denn das?«

»Seit ich denken kann! Und ich sag es dir jedes Jahr!«

Schweigen am anderen Ende der Leitung.

»Meinetwegen, essen wir eben Würstchen mit Kartoffelsalat«, seufze ich, genervt von mir selbst, weil ich wie jedes Jahr wieder an derselben Stelle einknicke. »Aber verrate mir doch eins: Warum hast du mich überhaupt gefragt, was ich will?«

»Ach.« Meine Mutter klingt beleidigt. »Ich dachte, das wäre netter.«

In puncto Nettigkeit könnte meine Mutter von David einiges lernen. Der holt mich nämlich am Donnerstag von der Arbeit ab, um mit mir zum Arzt zu fahren. Ich bin ein bisschen neben der Spur, weil das Mittagessen ausfallen musste und ich seit fast zehn Stunden nichts mehr gegessen habe. Außerdem habe ich Angst. Aber es fällt mir trotzdem ganz leicht, mit David zu reden.

Er erzählt von seinen drei Brüdern; das lenkt mich ab. Dann finden wir die Praxis des Arztes nicht gleich und gehen zweimal um das Haus herum, ehe wir merken, dass wir schon richtig sind. Ich bin wirklich nicht in Höchstform.

Der Arzt schon. Er ist groß, breit, blond und laut. Ich erkläre ihm knapp, warum ich gekommen bin.

»Ja, da reden wir nicht lange drumrum und nehmen gleich Blut ab.«

Ich würde gern etwas sagen, aber es kommt nur »Mimimi« raus. David und der Arzt fangen gleichzeitig an zu lachen. »Ich habe eine Spritzenphobie!«, erkläre ich zaghaft.

»Na, dafür haben Sie ja Ihren Freund als Beistand dabei!«

Er ist nicht mein Freund, will ich eigentlich sagen. Aber diesmal kommt gar nichts. David sitzt neben mir, tätschelt meine Schulter und grinst.

»Sollen wir auch Ihre Hüfte röntgen, wenn Sie da draufgefallen sind?«

»Ähm, puh. Ist das nötig?«

»Sie könnten einen Haarriss haben. Schwanger sind Sie nicht?« Er schaut mich prüfend an, ich schüttele den Kopf.

»Bist du sicher?«, schaltet sich David feixend ein.

Diesmal kommt was raus, das ich gar nicht sagen wollte.

»Wovon denn? Du schläfst ja nie mit mir.«

Der Arzt lacht schallend. David sieht kurz ernsthaft schockiert aus, dann lacht er ebenfalls. Aber sein Tätscheln an meiner Schulter bekommt etwas Warnendes.

»Wir müssen die Hüfte nicht röntgen«, sage ich, um

das Thema zu wechseln. »Es ist wirklich nur ein blauer Fleck, wenn auch ein großer. Blut abnehmen reicht, lassen Sie uns das machen.«

»Oha, Sie können es ja kaum erwarten!« Im Aufstehen patscht der Arzt aktionistisch in die Hände, ehe er auf die Liege deutet. »Setzen Sie sich da hin.«

Ich gehorche und beobachte, wie er eine Kanüle auspackt. Aber bevor ich panisch werden kann, hat David sich neben mich gesetzt und den Arm fest um meine Schultern gelegt. Ich strecke dem Arzt meinen linken Arm hin und wende mich so weit ab, wie ich kann. Jetzt liegt mein Kopf an Davids Schulter. Meine Nase berührt fast seinen Hals.

Oh, der riecht aber gut. Himmel, riecht der gut! Ich schnuppere verzückt, aber so unauffällig wie möglich an ihm.

»So, das war's!«, sagt der Arzt.

»Was?« Verwirrt hebe ich den Kopf und linse auf meine Armbeuge, in die er gerade ein Pflaster klebt.

»Drücken Sie mal noch eine Weile drauf.« Mit diesen Worten sammelt er drei Glasröhrchen ein, in denen mein Blut zu sein scheint. Zumindest kann es eigentlich von niemand anders kommen. Aber ich habe nichts davon mitgekriegt.

Mit einem Gefühl des Bedauerns löse ich mich von David. Es gibt ja nun wirklich keinen Grund mehr, mich festzuhalten. Wie schrecklich schade. Seine grauen Augen schauen mich amüsiert, aber auch ein bisschen besorgt an. Kein Anzeichen dafür, dass sich für ihn gerade ebenfalls das Raum-Zeit-Kontinuum verschoben hat.

Auf der anderen Seite begünstigen zehn Stunden ohne Nahrung solche kleinen Aussetzer wahrscheinlich.

Es war nicht sein Geruch, versuche ich mir einzureden, während ich meinen Mantel wieder anziehe. Es waren nur die Panik und die Unterzuckerung. Na ja, und vielleicht die überraschende körperliche Nähe. Ich hatte eher damit gerechnet, dass er meine Hand halten würde. Aber so war es viel besser.

Vor der Tür schlägt uns die Kälte ins Gesicht. Das fühlt sich kurz ganz gut an, aber nach ein paar Schritten wird mir schwindelig. Ich bleibe stehen und greife nach Davids Arm.

»Um mich rum dreht sich alles.«

»Okay, mach ganz langsam. Schaffst du es bis zur Bank da vorne?«

»Ja, bestimmt.« Wie eine alte Frau schlurfe ich mit seiner Hilfe zur Bank, setze mich und senke den Kopf zwischen meine Knie.

David streichelt meinen Rücken, wovon ich in meinem Delirium und durch drei Schichten Kleidung leider nicht besonders viel spüre.

»Ist alles in Ordnung?« Er klingt richtig besorgt.

»Geht gleich wieder. Die Blutabnahme und die Unterzuckerung …«

»Bleib noch ein bisschen so sitzen. Und ich glaube, auf die Cocktails sollten wir lieber verzichten.«

»Ja?« Obwohl es mir dreckig geht, bin ich wahnsinnig enttäuscht. Zum Glück kann David mein Gesicht nicht sehen.

»Ja. Etwas Stärkeres als alkoholfreies Bier würde dich doch jetzt umhauen. Wir gehen lieber was essen.«

»Oh. Okay.« Mehr als okay. Es geht mir fast wieder gut bei dieser Aussicht.

»Worauf hast du denn Lust?«

Vorsichtig hebe ich den Kopf wieder und schaue David an.

»Burger!«

»Burger?« Er lacht. »Also das wird sich wohl machen lassen. Meinst du, du kannst schon wieder aufstehen?«

Ich versuche es. Meine Beine tragen mich. Aber dann kommt der Drehschwindel zurück. Hilfesuchend strecke ich die Hände aus. David nimmt mich in die Arme und hält mich fest. Ich tauche wieder in den Duft an seinem Hals ab.

»Geht's?«, fragt er nach einer Weile.

Eigentlich ja. Außerdem knurrt mein Magen.

»Noch nicht. Gleich«, murmele ich. Eng umschlungen stehen wir in der Kälte. Irgendwann fällt mir dann aber leider ein, dass ich mit David ja befreundet sein will und das hier allmählich vielleicht gar nicht mehr so richtig freundschaftlich wirkt. Widerstrebend löse ich mich von ihm.

»Burger?«, fragt er grinsend.

»Ja. Oh Gott, ja.«

Eine halbe Stunde später bin ich im Himmel. Vor mir stehen ein riesiger Burger und eine Schale mit Süßkartoffelpommes, die mir zuerst zum Opfer fallen, weil ich noch zu zittrig bin, um den Burger einigermaßen koordiniert essen zu können.

»Sag mal«, beginnt David, »als du im Schwimmbad umgefallen bist, was hattest du denn vorher gegessen?«

»Ähm.« Angestrengt versuche ich mich zu erinnern, aber mir fällt nichts ein. »Ich hatte einen Cappuccino. Mit ganz viel Milch.«

»Das ist jetzt nicht dein Ernst. Und am Vorabend?«

»Gesoffen«, bekenne ich wahrheitsgemäß.

»Und dann bist du schwimmen gegangen.«

»Hmnaja«, nuschele ich und komme mir plötzlich sehr doof vor.

David schaut mich an, den Mund zu einem Lächeln verzogen. Ich versinke ein bisschen in seinen grauen Augen, entziehe mich dann jedoch schnell wieder diesem Sog und frage erbost: »Was?!«

»Nichts. Iss einfach deinen Burger!« David lehnt sich zurück und nimmt einen Schluck von seinem Bier. »Iss diesen Burger und überhaupt öfter mal was, okay?«

»Ich weiß wirklich nicht, was dich meine Ernährung angeht«, stänkere ich.

»Ich mache mir eben schnell Sorgen. Ich hatte mal eine Freundin mit einer Essstörung.«

»Ach ja? Und du bist dir sicher, dass sie die Essstörung hatte, *bevor* du begonnen hast, ihr in ihre Ernährung reinzuquatschen?«

»Ganz sicher. Dein Essen wird kalt.«

Da hat er leider recht. Also höre ich auf zu pöbeln und beginne, den Burger mit Messer und Gabel zu essen. Mit den Händen ginge das jetzt alles schneller, aber ich würde ihn dabei wahrscheinlich großflächig über mein Gesicht und meinen Pullover verteilen. Keiner von uns sagt ein Wort. Als ich fertig bin, schauen wir einander stumm an.

»Entschuldigung«, murmele ich, als David gleichzeitig »Tut mir leid« sagt.

»Ich esse ganz normal«, schiebe ich schnell hinterher. »In letzter Zeit habe ich es nur manchmal vergessen, weil so viel los war.«

»Und ich denke eigentlich ganz normal. Aber wenn du beinahe in meinen Armen zusammenklappst, weil du nichts gegessen hast, ziehe ich offenbar voreilige Schlüsse.«

»Ich wollte dich nicht so anpampen.«

»Schon okay. Ich mag es auch nicht so gerne, wenn man mir psychische Krankheiten unterstellt«, gibt David zu.

»Ist dein Größenwahn eigentlich schon diagnostiziert, oder dürfen wir über den auch noch nicht sprechen?«, ziehe ich ihn auf.

»Hör auf, den brauche ich dringend! Kein Architekt kann ohne ein bisschen Größenwahn überleben.«

»Was würdest du denn bauen, wenn du es dir aussuchen könntest?«

»Keine Reihenhaussiedlungen, so viel ist sicher.« David überlegt kurz. »Ich interessiere mich für Gebäude mit schwierigen Bedingungen. Weil zum Beispiel der Grundriss spitz zuläuft oder der Hang nach vorne und seitlich abfällt, sodass man eine Art Hufeisen darumlegen muss. Einmal stand ein prächtiger alter Ahornbaum im Weg, den der Besitzer unter allen Umständen erhalten wollte. So etwas gefällt mir.«

»Was reizt dich daran?«

»Das Beste daraus zu machen. Außerdem regt es die Kreativität an. Eine riesige rechteckige Ebene ist einfach zu bebauen, aber was man dort hinstellt, könnte man auf jede andere auch setzen. Ich mag die individuellen Lösungen.«

Und ich mag es, ihm zuzuhören. »Was habt ihr mit dem alten Baum gemacht?«

»Wir haben um ihn herumgebaut. Das Haus hat einen

Innenhof, dem er Schatten spendet.« Während David erzählt, malt er das Haus mit den Händen in die Luft. »Du kommst durch die Haustür und siehst durch eine Glaswand direkt in den Hof. Zugänge gibt es von allen Seiten. Sie haben es wunderschön eingerichtet, mit bunten Möbeln und Kissen. Hat etwas Marokkanisches.«

»Aber was ist, wenn der Baum mal stirbt?«

»Das kann passieren. Das habe ich dem Besitzer auch gesagt. Man kann den Ahorn nicht einfach fällen, sonst kracht er ja aufs Haus. Man müsste ihn Stück für Stück von Baumkletterern abtragen lassen. Wir haben allerdings auch ein Tor eingebaut, durch das man mit schwerem Gerät in den Hof fahren kann. Wie bei einem alten Bauernhof.«

»Und dann wäre der Hof leer, und alles, worum das Haus herumgebaut wurde, fehlt? Das stelle ich mir schrecklich vor. Als würde es sein Herzstück verlieren.«

»Der Besitzer hielt gerade das für ein positives Symbol. Er wollte den Ahorn erhalten, weil er ihm viel bedeutet hat, als er noch ein Kind war. Er stammt aus dem Dorf, in dem er das Haus erbaut hat. Seine Erben würden dann eben einen neuen Baum pflanzen, der ihnen wiederum viel bedeutet. So stellt er es sich zumindest vor.«

»Ich fände es trotzdem traurig.«

»Tja. Wenn nicht irgendeine Krankheit den Baum dahinrafft, werden weder der Besitzer noch du oder ich seinen Tod erleben. Womöglich nicht mal das Haus, was ganz schön schade wäre. Ahornbäume werden bis zu fünfhundert Jahre alt.«

»Fünfhundert Jahre?« Ich bin verblüfft. »Na gut. Da

lohnt es sich wirklich, das Haus drum herumzubauen. Selbst wenn er schon hundert auf dem Buckel hat. Oder wie sagt man das bei Bäumen?«

»Keine Ahnung. In der Krone haben, vielleicht?«

»Ach ja, apropos: Wir sollten das mit den Cocktails mal nachholen. Ich glaube, du hattest recht, das wäre heute Abend nicht die allerbeste Maßnahme für mich gewesen.«

»Siehste.« David greift nach der Karte. »Aber die allerbeste Maßnahme kommt ja jetzt erst noch. Schau mal, es gibt Tartufo und Crème brûlée.«

Anderthalb sehr schöne Stunden später bin ich zu Hause und lungere grübelnd auf dem Sofa herum. Ich hatte einen tollen Abend mit einem netten Mann. Wann hatte ich das zuletzt? Und ist das damals rein freundschaftlich geblieben?

Meine Freundschaft mit Anton jedenfalls ist ganz anders entstanden. Wir waren bei Partys während des Studiums einfach oft diejenigen, die die Allerbetrunkensten ins Taxi gesetzt haben und danach noch Hunger hatten. Dann philosophierten wir stundenlang und machten dazwischen schmutzige Wortwitze, was nach dem billigsten aller Rotweine, den wir damals eben tranken, eine absolut stimmige Kombination war. Wir fanden uns selbst irre geistreich und konnten uns zum Glück am nächsten Tag nicht mehr so genau an den Unsinn erinnern, den wir von uns gegeben hatten. Romantisch war das nie. Ich fühlte mich auch nie körperlich zu ihm hingezogen. Er ist halt Anton. Er riecht nach Pfefferminz.

Aber David riecht sehr nach David.

Seufzend stehe ich auf und öffne mein Adventskalenderpäckchen für den heutigen Tag.

Ich habe stets beobachtet, dass man, um Erfolg zu haben in der Welt, närrisch scheinen oder weise sein muss.
Charles du Montesquieu

Na, das ist ja richtig toll. Schließlich ist bald meine Präsentation der Karamell-Kampagne. Wann eigentlich genau? Ich suche in meinen Kalendereinträgen der nächsten Woche herum, kann aber nichts finden. Verwirrt gehe ich zum heutigen Tag zurück und entdecke beim Blättern den Eintrag.

Die Präsentation ist morgen.

Morgen!

Kapitel 13

Nervös wackele ich am nächsten Morgen ins Bad und stelle mich unter die Dusche. Als ich gerade sehr viel Shampoo in den Haaren habe, klingelt es an der Tür. Nicht ein Mal, drei Mal. Fluchend wickele ich mir ein Handtuch um den Kopf, schlüpfe klatschnass in meinen Bademantel und renne zur Tür.

»Eigudemorsche. Isch komm wesche dere Therme.« Vor mir steht ein für meinen Geschmack und diese Uhrzeit viel zu gut gelaunter Hüne im Blaumann.

»Ach? Na, dann kommen Sie rein«, sage ich matt. »Hatten wir einen Termin vereinbart? Ich kann mich gar nicht erinnern.«

»Doch, isch habbn Dermin gemacht mit aaner …« Er blättert in den Papieren auf seinem Klemmbrett. »Katarina Szarek.«

Wie in einer Theateraufführung öffnet sich auf dieses Stichwort hin ihre Tür, und Katka tritt heraus. »Guten Morgen!«

»Huch«, entfährt es mir. »Du bist ja noch da.«

»Das bleib ich auch. Ich mache heute Homeoffice, darum habe ich den Herrn auch für heute bestellt.« Katka schenkt ihm ein strahlendes Lächeln.

»Saachesemol, isch schdeh da uff so aam von dene gelbe Parkplätz, wer isch do abgeschlebbd?«

»Nur wenn Sie über Nacht bleiben wollen«, sage

ich geistesabwesend. Als der Thermenmann mich irritiert ansieht, dann den Blick über meinen Bademantel schweifen lässt und Katka leise kichert, bemerke ich erst, wie man mir diese Aussage auslegen könnte. »Äh«, mache ich wenig geistreich.

»Oh, ein echter Hildebrand!«, sagt Katka, und zum Hünen im Blaumann: »Sie meint's nicht so.«

Schweigen. Verlegen beginnt er sein Werkzeug unter der Therme auszubreiten. Ich stehe im Flur und schaue betreten auf meine nackten Füße.

»Du machst Pfützen auf dem Parkett«, informiert mich Katka freundlich, die meinem Blick gefolgt ist.

»Ja, ist schon gut. Ich geh wieder ins Bad«, murmele ich und trolle mich.

Während ich das Shampoo aus meinen Haaren wasche und meinen in allen Farben des Regenbogens schillernden Bluterguss bewundere, mache ich im Kopf einen Plan, was vor der heutigen Präsentation noch zu tun ist. Wir müssen eine Reihenfolge festlegen und die Entwürfe für die Zeitschriftenwerbung repräsentabel herrichten. Und was ziehe ich eigentlich an?

In einem karamellfarbenen Strickrock und einer schwarzen Bluse packe ich kurz darauf eilig meine Sachen im Flur zusammen. Katka umarmt mich zum Abschied.

»Viel Glück! Du machst das schon!«

»Danke!« Ich drücke sie fest, drehe mich um und öffne die Wohnungstür. Im Türrahmen hängt ein hellgrüner Briefumschlag, den der Thermenmann mit seinen breiten Schultern offenbar vorhin verdeckt hat. Jemand hat ihn mit Tesafilm angeklebt. Verwundert nehme ich ihn ab und sehe meinen Namen darauf stehen.

In Eriks Schrift.

»Ich muss los!« Meine Stimme kiekst. Als wäre er ein ekelhaftes Insekt, lasse ich den Umschlag auf die Kommode im Flur fallen und flüchte aus der Wohnung. Katka schaut mir mit großen Augen hinterher. Ich nehme zwei Treppenstufen auf einmal. Nichts wie raus hier.

Woher weiß der Kerl, wo genau wir wohnen? Und musste er unbedingt so melodramatisch in unseren Hausflur eindringen? Wir haben schließlich auch Briefkästen draußen stehen! Wütend krame ich meine Kopfhörer aus der Handtasche und stelle die Musik auf volle Lautstärke. Auf Shuffle, weil ich gerade keinen Sinn für wohltemperierte Wiedergabelisten habe. Mein Handy bedankt sich, indem es mir nacheinander Elektroswing, Achtzigerjahre-Rock und ätherische Harfenmusik serviert. Womöglich deutet die Bandbreite meines Musikgeschmacks auch nicht gerade auf geistige Gesundheit hin. Mein Gehirn fühlt sich an wie Bandsalat, als ich in der Agentur ankomme. Genau der richtige Tag für die bisher wichtigste Präsentation meines Lebens.

Zum Glück gibt es Sarah. Sarah, die manchmal wirkt, als müsste man sie daran erinnern, ein- und auszuatmen. Sie hat sich in ein himmelblaues Kostümchen geworfen, einen Ablaufplan festgelegt und die Entwürfe großformatig aufgezogen. Ich schäme mich entsetzlich, den Termin beinahe verpennt zu haben, finde aber andererseits: Wer solche Freunde hat, kann im Leben nicht alles falsch gemacht haben.

Unser Kunde sitzt im tiefsten Ostwestfalen und fand den Gedanken an einen kleinen Betriebsausflug in die

Großstadt offenbar viel attraktiver, als uns dorthin zu zitieren. Um halb elf erscheint die Delegation bei uns. Ich schüttele eifrig Hände und versuche, gesellschaftlich gewandt zu wirken, kann mir allerdings keinen einzigen Namen merken. Nur einen Mann und eine Frau notiere ich mir innerlich als irgendwie wichtig. Das mache ich immer so, damit ich zwei Menschen habe, auf die ich mich konzentrieren und während des Redens anschauen kann. Reihum alle nacheinander anzugucken kommt mir immer etwas Scientology-mäßig vor.

Die Präsentation rauscht ziemlich an mir vorbei. Ich höre mich selbst reden und bemühe mich, viel zu lächeln – schließlich geht's hier um Liebe, nicht wahr? Außerdem fällt mir das leicht, weil die Karamellleute wirklich nett wirken. Wieso arbeite ich eigentlich nicht in einer Süßwarenfirma? Ich wäre bestimmt sehr glücklich. Und wahnsinnig dick.

Andreas ist geradezu euphorisch, als der Ostwestfalentreck sich wieder auf die Reise gemacht hat. »Das ist doch super gelaufen! Die haben richtig viel gelacht!«

»Ja, haben sie? Ich hatte so einen Tunnelblick, ich hab's kaum mitbekommen.«

»Absolut! Ich habe ein sehr gutes Gefühl.« Mit diesen Worten patscht er Sarah so kumpelhaft auf den zarten Rücken, dass die einen Hustenanfall bekommt. »Wir gehen jetzt was essen. Ich lad euch ein. Bumsi hat uns einen Tisch für vier beim Afghanen reserviert.«

»Kann ich vorher noch schnell telefonieren?«, frage ich. Ich muss unbedingt Katka anrufen, sonst grübele ich den ganzen Tag über Eriks Brief nach.

»Ja, natürlich. Wir gehen in einer Viertelstunde los.«

Mit meinem Handy verziehe ich mich in den engen,

fensterlosen Druckerraum, damit mich niemand sprechen hört. Katka hebt schon beim zweiten Klingeln ab, als hätte sie auf meinen Anruf gewartet.

»Wie war es?«, jauchzt sie.

»Was?« Stimmt, die Präsentation. Da war ja was. »Oh, gut! Andreas flippt fast aus vor lauter Begeisterung. Wir gehen gleich mit ihm essen.«

»Ich freu mich für dich. Herzlichen Glückwunsch!«

»Danke! Du, ich wollte dich vorher aber noch fragen …« Ich druckse ein bisschen rum. »Könntest du Eriks Brief aufmachen? Ich will ihn nicht selbst lesen.«

»Ach, ich bin ja so froh, dass du das sagst!« Katka lacht. »Das hab ich nämlich natürlich schon getan.«

»Natürlich!« Jetzt lache ich auch. »Du bist die beste Freundin, die eine Irre wie ich finden kann.«

»Genau. Vergiss das nie. Also, ich habe ihn gelesen, was willst du wissen?«

»Wie lang ist er denn?«

»Er fasst sich ja bekanntlich ungern kurz.« Katka raschelt mit dem Papier. »Vier Seiten.«

»Wah. Okay, sag mir, was drinsteht.«

»Also …«

»Aber lass die Vorwürfe weg!«, schiebe ich eilig hinterher.

»Ach so. In dem Fall …« Ich höre Katka blättern. »Es steht drin, dass er dich mal wirklich geliebt hat!«

Ich warte auf den nächsten Satz, aber da kommt nichts mehr. »Das ist alles? Echt jetzt?«

»Du hast doch gesagt, ich soll die Vorwürfe weglassen.«

Wir kichern verschwörerisch.

»Greta«, sagt Katka, »ich weiß ja, dass du traurig

warst über die Trennung. Aber du hast bei dem Mann nichts verpasst. Ehrlich.«

Ich seufze. »Du hast leicht reden. Er war ja auch mal anders.«

»Wenn du das sagst …« Ich kann hören, wie sie die Blätter wieder zusammenfaltet und in den Umschlag steckt. »Aber du bekommst Dr. Jekyll eben nicht ohne Mr. Hyde.«

Am Abend ist der Umschlag aus der Wohnung verschwunden. Ich schaue in die Kiste mit dem Altpapier, aber das hat Katka rausgebracht. Dafür stehen frische Blumen auf dem Tisch. Daneben liegt ein Zettel von ihr.

Bin bei Anton. Morgen gehen wir in den Botanischen Garten nach Mainz. Bitte komm mit, sonst ist es peinliche Pärchenscheiße und alles, was ich immer gehasst habe!

Botanischer Garten? Katka interessiert sich doch gar nicht für Pflanzen. Ich tippe eine Nachricht an sie.

Die Aussicht auf regelmäßigen Geschlechtsverkehr scheint dir nicht so gut zu bekommen. Was um alles in der Welt willst du denn plötzlich im Botanischen Garten?

Die Antwort klingt immerhin beruhigend unromantisch.

In Mainz blüht die Teufelszunge! Das macht sie nur einmal im Jahr. Es muss stinken wie verrückt!

Es stinkt wirklich unglaublich. Fassungslos stehen wir am nächsten Tag vor einem leuchtend pinkfarbenen Blütenkelch, aus dem ein etwa ein Meter hoher Kolben ragt. Das ganze Gewächshaus ist von einem deutlichen Verwesungsgeruch erfüllt. Zu meiner Überraschung hat Katka auch Tamara und David überredet, sich dieser seltsamen Studienreise anzuschließen.

Tamara ist bestens vorbereitet und hält sich ein parfümiertes Taschentuch vor Mund und Nase. Ich habe immerhin eine Dose Wick VapoRub von meiner letzten Erkältung in meiner Handtasche gefunden und mir das Zeug unter die Nase geschmiert. Jetzt kommt in meinem Gehirn eine seltsame Duftmischung an: Ich rieche einen schon länger verendeten Koalabären.

»Warum stinkt die so?«, nuschelt Tamara durch ihr Taschentuch hindurch.

»Weil sie keine Schmetterlinge und Bienchen anlockt, sondern Aasfliegen«, doziert Anton. »Die bestäuben sie dann und legen ihre Eier im Blütenkelch ab. Aber die Maden verhungern dort. Die Teufelszunge nutzt die Viecher nur aus.«

»Seit wann interessierst du dich für so was?«, frage ich angeekelt.

»Seit Kurzem erst.« Mit leuchtenden Augen betrachtet Anton das stinkende Ding. »Pflanzen sind so toll.«

»Hat bei dir eigentlich jemals ein Basilikum länger als eine Woche überlebt?«, erkundige ich mich hämisch.

»Alte Petze.« Anton wendet sich grinsend an Katka, die dicht neben ihm steht. »Hör nicht auf sie, ich bin ein total verlässlicher und fürsorglicher Typ.«

»Der auf Gestank steht. Ich könnte aufhören zu duschen«, bietet Katka ihm an.

»Mach ruhig. Dann pflanze ich dich in einen Topf und stell dich hier aus.«

David hat sich ein paar Meter von der Teufelszunge entfernt und betrachtet eine Reihe kleinerer Pflanzen. Ich verlasse den Bereich des größten Gestanks ebenfalls und trete neben ihn.

»Na?«, fragt er. »Was ist schlimmer: Teufelszunge oder Spritze?«

»Spritze«, sage ich, ohne zu zögern.

»Fallschirmsprung oder Spritze?«

»Spritze.«

»Samstag bei Ikea oder Spritze?«

»Spritze.«

»Brokkoli oder Spritze?«

»Brokkoli!« Ich muss lachen. »Solltest du mich jemals Brokkoli essen sehen, dann weißt du, dass Außerirdische mich ausgetauscht haben.«

»Verstehe. Bei mir sind das Zucchini.« Wir folgen den anderen auf das Außengelände. Bis auf einen Bananenbaum ist die Flora hier Mitte Dezember nicht besonders prächtig. In kleinen Becken dümpeln traurig wirkende Wasserpflanzen herum. Es ist eiskalt, aber immerhin scheint die Sonne.

»Ist dir auch aufgefallen, dass sich diese Pflanzennamen super als Schimpfworte eignen?«, fragt David mich vor einem grün bedeckten Tümpel.

Ich werfe einen Blick auf das Schild. »Stimmt, du kanadische Wasserpest!«

»Du Froschlöffelgewächs!«

»Du gewöhnliche Draht-Schmiele!«

»Äh, was ist denn bei euch los?« Plötzlich steht Tamara neben uns.

»Wir streiten«, informiere ich sie.

»Ach ja. Daher kommt also dieser Spruch: Gib mir Pflanzennamen!«

»Habt ihr eigentlich gesehen, wie der botanische Name der Teufelszunge lautet?«, fragt David.

»Nein. Wie denn?«

»Amorphophallus konjac.«

Tamara kichert. »Man muss sie einfach lieben!«

»Meine Rede«, wirft Anton ein, der sich zu uns gesellt. Ich hake mich bei ihm ein und bleibe einfach mit ihm stehen, als die anderen weitergehen. »Du willst reden«, sagt er.

»Nee, du willst ja wohl reden!«

»Ach so.« Er lacht. »Führen wir jetzt so ein Schwiegermuttergespräch?«

»Mindestens.« Ich schaue ihn an. »Ich hoffe, du bist so glücklich, wie du aussiehst.«

Anton zappelt an meinem Arm wie ein kleiner Junge, dem man ein Eis versprochen hat. Dann bleibt er ruhig stehen. »Greta, vielleicht hätte ich dir das mal früher erzählen sollen, aber ich bin wirklich schon sehr lange in Katka verknallt.«

Kritisch runzele ich die Stirn. »Und was war dann mit den anderen …«

»Jaja. Pssst. Sie hat sich ja nie für mich interessiert. Nur das eine Mal, und danach hat sie mich sofort abserviert.«

Ich nicke. »Das muss schlimm für dich gewesen sein. Warum hast du mir das denn nicht erzählt? Ich bin ja wohl groß im Trösten.«

»Ich wollte nicht, dass du sie für herzlos hältst.«

»Das hätte ich nicht getan.«

»Außerdem wollte ich nicht, dass du eine deiner berüchtigten *Dann steht sie halt nicht auf dich, das Leben geht weiter, zu viele Fische im See*-Ansprachen hältst.«

»Okay, das hätte ich wahrscheinlich tatsächlich getan«, gebe ich zu und ziehe eine Grimasse. »Und ich hätte nicht mal recht gehabt damit.«

»Ja. Aber es ist ja alles gut ausgegangen.« Anton strahlt übers ganze Gesicht.

»Das freut mich so.« Es rührt mich, meinen guten Freund so zu sehen.

»Oh, und mich erst«, sagt er lachend und umarmt mich. »Lass uns zu den anderen gehen, ich vermisse Katka schon wieder!«

Nachdem wir die drei eingeholt haben, spazieren wir über das Freigelände. Nach einer Weile lasse ich mich mit Katka etwas zurückfallen und warte, bis die anderen außer Hörweite sind. Doch dann redet sie als Erste.

»Sei bitte nicht sauer, dass ich David und Tamara eingeladen habe. Es soll kein Verkupplungsversuch sein.«

»Katka, ich bin gar nicht sauer! Es ist nett mit ihnen. Und David und ich werden gerade Freunde, glaube ich.«

»Oh. Okay. Worüber wolltest du dann mit mir reden?«

»Über den Brief.«

»Ich habe ihn verschwinden lassen. Du wolltest ihn doch nicht etwa aufbewahren, oder?«

»Nein, bloß nicht. Danke, dass du ihn mir erspart hast. Ich mach mir nur Gedanken, weil Erik offenbar genau weiß, wo wir wohnen.«

»Na ja, aber was soll er schon tun? Dir Steine ins

Fenster werfen, der Herr Politiker? So verrückt ist nicht mal er.«

»Keine Ahnung. Ich bin ja selbst ratlos, warum mich das so beunruhigt.«

Katka wirft mir einen kurzen Seitenblick zu, dann sagt sie: »Weißt du, Greta, niemand hat so viel Angst vor ihm wie du. Er ist eigentlich eher ein bisschen lächerlich.«

»Ja. Okay.« Die Kälte kriecht meine Beine hinauf und greift nach meinem Herzen. Wir schließen wieder zu den anderen auf. Katka geht zu Anton und Tamara, und David kommt auf mich zu. Ich friere fürchterlich und sehe wahrscheinlich aus wie eine ersoffene Katze, denn David legt einen Arm um mich und reibt wärmend meine Schulter.

»Du bist ja gar kein Froschlöffelgewächs. Eher ein kleines Zittergras.«

»Mir ist so kalt. Meinst du, wir bekommen hier irgendwo eine heiße Schokolade?«

»Bestimmt. Wir müssen nur die anderen wieder ins Auto treiben, um zum nächsten Café zu fahren.«

»Kannst du das bitte machen?« Katka, Tamara und Anton ergehen sich gerade in der Betrachtung eines kahlen Gingkobaums. Der Grund dafür ist mir schleierhaft.

»Na klar.« Seine Augen sind gar nicht richtig grau, fällt mir auf. Gerade leuchten sie fast so hellblau wie sein Schal.

Als wir vor dem Café aus dem Auto steigen, ist mir ziemlich warm. Ich war hinten rechts zwischen der Tür und David eingequetscht, könnte aber nicht sagen, ob es seine Körperwärme oder seine Nähe war, die dazu beigetragen hat, dass ich noch im Eingang zum Café meinen Mantel ausziehen muss. David hingegen, der immerhin zwischen Tamara und mir saß, also die doppelte Wärme abbekommen hat, wirkt kein bisschen erhitzt. Na toll. Ein neuer Kandidat für meine Galerie der Männer, zu denen ich mich abenteuerlich hingezogen fühle, während ich sie – in Davids Fall sogar buchstäblich – total kaltlasse.

Ich vergesse diesen ärgerlichen Umstand jedoch schnell, als eine Tasse heiße Schokolade vor mir abgestellt wird. Außerdem ist es gerade ziemlich lustig: Tamara erzählt von ihrer letzten Beziehung.

»Er hatte diese Hütte im Wald in Norwegen, und nach einem halben Jahr hat er mich dorthin eingeladen.«

»Klingt doch romantisch!«, wirft Katka ein.

»Ja, war es auch. Mit einem Brunnen, aus dem man das Wasser holen musste. Wir hatten eine traumhafte Woche. Aber am letzten Tag …« Tamara holt tief Luft, grinst ein bisschen und nimmt einen Schluck von ihrem Cappuccino. »Am letzten Tag hat er mir das Gästebuch gegeben, damit ich etwas reinschreibe. Und ich habe erst mal ein bisschen zurückgeblättert.«

»Was hast du gefunden?«

»Etwa zehn Einträge von verschiedenen Frauen, die alle leicht variiert in etwa geschrieben hatten: *Es war so schön, ich komme gerne wieder!* Kein einziger Name kam zweimal vor.«

»Hast du ihn darauf angesprochen?«, frage ich.

»Nö. Ich habe geschrieben: *Schöne Hütte, schlechter Sex.* Dann habe ich es wortlos in den Schrank zurückgestellt. Zwei Monate später waren wir sowieso getrennt, weil er immer die körperlichen Vorzüge meiner Freundinnen kommentiert hat.«

»Aber was hättest du gemacht, wenn ihr zusammengeblieben wärt?«, will ich wissen.

»Dann wäre es ja egal gewesen, schließlich hätte es dann nach mir keine seiner mitgebrachten Frauen mehr gelesen. Aber so habe ich ihm wenigstens etwas hinterlassen.«

»Du bist fürchterlich«, sagt Katka. »Machst du eigentlich immer noch diesen Reflexscherz, wenn es ernst wird?«

»Ach so.« Tamara lacht. »Nein, zum Glück nicht mehr.«

»Reflexscherz?«, fragt Anton.

»Tamara hatte die Fähigkeit, aussichtsreiche Dates innerhalb von Sekunden zu ruinieren.«

»Fähigkeit?«, wiederholt Tamara. »Ich würde es eher einen Zwang nennen.«

»Jedenfalls hatte sie Talent dafür, romantische Momente, in denen man sich einander einfach nur wortlos tief in die Augen schaut, restlos zu zerstören.«

»Ich saß einmal zufällig am Nebentisch und konnte das beobachten«, wirft David ein. »Der Effekt war wirklich beeindruckend. Der Typ wurde grau im Gesicht, ist aufgestanden und gegangen.«

»Ich pack halt diese plötzliche emotionale Nähe mit jemandem, den ich erst kurz kenne, nicht«, verteidigt sich Tamara. »Ich muss dann einfach irgendwas Dummes sagen.«

»Aber was genau hast du dann immer gesagt?« Die Neugier quält mich.

Tamara überlegt kurz. »Also, am besten hat funktioniert: ›Weißt du, es ist nicht nur der Sex, ich *liebe* deinen Vater!‹«

Ich kichere haltlos. »Hat das mal jemand geglaubt?«

»Wenn sie dann zu Hause darüber nachgedacht haben, sicher nicht. Aber im ersten Moment dachten wohl wirklich einige, die Geliebte ihres Vaters hat sich auf seltsame Weise an sie rangewanzt.«

»Wow.« Ich bin beeindruckt. »Und ich dachte, ich wäre ein Katastrophendate!«

»Wieso denn das?«, fragt David.

»Weil mir oft was Schlüpfriges rausrutscht.«

»Das klingt jetzt ehrlich gesagt auch ein bisschen …«

»Ja, da seht ihr's!« Schnell stopfe ich mir einen Keks in den Mund, damit ich nichts Peinliches mehr sagen kann. Aber das übernimmt Katka schon für mich.

»Einmal hat sie sich mit einem Typen in München getroffen«, plaudert meine indiskrete Freundin. »Es war erst das zweite Date. Sie ist mit dem Auto hingefahren, hat von der Tankstelle aus angerufen und fröhlich gesagt: ›Ich bin schon hinter Nürnberg feucht!‹«

»Was kann ich denn dafür? Der Ort heißt nun mal so. Nürnberg-Feucht!«, jammere ich.

David und Anton lachen so laut, dass die Bedienung irritiert zu uns herüberschaut.

»Wie hat der Typ reagiert?«, will Tamara wissen.

»Ungefähr so wie der da«, sage ich und weise auf Anton, dessen Gelächter gerade in nervöses Husten übergeht.

»Du bist aber hoffentlich nicht extra für ihn nach München gefahren?«, fragt er, als er sich beruhigt hat.

»Nein, nein. Ich habe eine Freundin besucht. Paula, die an Silvester heiratet.«

»Ach ja. Diese Hochzeit, zu der Katka mich nicht mitnehmen will.« Anton tut beleidigt.

»Vertrau mir, es ist zu deinem Besten«, sagt Katka und tätschelt seinen Arm. »Außerdem steht die Tischordnung seit zwei Monaten, und mich wieder von der Single-Resterampe wegzuorganisieren, würde Paula an den Rand des Wahnsinns treiben.«

»Da ist sie längst«, wage ich einzuwerfen.

»Stimmt. Also darüber hinaus. Außerdem kann ich Greta ja wohl nicht alleine lassen.«

»Och, wer weiß.« Ich gebe mich abgeklärt. »Paulas ältlicher Onkel mit der Schnappatmung hat mir schon immer gut gefallen.«

Am Abend ist es mit meiner Abgeklärtheit allerdings schnell vorbei. Anton hat Katka und mich zu Hause abgesetzt, wo wir vor unserer Wohnungstür einen großen Pappkarton vorfinden. Ich werde sofort hysterisch.

»Katka, das ist bestimmt von Erik. Wir können das nicht einfach aufmachen!«

»Beruhig dich, Greta, es wird schon keine Bombe drin sein. Vielleicht ist es ja auch ein vorgezogenes Weihnachtsgeschenk von irgendjemandem.«

Sie zerrt die Kiste in unseren Wohnungsflur und öffnet den Deckel. Wir behalten beide recht: Es ist keine Bombe. Aber ein Weihnachtsgeschenk ist es auch nicht.

Erik hat alles, was noch von mir irgendwo im Haus herumlag, eingepackt. Dass er noch ein paar Sachen von mir gefunden hat, wundert mich nicht. Es ist praktisch unmöglich, bei jemandem auszuziehen, ohne Kleinigkeiten zu vergessen. Aber entweder habe ich wirklich nur Müll vergessen – oder Erik hat es geschafft, alles Brauchbare zu behalten. Denn bei dem, was ich aus der Kiste zutage fördere, handelt es sich um sehr alte, ausgelatschte Flipflops, drei verbogene Löffel und ähnliche Kostbarkeiten. Das Schmuckstück der Sammlung ist eine angebrochene Packung H-Milch, die ich, wenn ich mich recht erinnere, vor das Fenster meines Kellerasyls gestellt hatte, um sie zu kühlen. Weil ich die Küche nicht mehr benutzte, konnte ich so wenigstens morgens Müsli essen. Aber dort habe ich sie beim Auszug anscheinend vergessen. Dass Erik mir seit Wochen geöffnete H-Milch schickt, lässt mich nun doch an seiner geistigen Gesundheit zweifeln.

Katka amüsiert sich prächtig und zieht kichernd eine einzelne rote Socke aus dem Karton – die mir nicht mal gehört. »Das ist so geil! Wie eine Kunstinstallation! Oder Strandgut!«

»Hmm«, murre ich. »Lass es uns bitte trotzdem nicht ausstellen. Ich schmeiß es morgen früh weg.«

Müde tapere ich in mein Wohnzimmer. Diese Kontaktaufnahmen von Erik lähmen mich. Und immer frage ich mich, was nun wohl als Nächstes kommen mag. Geistesabwesend ziehe ich den nächsten Zettel aus dem Adventskalender.

Es gibt keinen Weg zum Glück. Glücklich sein ist der Weg.

Buddha

Klingt vernünftig. Das tackere ich mir am besten an die Stirn.

Den Sonntagmorgen vor Weihnachten verbringe ich damit, Geschenke einzupacken. Für Katka habe ich unter großer Heimlichtuerei und mit einiger krimineller Energie ein Kleid nähen lassen. Ihr zartgraues Lieblingskleid fällt allmählich auseinander und ist an manchen Stellen bereits ziemlich abgewetzt, was ihr regelmäßig kellertiefe Seufzer entlockt. Ich musste es ihr klauen und zur Schneiderin bringen, ohne dass sie es bemerkte. Dann hängte ich das alte Ding zurück und versteckte den Klon in meinem Kleiderschrank. Jetzt liegt er inmitten von Seidenpapier in einem Karton, wo er auf seinen Auftritt wartet.

Während ich eine Schleife darumbinde, schweifen meine Gedanken immer wieder ab. Zu gestern. Zu David. Es war so freundschaftlich zwischen uns. Und während ich mich darüber freue, bin ich gleichzeitig sehr, sehr unzufrieden damit. Freundschaft. Pfff. Kann ich nicht mit den Männern befreundet sein, die mich einen Hauch weniger interessieren?

Am Nachmittag treffe ich mich mit Sarah in einem Café. Ich ahnte schon vorher, dass sie ein paar Fragen haben würde. Wie unverfroren sie ist, überrascht mich dann aber doch immer wieder.

»Würdest du mit ihm schlafen?«

Ich verschlucke mich vor Schreck an meinem Latte Macchiato und muss ausgiebig husten. Sarah guckt ein bisschen mitleidig, gibt mir aber keine Chance, das Thema zu wechseln.

»Und?«, fragt sie, als meine Augen nicht mehr tränen. »Ja oder nein?«

»Himmel, Sarah!«, protestiere ich schwach. »Ich bin noch nicht wieder so weit.«

»Aber du hustest gar nicht mehr.«

»Das meine ich nicht. Ich bin nach der Trennung noch nicht wieder so weit.«

»Also, *mir*«, sagt Sarah gedehnt und grinst, »hilft der nächste Mann immer super über den letzten hinweg.«

»Ah. Ist es vorbei mit, ähm, Markus?«, rate ich.

»Martin. Sein Name war Martin.«

»Sorry.«

»Kein Problem. Ich hatte ihn selbst schon fast vergessen.« Sarah gähnt sonntagnachmittagsträge und wirft sehnsüchtige Blicke in Richtung Kuchentheke.

»Heißt das, du hast dir bereits wieder einen neuen Namen gemerkt?«

»In der Tat.« Sarah strahlt. »Er heißt Tom.«

»Und wie ist Tom so?«

»Tom ist Verkäufer bei Globetrotter. Er hat eine Freundin, aber es läuft nichts mehr zwischen ihnen.«

Ich verdrehe so heftig die Augen, dass mir fast eine Kontaktlinse in den Milchschaum fällt. »Das hast du ihm geglaubt?!«

»Natürlich! Warum sollte er mich anlügen? Komm, lass uns Kuchen aussuchen gehen!« Sarah zieht theatralisch an meiner Hand wie ein übermotiviertes Kind. Kurz darauf stehen russischer Zupfkuchen und Himbeertorte vor uns, die wir uns beide teilen.

»Dieser Tom könnte dich deshalb anlügen«, doziere ich dabei mit der ganzen Abgeklärtheit einer Frau nach gescheiterter Ehe, »weil er denkt, dass du dann eher mit ihm ins Bett gehst.«

»Da hätte er sogar recht«, sagt Sarah vollkommen unbekümmert.

»Aber ist es dir denn völlig gleichgültig, ob er die Wahrheit sagt oder nicht? Das ist doch furchtbar!« Vor lauter Verblüffung purzelt mir ein bisschen Kuchen von der Gabel.

Sarah lächelt. »Bekomme ich gerade Ratschläge von einer Frau, die sich gleichzeitig Kuchenkrümel aus dem Dekolleté fischt?«

»Ja, na gut. Das kratzt jetzt vielleicht ein bisschen an meiner Autorität.«

»Vielleicht ein bisschen«, sagt Sarah und zwinkert mir zu. »Also, lass uns lieber noch mal über David reden.«

»Oh Gott, nein.« Genervt lasse ich meinen Kopf nach vorne fallen.

»Du würdest schon mit ihm schlafen, oder?«

»Ich weigere mich, solche Suggestivfragen zu beantworten.«

»Also ja.«

»Wir sind befreundet!«

»Danach habe ich nicht gefragt.« Tiefenentspannt nimmt Sarah einen Schluck Tee. Sie sieht aus wie jemand, der weiß, dass er gewinnen wird.

Aber ich bleibe bockig. »Du fragst mich doch auch nicht, ob ich mit Anton schlafen würde!«

»Warum solltest du das auch tun?« Sie grinst. »Das übernimmt ja Katka.«

»Sei still!« Ich halte mir die Ohren zu. »Das fühlt sich an, als würden meine Geschwister miteinander vögeln.«

»Ach ja? Ich glaube, für sie fühlt es sich ganz und gar nicht so an.« Sarah lacht. »Aber mit David zu schlafen, das würde sich für dich nicht anfühlen, als sei er dein Bruder, oder?«

»Du kannst unglaublich penetrant sein, Sarah.«

»Aber das weißt du doch nicht erst seit heute.« Sie

schenkt mir ein engelsgleiches Lächeln und schiebt mir den Teller mit dem Rest Himbeertorte zu. Die Kombination aus beidem stimmt mich milde.

»Nein«, murmele ich und stecke mir gleichzeitig Kuchen in den Mund.

»Nein wozu?«

Schlaues Mädchen. Verdammt. Ich kapituliere.

»Es käme mir nicht vor wie mit einem Bruder.«

Ich fluche leise vor mich hin, während ich durch den klirrend kalten Wintertag nach Hause spaziere. Müssen Katka und Sarah mir unbedingt dauernd einreden, zwischen David und mir könnte was sein? Schließlich kommt das Herz ganz von alleine auf dumme Gedanken, wenn man es unbeaufsichtigt lässt. Aber das werde ich nicht tun. Auf keinen Fall.

Mein Handy summt. Ich bleibe stehen, ziehe einen Handschuh aus und wühle in meiner sackähnlichen Handtasche. In fünf Minuten wäre ich zu Hause und müsste dabei nicht frieren. Aber ich muss mir zähneknirschend selbst eingestehen, dass ich auf eine Nachricht von David hoffe.

Immerhin wird meine Hoffnung nicht enttäuscht.

Greta, mir hängt immer noch der Gestank der Teufelszunge in der Nase. Würde ihn gern in parfümiertem Alkohol ertränken. Wollen wir morgen Abend die Cocktails nachholen?

Ich merke erst, dass ich lächelnd auf mein Handy starre, als meine Zähne sich irgendwie kalt anfühlen.

Kapitel 14

Seit ich so was Ähnliches wie eine Karriere und so was Ähnliches wie Dates habe, stehe ich morgens wieder länger vor dem offenen Kleiderschrank, auf der Suche nach dem geeigneten Outfit. Aber heute fische ich erst den Zettel des Tages aus dem Adventskalender:

> *Das Leben ist kurz. Brich die Regeln. Vergib schnell. Küsse langsam, liebe wahrhaftig. Lache unkontrolliert. Und bereue nichts, was Dich zum Lächeln gebracht hat.*
>
> *Mark Twain*

Küsse langsam. Ja, einverstanden. Sehr langsam. Um genau zu sein: frühestens nächstes Jahr wieder.

Vor dem Kleiderschrank entscheide ich mich etwa ein Dutzend Mal um, verwerfe die Sicherheitsvariante Jeans mit weißer Bluse und ziehe schließlich eines der Strickkleider an, die ich mit Katka gekauft habe. Es ist beigefarben und damit nicht besonders spektakulär, aber dafür betont es ein paar entscheidende Stellen. Ich lege einen braunen Gürtel um und bin zufrieden mit dem, was ich im Spiegel sehe. Eigentlich würde ich gerne jetzt sofort David treffen und nicht erst am Abend, nachdem ich stundenlang allmählich zerknitternd in der Agentur gesessen habe.

Im Büro ist wenig los – die meisten sind schon im

Weihnachtsurlaub. Ich bin alleine mit Richard, Andreas und Bumsi, aber die beiden Letzteren verziehen sich bald unauffällig, um irgendwo gemeinsam zu Mittag zu essen. Also bleiben Richard und ich mit der Karte des Pizzalieferdienstes zurück. Er bestellt Pizza Hawaii mit extra Spinat, was mich in meiner Vermutung bestärkt, dass er noch ein paar unentdeckte Perversionen in sich trägt.

»Was ist eigentlich aus der Sache mit dem Online-Elektrohandel geworden?«, frage ich, während mir eine schwarze Olive von meinem Pizzastück kullert.

»Na ja. Ich hab noch mal mit Andreas gesprochen, und du hattest natürlich recht.«

»Hm. Und was jetzt?«

»Jetzt hat Andreas gesagt, ich soll lernen, mit Frauen umzugehen, ehe ich sie in meiner Werbung vorkommen lasse.«

»Ach was. Und wie stellt er sich das vor?«

»Ich soll auf Dates gehen.« Richard schaut sich im leeren Großraumbüro um, als ob das ein extrem peinliches Geheimnis wäre.

»Studien am lebenden Objekt also.« Ich nehme einen Schluck von meiner Limo und verkneife mir die Bemerkung, dass die Frauen nicht zu beneiden sind. »Wo sollst du die Kandidatinnen denn finden?«

»Das ist das Schlimmste daran.« Richard knüllt ein Stück Pizza mit dem Messer zusammen und spießt es auf. »Das sind alles irgendwelche Bekannte von Andreas und Bumsi. Und er will sie danach fragen, wie es war.«

»Was?« Ich verschlucke mich fast vor Lachen. Ich habe mich mit Richard noch nie richtig ausführlich unterhalten, aber allmählich gewinne ich den Eindruck, da etwas verpasst zu haben. »Das ist nicht dein Ernst!«

»Doch, und seiner auch. Leider.«

»Na dann, rasier dich vorher gut«, frotzele ich. »Wann geht es denn los?«

»Morgen schon.«

»Und wann war dein letztes Date?«

»Weißt du, Greta, ich bin nicht so der Typ für Dates.« Er windet sich. »Ich treffe mich eher mit meinen Kumpels und spiele Rennspiele auf der Konsole. Ab und zu wirft sich mir eine Frau an den Hals, ohne dass ich sie daten müsste, und ich weiß dann zwar immer nicht warum, aber ich frage natürlich auch nicht.«

»Wahrscheinlich weil du ganz gut aussiehst«, konstatiere ich nüchtern. Richard hat etwas von einem alternden Surfertyp.

»Aber die Frauen wollen nie länger als ein paar Nächte bleiben.« Er kratzt sich nachdenklich an der Nase.

»Würdest du denn wollen, dass sie bleiben?«

»Es gab vielleicht zwei, bei denen hätte ich es gut gefunden.«

»Und hast du ihnen das gezeigt?«

»Nein.« Richard schaut mich verständnislos an. Ich glotze ebenso verständnislos zurück. Um Himmels willen! Der Mann braucht ganz offensichtlich Hilfe.

»Vielleicht war das das Problem. Bist du mal auf den Gedanken gekommen? Wir wollen doch alle spüren, dass wir gewollt werden.«

»Ich dachte, es wirkt am coolsten, wenn ich ganz normal weitermache wie bisher«, verteidigt sich Richard. Ist ja interessant: Der große Zampano wird auf einmal ganz defensiv.

»Bestimmt. Aber Coolness ist eben nicht der entscheidende Faktor.«

»Außerdem hat Andreas gesagt, ich soll ein Gentleman sein. Was meint er damit?« Richard fuchtelt irritiert mit den Händen in der Luft herum.

»Ich schätze, so was wie: der Frau den Mantel abnehmen und ihr später wieder reinhelfen.«

»Ach so. Das ist ja einfach.«

»So, meinst du.« Ich esse meinen letzten Bissen Pizza und stehe auf, um meinen Mantel zu holen.

»Jeder Schimpanse kann das«, ruft Richard mir hinterher und erhebt sich ebenfalls.

»Ja, dann zeig mal, du Affe.« Ich komme im Mantel zurück, stelle mich ihm gegenüber und mache Anstalten, den Mantel selbst auszuziehen. Richard rührt sich nicht mal, bis ich ihn über die Stuhllehne hänge. »Durchgefallen.«

»Was, wieso? Du hast mir nicht den Rücken zugedreht!«

»Ehrlich, Richard, das wäre, als würde ich dir die Hand zum Kuss reichen. Du musst der Frau erst mal zeigen, dass du selbst draufkommst. Sie kennt dich doch gar nicht. Tritt neben sie und nimm ihr den Mantel in dem Moment ab, in dem er von ihren Schultern gleitet.«

Wir üben das dreimal, bis ich zufrieden bin.

»So. Und jetzt wieder rein in den Mantel.«

Richard nimmt den Mantel und hält ihn etwa auf Schulterhöhe hinter mich.

»Ähm. Nein.«

Zwanzig Zentimeter tiefer.

»Guck mal, wo meine Hände sind. Die müssen zuerst

in die Ärmel. Und die Ärmel sind da ganz oben angenäht.«

Richard bewegt den Mantel wie ein Torero das rote Tuch, aber immerhin treffen meine Hände in die Ärmel.

»Gut so?«, fragt er stolz.

»Ziemlich gut. Und jetzt noch mal – aber ohne dass er dabei über den Boden schleift.«

Nach dieser Lektion bin ich froh, mit jemandem auszugehen, der keine Nachhilfe mehr benötigt. Allerdings haben David und ich ja kein Date, deshalb ziehe ich meinen Mantel eilig selbst aus, während er einen Barhocker für mich aus der Fußleiste hebt. Wir entscheiden uns für Cocktails, die man tatsächlich in einer Badewanne zusammenrühren könnte – auch wenn ich im Stillen hoffe, dass dieser Tag niemals kommen wird. In seinen kommt Rum, in meinen Gin. Beides sollte die Badewanne im Fall der Fälle desinfizieren.

»Na, wie war dein Tag?«, fragt David.

»Ruhig. Sehr ruhig. Die letzte Präsentation für dieses Jahr fand vorige Woche statt, jetzt friemele ich eigentlich nur noch an laufenden Projekten herum.«

»Worum ging es bei dieser Präsentation?«

»Liebe. Ich meine: Karamell.« Ich erzähle ihm die ganze Geschichte und lasse auch meine Leidenschaft für das Produkt nicht unerwähnt.

»Karamell«, murmelt David. »Na gut. Auf Karamell könnte ich eigentlich verzichten. Ich verbinde ja Marzipan mit Liebe.«

»Oh ja. Marzipan!« Beglückt schaue ich ihn an. Mein Kopf fährt urplötzlich einen bizarren Film, in dem wir postkoital im Bett liegen und gemeinsam Marzipan essen. Ich werfe entsetzt einen Blick auf mein Glas, in dem noch gar nicht so viel fehlt. Das kann ja heiter werden heute Abend. Jetzt schreibe ich unter Alkoholeinfluss keine bösen Mails mehr, sondern fantasiere von Sex in Verbindung mit zuckerhaltigen Nahrungsmitteln. Vielleicht sollte ich mit meinem Therapeuten darüber reden. Es gibt bestimmt irgendeinen ulkigen Fachausdruck für dieses Phänomen, der mir dabei helfen würde, mich nicht wie ein Freak zu fühlen.

»Erzähl mir was von dir«, fordert David mich auf.

»Oh. Was willst du denn wissen?« Bitte, bitte, frag nicht nach meiner gescheiterten Ehe.

»Hast du Geschwister?«

Puh. Glück gehabt. »Nein, leider nicht. Ich habe mir immer einen Bruder gewünscht.«

»Ha. Ich gebe dir gerne einen ab. Kannst dir einen von meinen dreien aussuchen.«

»Das wäre toll«, sage ich mit ein bisschen ernsthafter Sehnsucht. »Gerade jetzt zu Weihnachten. Außer mir kommt aus meiner Generation nur meine Cousine vorbei, um vorzuführen, wie schlau ihre kleine Tochter ist.«

»Was kann sie denn? Sagt sie den Erlkönig auf? Erläutert sie den Satz des Pythagoras?«

»Nein, sie ist ein sehr musisches Kind.« Ich ahme den nasalen Tonfall meiner Cousine nach. »In der letzten monatlichen Rundmail stand, die Kleine übe jetzt fleißig Jingle Bells auf der Geige, die ersten Töne könne sie schon.«

»Die ersten Töne von … Moment mal!«

»Genau. Ich weiß. Es ist sieben Mal derselbe Ton.«

»Wahrscheinlich streicht sie immer den Bogen über die leere Saite.«

»Das würde mich sehr erleichtern, da kann sie nämlich wenig falsch machen.«

»Und was ist mit den anderen Tönen beim besinnlichen Weihnachtsvorspiel?«

»Die spielt meine Cousine auf der Blockflöte.«

David biegt sich vor Lachen. Ich hätte freilich auch mehr Spaß, wenn ich nicht schon in wenigen Tagen selbst in diese gleißende Supernova des Wahnsinns blicken müsste.

»Mach ein Video!«, ächzt David.

»Das geht nicht. Ich will die Augen die ganze Zeit fest geschlossen halten!«

»Die Augen werden nicht das Problem sein, und die Ohren kannst du schlecht verschließen.«

»Willst du das wirklich? Wahrscheinlich lässt du dich danach umgehend sterilisieren.«

»Ach komm, so schlimm wird es schon nicht sein. Ohne die Geige ist das Kind bestimmt ganz okay.«

»Stimmt. Bisschen altklug, aber sonst geht's schon.«

»Wenn ich mal Kinder habe, müssen sie kein Instrument lernen«, sinniert David. »Wenn sie so musikalisch wie ich sind, ist das eh hoffnungslos.«

»Meine sollen schon eins lernen«, verkünde ich. »Aber irgendwas, das keine schiefen Töne von sich geben kann. Klavier vielleicht.«

»Ja, viel Spaß. Du würdest dich wundern, was für Töne ein Kind so einem Klavier entlocken kann.«

»Sprichst du aus Erfahrung?«

»Drei Jahre Unterricht bei Frau Gramelspacher. Am Ende sagte sie meinen Eltern, ich wäre ja ein ganz netter Junge, aber ich sollte es doch mal mit Tennis versuchen.«

Ich kichere. »Vielleicht sollte das auch mal jemand meiner Cousine sagen.«

»Aber ihr hast du es zu verdanken, dass das ein unvergessliches Weihnachtsfest wird.«

»Du kennst überhaupt kein Mitleid, was?«

»Wirke ich so?« David macht große Augen und schiebt die Unterlippe vor, hört aber nicht auf zu lächeln.

»Scherzkeks.« Ich strecke unwillkürlich die Hand aus und fahre ihm durch die Haare. Ups. Habe ich das gerade wirklich gemacht? Das war sicher nicht angemessen.

David schaut mich an. Der Schalk ist aus seinen Augen verschwunden.

»Deine Haare fühlen sich an wie eine Drahtbürste«, sage ich schnell.

»Dein Charme auch.«

Wir stoßen mit unseren fast leeren Gläsern an. Ein dreiviertel Cocktail pro Abend reicht mir also momentan, wenn ich attraktiven Männern in aller Öffentlichkeit zärtlich durch die Haare wuscheln möchte. Das sollte ich mir wohl besser merken.

»Hast du eigentlich von deinem Arzt gehört?«, fragt David.

»Äh, ja.« Ich schaue betreten zur Seite. »Es ist nichts. Prima Cholesterinwerte, sagte er am Telefon, bisschen mehr Eisen wäre gut, aber sonst alles in Ordnung.«

»Das ist doch schön.«

»Ja, und zeigt leider, dass ich wirklich einfach nur was hätte essen sollen.«

Statt einer Antwort schiebt David mir nonchalant das Schälchen mit den Erdnüssen hin.

Als wir aus der Bar auf die Straße treten, hat es angefangen zu schneien. Dicke weiße Flocken schweben aus dem schwarzen Himmel und haben den Straßenlaternen schon kleine Hüte aufgesetzt. Wir bleiben stehen und schauen einfach nur zu, wie die Straße sich immer heller färbt.

»Wann fährst du zu deinen Eltern?«, fragt David irgendwann in die Stille hinein.

»So spät wie möglich. Erst an Heiligabend.«

»Ich fahre schon übermorgen.«

»Hm.« Ich wische mir ein paar Schneeflocken von den Wangen.

»Vielleicht sehen wir uns ja vor Silvester noch mal?«

»Das würde mich freuen«, sage ich und freue mich schon jetzt fast ebenso sehr darüber, dass er überhaupt danach gefragt hat.

David besteht darauf, mich zur Straßenbahn zu begleiten. Erst als ich drinsitze und sie langsam anfährt, dreht er sich mit einem letzten Winken um und geht. Ich schaue ihm hinterher, wie er sich mit leichten und ein bisschen breitbeinigen Schritten auf den Heimweg macht.

Zu meinem letzten Termin mit Dr. Schiechel für dieses Jahr gehe ich etwas nervös. Schließlich habe ich keine Ahnung, wie der Mann ist, wenn er mich nicht zu provozieren versucht. Mein Ärger über seine seltsamen Methoden ist allerdings verraucht. Es scheint ja doch einigermaßen funktioniert zu haben. Mal abgesehen von der Diskussion mit meiner Mutter übers Weihnachtsessen, aber wir wollen ja nicht unbedingt gleich Wunder erwarten.

Mein Therapeut nimmt mich sehr freundlich in Empfang und hat den Pinguin schon auf den Tisch neben dem Sofa gestellt. Das war also tatsächlich nicht Teil seiner Strategie, sondern normale Vorgehensweise. Ich setze mich hin und schaue direkt an seinem Kopf vorbei an die Wand.

Dr. Schiechel wartet darauf, dass ich etwas sage. Minutenlang rührt sich keiner von uns. Irgendwann beginnt er zu hüsteln. Dann wird ein Lachen daraus.

»Frau Hildebrand, schon gut, ich habe verstanden.«

Ich muss ein bisschen grinsen und wende ihm meinen Blick zu. »Wie haben Sie das immer gemacht? Das ist ja fürchterlich anstrengend.«

»Da sehen Sie mal, was für ein außergewöhnlich engagierter Therapeut ich bin.«

»Tja. So kann man das natürlich auch ausdrücken.«

»Ich würde heute gerne noch mal mit Ihnen über den Pinguin sprechen, den Sie sich ausgesucht haben«, sagt er.

»Na gut.«

»Es gibt kein gutes oder schlechtes Tier, das Sie sich hätten aussuchen können. Aber vielleicht wollen Sie heute noch mal in die Kiste schauen und eines dazuholen, das den Pinguin gut ergänzen würde.«

»Sie wollen, dass ich mich weiterentwickele«, rate ich.

»Selbstverständlich.«

Ich wühle in der Kiste herum und schaue mir ein paar Tiere genauer an. Der Elefant ist schon mal nicht das richtige. Auch das Huhn will ich nicht. Dann fällt mir ein Leopard in die Hände. Sofort nehme ich ihn heraus und stelle ihn neben meinen Pinguin.

»Ein Leopard.« Dr. Schiechel wirkt nicht überrascht. »Warum gerade dieses Tier?«

»Wissen Sie, ein Pinguin kann nur so schwerfällig watscheln. Der Leopard ist schnell und geschmeidig. Das möchte ich auch sein.«

Dr. Schiechel macht sich eine Notiz. »Und was noch?«

»Na ja, der Pinguin wirkt immer ein bisschen, als sei er viel zu gut erzogen. Aber der Leopard kann ganz schön brutal sein, wenn es ums Überleben geht.«

Wir diskutieren eine Weile über Abstufungen von Brutalität und Durchsetzungsfähigkeit und wie das mit meinen Mails an Erik zusammenhängen könnte. Dann halte ich inne.

»Ich würde übrigens gern mit Ihnen weitermachen.«

»Ja?«

»Ja. Ich habe das Gefühl, wir sind eigentlich schon ziemlich weit gekommen. Warum jetzt also aufhören?«

»Gut.« Dr. Schiechel scheint sich zu freuen. Und ich freue mich zu meiner eigenen Überraschung auch.

Am Tag vor Weihnachten bin ich mit Richard und Sarah alleine in der Agentur. Eigentlich wäre es unfassbar langweilig, denn keiner von uns hat mehr etwas zu tun. Aber Richard unterhält uns mit Geschichten von seiner Verabredung am Vorabend, während wir das Telefon hüten.

»Ich habe ihr also – ganz Gentleman – aus dem Mantel geholfen«, erzählt er und wirft sich dabei in die Brust. »Aber dann wurde es schwierig. Wir waren thailändisch essen, und ich hatte ein Curry, das so dermaßen scharf war, dass ich mich nicht richtig auf das konzentrieren konnte, was sie sagte.«

»Sondern?«, fragt Sarah.

»Ich war damit beschäftigt, das Zeug zu essen und mir nicht anmerken zu lassen, dass mein Mund brennt wie Feuer.«

»Wieso hast du nicht einfach gesagt, dass es irre scharf ist?«

»Da hätte ich doch wie ein Weichei gewirkt!«

Sarah und ich schauen uns an, schütteln die Köpfe und wenden uns wieder Richard zu.

»Nein«, kläre ich ihn auf. »Es hätte ehrlich und sympathisch gewirkt.«

»Siehst du! Weichei. Ich wollte cool rüberkommen.«

Sarah kichert. Für sie ist Richard ein alternder Typ, der sich ein bisschen zu oft unter die Sonnenbank legt, von Coolness wahrscheinlich so weit entfernt wie Bangkok von Frankfurt.

»Okay, lassen wir das. Was ist dann passiert?«

»Irgendwann hatte ich mit miesem thailändischen Bier meinen Durst gelöscht und konnte mehr als ›mhm‹, ›aha‹, ›interessant‹ und gelegentliches Lachen von mir geben. Da habe ich erst richtig begriffen, worüber die Frau eigentlich schon eine ganze Weile redet.«

»Jaaaaaa?«, fragen Sarah und ich im Chor.

»Über Sex!«

Ich lache haltlos. »Mann, Richard! Nur ein Date, und schon hast du die Frau deines Lebens gefunden! Wir freuen uns so sehr für dich.«

»Dürfen wir Blumen streuen bei eurer Hochzeit?«, sekundiert Sarah.

»Was?!« Richard ist empört. »Wie kommt ihr auf den Gedanken, ich würde auf so was stehen?«

»Ähm. Du redest dauernd über Sex. Du bist Rektal-

Richard. Ich frage mich manchmal, ob du dich noch für was anderes interessierst als für Frauenkörper und was man alles mit ihnen anstellen kann.«

»Ihr nennt mich Rektal-Richard?«

»Upsi.« Jetzt bin ich doch etwas verlegen. »Ich dachte, das wüsstest du.«

»Ist ja auch egal.« Richard ist richtig aufgebracht. »Ich will nicht, dass mir eine fremde Frau beim Thai-Curry erzählt, wie sie es gern mag!«

»Wie mag sie es denn?« Sarah wirkt aufrichtig interessiert.

»Warum willst *du* das denn wissen?«, fährt er sie an.

»Keine Ahnung, ich bin eben neugierig!«

Er reibt sich die Augen. Seine Stirn liegt in tiefen Furchen. »Sie wird gern gefesselt.«

»Ja und?«, fragt Sarah unbeeindruckt. »Hast du was dagegen?«

»Ich mag es einfach nicht, wenn Frauen so offensiv über Sex reden!«

»Darf ich dich noch mal daran erinnern, dass du selbst über nichts anderes sprichst?«, werfe ich ein.

»Das ist was anderes. Ich bin ein Mann!«

»Hörst du dir eigentlich manchmal selbst zu? Warum darfst du dauernd über Sex reden, aber eine Frau nicht?«

»Weil es langweilig ist, wenn die Frau mir alles einfach so erzählt. Ich will später selbst rausfinden, was sie mag. Es soll ein Geheimnis sein!«

»Hm. Na gut, das wollen wir mal durchgehen lassen.«

»Und wie ging es weiter?« Sarah ist wirklich sehr neugierig.

»Ach, ich habe dann das Thema gewechselt. Sie ist auch Fußballfan.«

»Sex und Fußball, und du erkennst immer noch nicht, dass du deine Traumfrau getroffen hast?«

»Sie ist nicht meine Traumfrau. Meine Traumfrau ist blond.«

»Ich hau dir gleich eine rein«, piepst Sarah wütend. Ihre Stimme wird immer höher, wenn sie sich aufregt. »Eine Traumfrau macht man doch nicht an der Haarfarbe fest!«

Richard schaut sie irritiert an. Fast erwarte ich, dass Sarah jeden Moment ihre zarten Fäuste hebt und ihn wirklich boxt.

»Ja, hast ja recht«, räumt er dann ein, und Sarah atmet hörbar aus.

»Wirst du sie wiedersehen?«, frage ich.

»Nein. Auf keinen Fall.« Richard scheint einen weiteren Angriff von Sarah zu erwarten, doch die schweigt.

»Und was hast du über Frauen gelernt? Dafür war die ganze Aktion ja schließlich gedacht.«

»Hmm.« Er macht ein nachdenkliches Gesicht. »Manche Frauen sehen sturzbieder aus und stehen trotzdem auf Fesselspiele.«

»Ich bin mir nicht sicher, ob dich diese Erkenntnis fachlich weiterbringen wird.«

»Ich mir auch nicht.«

Später laufe ich mit Sarah zur Straßenbahn. Es ist klirrend kalt.

»Fragst du dich jetzt vor Weihnachten manchmal, wie es Erik geht?«, will sie wissen.

»Och.« Ich stutze. »Nein, eigentlich nicht.«

»Ach so.«

Wir schweigen eine Minute. Der über den Tag gefallene Schnee knirscht unter unseren Schuhen.

»Sarah, du weißt doch irgendwas, das du mir sagen willst.«

»Wenn ich was wüsste, würdest du es dann wissen wollen?« Unschuldig blinzelt sie unter dem Saum ihrer blauen Mütze hervor.

»In Gottes Namen. Sag schon.«

»Es geht ihm gut«, sprudelt sie hervor. »Es läuft wohl super für ihn im Landtag, und er hat ein neues Hobby. Line Dance. Da lernt man ganz viele Leute kennen, sagt er.«

»Er macht waaaaas?« Ungläubig bleibe ich stehen.

»Line Dance.«

»Line Dance? Er ist Norweger! Trägt er auch so einen albernen Cowboyhut dabei?«

»Keine Ahnung, das hat er nicht gesagt.« Sarah grinst.

»Lass mich raten: Er hat dich so kurz vor den Feiertagen angerufen, um dir zu erzählen, wie super es ihm geht, weil er wusste, dass du das dann mir erzählst, richtig?«

»Wahrscheinlich schon.« Etwas betreten bohrt sie ihre Stiefelspitze in den Schnee. »Und damit lag er ja auch richtig.«

»Absolut.« Aber Erik ahnte nicht, dass ich jetzt schon fast durchdrehe vor Freude, Katka von seinem neuen Hobby berichten zu können.

Eine halbe Stunde später sitze ich mit Katka unter eine Decke gekuschelt auf dem Sofa und starre fassungslos auf den Bildschirm ihres Laptops. Sie hat den YouTube-Kanal des Line-Dance-Vereins Bad Vilbel ausfindig gemacht, der uns einen schönen Eindruck davon verschafft, wie Menschen ihre koordinativen Schwächen durch ausgiebige Western-Kostümierung wettzumachen versuchen.

»Was … Was ist das?« Ich deute auf eine seltsame fransige Überhose aus Leder.

»Das sind Chaps, Mädchen«, klärt Katka mich auf. »Wenn du damals mal mit mir reiten gegangen wärst, statt mit den Mofajungs rumzuhängen, wüsstest du das auch.«

»Und wozu sollen die gut sein?«

»Die ersetzen Reithosen. Man zieht sie über die Jeans, und dann haften die Beine gut am Sattel.«

»Aber ich seh da gar keine Sättel«, sage ich und weise auf die karg geschmückte Mehrzweckhalle auf dem Bildschirm.

»Nee. Ist nur Folklore. Aber Erik reitet sicher auf einem Norwegerpony ein, wenn er sich die Ehre gibt.«

»Er kann ja nun auch gar nicht tanzen. Erinnerst du dich an unseren Hochzeitswalzer? Ich hatte Angst, er würde mich so schwer verletzen, dass es am nächsten Tag bei den kuriosen Meldungen in der Zeitung steht.«

»Hach, ich kann es mir genau vorstellen!« Katka wirft die Decke zurück, springt auf und hakt den Daumen der rechten Hand in ihren Gürtel. Mit der linken setzt sie sich einen schwarzen Hut auf, der eher entfernt an einen Cowboyhut erinnert. Dann hampelt sie los und liefert tatsächlich eine Persiflage des eben Gesehenen, das ich schon für absurd genug gehalten hatte. »Man lernt wirklich viele Leute dabei kennen«, ruft sie und ahmt dabei Eriks norwegischen Akzent nach. Ich lache so sehr, dass ich kaum noch Luft bekomme.

»Hör auf!«, röchele ich, aber Katka grinst nur teuflisch, holt mit dem rechten Bein aus, macht eine elegante Drehung zur Seite und hüpft weiter. Ich kullere hilflos auf dem Sofa herum. »Lass uns in diesen Verein eintreten!«, rufe ich. »Ich *muss* ihn einmal dabei sehen. Das wäre sicher der beste Moment des ganzen nächsten Jahres!«

»Nichts da!« Katka baut sich breitbeinig wie ein Cowboy vor mir auf. »Wir warten geduldig wie alte Echsen darauf, dass der Verein das erste Video online stellt, in dem Erik zu sehen ist. Und dann schauen wir es jeden Tag an. Jeden verdammten Tag. Das wird fantastisch!«

»Au ja!« Ich richte mich mühsam wieder auf dem Sofa auf und strahle meine Freundin an, deren Gesicht gerade einen zärtlichen Ausdruck annimmt.

»Aber so erheiternd das auch werden wird, Greta, es wird ganz sicher nicht das Beste sein, das dir im neuen Jahr widerfährt. Ich verspreche es.«

»Nein?«, frage ich leise und werde plötzlich inmitten der ausgelassenen Stimmung von der Melancholie gepackt. »Was soll mir denn Besseres widerfahren?«

Katka setzt sich neben mich und nimmt mich in den Arm. »Du wirst ausgehen und lachen und jemandem den Kopf verdrehen.«

»Aber der Winter ist so kalt und dauert so lange.« Ich lege meinen Kopf an ihre Schulter.

»Ich weiß. Trotzdem: Der Frühling kommt schneller, als du denkst.«

»Ja. Danke, Katka. Tut mir leid, dass ich hier in Selbstmitleid versinke.« Eilig dränge ich ein paar aufsteigende Tränen zurück.

»Ist schon okay. Morgen ist Weihnachten. Wir sind alle ein bisschen sentimental.«

»Ach, herrje. Morgen.«

»Hast du heute schon deinen Adventskalender aufgemacht?«, fragt Katka mütterlich.

»Nein. Vergessen.«

»Na, dann geh mal schauen.« Sie drückt mich noch einmal fest an sich, bevor ich in mein eigenes Wohnzimmer tapere. Nur noch zwei Päckchen hängen an der Schnur. Ich öffne das von heute und ziehe einen Zettel hervor.

Verbringe nicht die Zeit mit der Suche nach einem Hindernis. Vielleicht ist keines da.

Franz Kafka

Kapitel 15

Meine Mutter begrüßt mich mit einem strafenden Blick, dabei habe ich bisher weder den Mund noch den Mantel geöffnet. Aber irgendwas muss ich wohl schon falsch gemacht haben. »Kind, wie du wieder aussiehst!«

»Hallo, Mama. Dir auch fröhliche Weihnachten!« Ich bin wild entschlossen, mich nicht nerven zu lassen. Die überaus entspannte und angenehme Zugfahrt zu meinen Eltern soll ja nicht der beste Teil von Heiligabend gewesen sein.

»Lass uns rein, Karin«, sagt hinter mir ungeduldig mein Vater, der mich vom Bahnhof abgeholt hat und jetzt gerne mein Köfferchen abstellen möchte. Widerstrebend geht meine Mutter aus dem Weg, sodass mein Vater und ich mit meinem Gepäck nach oben poltern können. »Sie ist zurzeit ein bisschen überkritisch«, raunt er mir zu.

»Weihnachten halt«, antworte ich, als wir im Gästezimmer angekommen sind. Meine Eltern nennen es *Gretas Zimmer*, was ich nett finde, aber andere Gäste schlafen hier viel häufiger als ich selbst. Außerdem gibt es im Schrank rein gar nichts Persönliches von mir. Außer der Zahnbürste, die ich beim letzten Besuch zum sechzigsten Geburtstag meiner Mutter hier vergessen habe.

Ich drapiere meine Geschenke um die anderen unter

dem Weihnachtsbaum und lobe feierlich, wie schön er gewachsen ist. Das hat Tradition. Meine Mutter findet immer, dass mein Vater die hässlichsten Bäume kauft, weigert sich aber hartnäckig, zum Aussuchen mitzukommen. Mein Part ist es dann zu sagen, der Baum sei aber doch wirklich schön. Nur auf diese Weise fühlen sich alle angemessen missverstanden. Der Clou an der Sache ist nämlich, dass mein Vater absichtlich die hässlichsten Bäume anschleppt, um meine Mutter zu ärgern. Er muss mich für ziemlich bekloppt halten, weil ich sie trotzdem immer lobpreise.

»Es gibt gleich Kaffee und Kuchen«, kündigt meine Mutter an. »Ich habe eine Schwarzwälder Kirschtorte von Bofrost aufgetaut, die schmeckt immer hervorragend.«

Mir ist eigentlich egal, ob sie für eine Schwarzwälder Kirschtorte gut oder schlecht schmeckt, denn ich hasse Schwarzwälder Kirschtorte. Aber ich schweige. Wenige Minuten später landet ein riesiges Stück auf meinem Teller. Die Kirsche darauf glotzt mich hämisch an.

»Schwarzwälder Kirschtorte, wie toll!«, jubelt meine Cousine, die inzwischen mitsamt ihrer Brut hier angetanzt ist. Barbara wohnt in der Nähe und ist häufig bei meinen Eltern, die ihre kleine Tochter auch bereitwillig beaufsichtigen, wenn meine Cousine mit ihrem Mann ausgehen möchte. Ein Teil von mir ist ein bisschen eifersüchtig auf diese enge Beziehung. Der andere, deutlich größere Teil ist heilfroh, dass ich selbst nicht so oft bei meinen Eltern vorbeischauen muss. Eigentlich haben sie in Barbara die viel bessere Tochter gefunden.

Ich kämpfe die Torte aus Hunger und Höflichkeit irgendwie hinunter. Aber das ist noch gar nichts gegen den Kampf, der in mir stattfindet, als Barbara und die kleine Alena ihre Instrumente auspacken.

Flucht oder Angriff? Flucht oder Angriff?, raunt mein Instinkt.

Halt die Klappe, wir überleben das schon, antwortet meine gute Erziehung.

Als die beiden loslegen, kommen mir da aber doch leise Zweifel. Alena kratzt mit dem Geigenbogen immer wieder über die leere Saite, und nur mit viel Fantasie kann man die Melodie von *Jingle Bells* erkennen. Alle anderen Töne fiept Barbara auf der Blockflöte dazwischen. Instinkt und Erziehung halten sich die Ohren zu, aber ich muss irgendwie Haltung bewahren. Auch die Gesichter meiner Eltern wirken bereits ziemlich versteinert.

»Bravo!«, ruft meine Mutter, als die beiden zur zweiten Strophe ansetzen wollen, und applaudiert heftig.

Zum ersten Mal am heutigen Tag habe ich sie von ganzem Herzen lieb. Unauffällig stoppe ich die Tonaufnahme, die ich mit meinem Handy gemacht habe, und klatsche ebenfalls.

Alena macht einen Knicks. Meine Güte. Offenbar habe ich vorhin den falschen Zug erwischt und bin versehentlich in die Fünfzigerjahre gereist. Hoffentlich weiß sie mit der Leuchtknete, die ich für sie besorgt habe, überhaupt etwas anzufangen. Kinder dieser Sorte mögen vielleicht lieber ungefärbtes Holzspielzeug.

Bevor meine Tanten anrücken, verziehe ich mich auf mein Zimmer, um mich ein bisschen auszuruhen. Meine Mutter will unbedingt alleine die Küche aufräumen, mein Vater macht einen Spaziergang und meine Cousine samt Kind wird noch zwei andere Haushalte mit ihrem Weihnachtsvorspiel beglücken, ehe sie hier zum Abendessen wieder aufkreuzt.

Ich strecke mich auf dem Bett aus und schicke David die Audiodatei.

Du wolltest es ja unbedingt. Das hast du nun davon, schreibe ich dazu. Dann lege ich das Handy beiseite und mache die Augen zu. Nur fünf Minuten später dudelt es leise.

Zauberhaft, schreibt David. *Meine Brüder streiten seit einer Stunde in sonorem Bass, da klingt das wie Engelsgeflüster.*

Worüber streiten sie denn?

Ich weiß es nicht. Als ich ankam, waren sie schon bei Beleidigungen und Vorwürfen angekommen, die sich auf doch schon etwas länger zurückliegende Ereignisse beziehen (»wie du mich damals bei Mama verpetzt hast«), also ist mir der Anlass unbekannt.

Ist das immer so bei euch?

Eigentlich schon. Aber normalerweise bin ich rechtzeitig da, um einzusteigen. Heute hab ich den Anfang leider verpasst. Fühle mich wie ein Außenseiter. Dafür bin ich jetzt Mamas Liebling.

Ich hoffe, das lohnt sich. Hier bekämst du es in aufgetautem Kuchen von Bofrost ausgezahlt.

Oh. Beileid. Wie ist die Stimmung sonst so bei euch?

Zivil. Nüchtern. Langweilig.

Alles klar, nächstes Jahr tauschen wir. Dann weißt du deine Familie wieder zu schätzen!

Wäre deine Familie nicht irritiert, wenn anstatt deiner eine fremde Frau auftauchen würde?

Machst du Witze? Jeder lärmende Kerl weniger wäre eine gute Sache. Wenn ich durch eine charmante, schöne Frau ersetzt werde, haben sie meinen Namen wahrscheinlich schon vor dem Hauptgang vergessen.

Charmant und schön. Huch! Wie reagiere ich darauf jetzt möglichst souverän?

Bei meinen Eltern müsstest du nur Würstchen und Kartoffelsalat mögen, um mich vergessen zu machen.

Ja, okay. Kein Geniestreich. Ich weiß. Aber immerhin bin ich nicht kichernd in Ohnmacht gefallen!

Das krieg ich hin. Muss jetzt leider los. Meine Mutter bittet mich, die Kampfhähne zum Schweigen zu bringen. Vielleicht komme ich auf diese Weise doch noch zum Mitstreiten.

Viel Glück!

Ich drehe mich zur Seite und schließe wieder die Augen. Wenn nachher meine Tanten aufkreuzen, sollte ich wirklich erholt sein. Es sind diesmal allerdings nur zwei, weil Tante Hedwig sich mit ihrem aktuellen Liebhaber auf den Seychellen verlustiert. Die Frau macht einfach alles richtig.

Charmant und schön. Hihi.

Brav angezogen im schwarzen Kleidchen mit weißem Kragen wackele ich später verschlafen die Treppe hinunter. Wie ein Pinguin, schießt es mir durch den Kopf. Vielleicht ist da tatsächlich mehr dran, als ich dachte.

»Mama, kann ich dir was helfen?«, frage ich in die perfekt aufgeräumte Küche hinein. Meine Mutter hat gerade einen riesigen Topf Wasser auf den Herd gestellt. Für die Würstchen, wie ich vermute.

»Ach ja, du könntest den Kartoffelsalat aus der Garage holen, da hat dein Vater ihn kalt gestellt.«

»Mache ich.«

Die Schüssel ist monströs. Aber größere Sorgen bereitet mir der Geruch, der unter der Alufolie hervordringt. Ich hebe sie leicht an und schaue rein. Dieses Jahr ist der Kartoffelsalat also mit Mayonnaise. Auch das noch.

»Und dann hat er so feste gezogen, dass ich dachte, ich fliege vom Behandlungsstuhl.«

Tante Regine unterhält uns bereits seit zehn Minuten mit ihren gesammelten Zahnarzterlebnissen des ausklingenden Jahres. Ich halte mich an meinem Weinglas fest, als könnte es mich aus dem Fenster durch die Luft und ganz weit weg tragen. Einstweilen macht es mich nur betrunken. Das ist ja auch schön. Regines Enkelin Alena nagt an ihrer Wurst und wackelt dazwischen mit dem Ende über dem Tisch herum. Der Anblick ist zumindest besser als der von Regine, die gerade mit weit aufgesperrtem Mund zu zeigen versucht, welcher Backenzahn betroffen war.

»Du isst ja gar nichts«, zischt meine Mutter und deutet auf meinen leeren Teller.

»Das ist richtig.«

»Kein Wunder, dass du so dünn bist!«

In diesem Moment klingelt es an der Tür.

»Wer ist das denn jetzt?«, fragt mein Vater entgeistert.

»Das ist für mich«, sage ich, springe auf und gehe an die Haustür.

Vor der Tür steht der Mann, über dessen Anblick ich mich heute am meisten freue. Er sieht türkisch aus und lächelt wie ein Engel.

»Hallo! Ich hoffe, ich habe Ihnen nicht Ihr Weihnachtsfest verdorben?«, frage ich und strecke die Arme aus.

»Ach was. Ich bin Muslim«, sagt er und reicht mir die Pizzaschachtel, aus der es köstlich duftet.

Alena fängt auf der Stelle an zu heulen, als sie meine Pizza sieht. »Ich will auch Pizza! Ihr seid alle blöd!«

»Ich gebe dir ein Stück ab«, biete ich an.

»Nein, Alena isst keine Pizza«, wirft sich meine Cousine dazwischen.

»Warum isst du jetzt überhaupt Pizza?«, fragt Tante Susanne verwirrt.

»Weil ich Kartoffelsalat mit Mayonnaise hasse.«

»Ach so.« Für sie scheint das völlig in Ordnung zu sein. Aber meine Mutter ist empört.

»Da bestellst du jetzt einfach Pizza für dich, ohne was zu sagen?«

»Ich war von Anfang an dafür, für uns alle Pizza zu bestellen. Du wolltest das nicht.«

»Weil es nicht feierlich ist!«

»Ich habe die Pappschachtel extra in der Küche gelassen.« Allmählich macht mir die Sache erstaunlich viel Spaß. Aber leider schießt meine Mutter nicht mehr zurück, sondern vollzieht den Rest der Mahlzeit in eisigem Schweigen. Zum Glück sorgt Alena für Unterhaltung, die ihre Enttäuschung schnell verwunden hat und nun den Inhalt des Animationsfilms, den sie letzte Woche gesehen hat, erst durcheinander, dann von hinten nach vorne und dann noch einmal auszugsweise erzählt.

Friedvoll verspeise ich meine Pizza und helfe anschließend beim Abräumen. Und als ich schon denke, meine Mutter würde nie wieder mit mir reden, fasst sie mich in der Küche am Arm und sagt: »Nächstes Jahr kochst du.«

»Einverstanden.«

»Gut.« Sie lächelt. »Dann lass uns mal nachschauen, was unter dem Baum liegt.«

Alena rastet fast aus vor Freude über ihre Knete, die man wie einen Flummi dopsen lassen kann und die im Dunkeln zitronengelb leuchtet. Barbara verzieht das Gesicht über die mangelnde intellektuelle Förderleistung dieses Geschenks, aber ich wollte ja auch der Kleinen eine Freude machen und nicht der Mutter.

Wem genau meine Tante Regine eine Freude machen wollte, ist mir allerdings nicht so recht klar, als ich ein lila Plastikteil auswickele.

»Das ist eine Brotbox«, erklärt sie mir. »Es gibt sie auch in größer, aber ich habe extra die kleinere genommen, du bist ja Single.«

»Ah. Danke«, sage ich, während ich bereits überlege, ob ich das Teil vor meiner Abreise irgendwo in der Garage verstecken kann. Vielleicht will mein Vater Schrauben darin aufbewahren.

Meine Eltern freuen sich über ihren Opernführer, und mit den Büchern für die anderen lag ich hoffentlich zumindest nicht ganz daneben. Mehr kann man ja bei erweiterter Verwandtschaft kaum erwarten. Also, kann man vielleicht schon, aber ich lasse es lieber.

Mein Geschenk von meinen Eltern ist sehr flach. Eigentlich nur ein Briefumschlag. Ich drehe es zwischen den Händen. »Was ist das?«, frage ich misstrauisch.

»Es gibt nur einen Weg, das herauszufinden«, antwortet mein Vater lächelnd.

Ich öffne den Umschlag und finde Eintrittskarten aller Art darin. Fürs Theater, für die Oper, für eine Ausstellung. Jeweils zwei. Ich hebe den Kopf.

»Siehst du, wir haben deinen Januar schon durchgeplant«, sagt meine Mutter fröhlich. »Du solltest ein bisschen mehr rausgehen.«

»Danke! Das ist lieb von euch«, sage ich und meine es auch so.

»Aber geh auch mal mit jemand anderem als Katka da hin.«

»Okay.« Ich denke da an Sarah, aber das brauchen sie ja nicht zu wissen.

Und vielleicht denke ich auch ein klitzekleines bisschen an David. Aber das brauchen sie erst recht nicht zu wissen.

Zu Hause erwartet mich zwei Tage später eine überglückliche Katka. Anton hat den größten Liebesbeweis erbracht, dessen ein Mann fähig sein kann: Er hat ihr zu Weihnachten Karten für eine Filmvorführung von *Drei Haselnüsse für Aschenbrödel* mit Live-Orchesteruntermalung geschenkt – und, was noch schwerer wiegt: Er ist auch mit ihr hingegangen.

»Es war wunderschön!«, jubelt Katka, die den Film in der Vorweihnachtszeit nach meinen Berechnungen nicht weniger als vier Mal gesehen hat.

»Fand Anton das auch?«

»Na ja.« Sie grinst. »Zumindest hat er keine posttraumatische Belastungsstörung davongetragen.«

»Wie kannst du dir da so sicher sein? Manchmal merkt man so etwas erst Tage später.«

»Selbst wenn. Ich pflege ihn so liebevoll, er kommt drüber hinweg.«

»Kann mein Geschenk gegen seines jetzt überhaupt noch anstinken?«

Katka lacht. »Kommt drauf an! Los, Bescherung!«

Wir verschwinden beide in unseren Zimmern und kommen mit den Paketen zurück. Das für mich ist ganz schön schwer, stelle ich fest. »Mach du zuerst auf!«, bitte ich.

Sie öffnet die Schleife, dann die Schachtel und dann den Mund, der offen stehen bleibt. »Äh, du schenkst mir mein altes Kleid?«

»Fast richtig. Hol es mal raus!«

Katka greift nach dem Stoff, der sich deutlich fester anfühlt als das Original, zieht ihn heraus und fängt an zu strahlen, als sie versteht. »Es ist mein neues altes Kleid. Oh, ist das schön ohne die abgeribbelten Stellen! Und sonst genau gleich! Wo hast du das gefunden?«

»Gar nicht. Eine Schneiderin hat es angefertigt.«

»Wie toll! Danke!« Sie umarmt mich fest. »Und jetzt du!«

Ich bin ziemlich gespannt, denn Katka hatte mir ja schon eröffnet, es sei etwas für mein Wohnzimmer. Aber was? Auch ich greife in Stoff. In sehr viel Stoff.

»Das sind Vorhänge«, sprudelt Katka los, »die hab ich dir genäht, weil du ja immer noch keine hast, und da, wo der Adventskalender hing, sieht es jetzt so leer aus, und ich hab dir gleich ganz viele passende Kissenbezüge dazugekauft. Gefallen sie dir?«

»Ja, sehr.« Ich streiche über die Blumenapplikation eines Kissens. »Danke, Katka, das wird super ausseh-en!«

»Und zwar bald! Anton hat versprochen, sie heute noch aufzuhängen. Ich helfe ihm, und du gibst die Anweisungen, wie er sie auf die Stange fädeln soll.«

»Sensationeller Service!«

»Ja, wir sind stets bemüht.« Katka setzt sich zu mir an den Küchentisch und reicht mir einen Block und einen Kugelschreiber.

»Oh, ist es schon wieder so weit?«, frage ich.

»Na klar! Morgen müssen wir wieder arbeiten, und in vier Tagen fahren wir zu Paulas Hochzeit – da machen wir das doch am besten jetzt ganz in Ruhe.«

»Katka, ich weiß nicht so recht«, hebe ich an, »ob dieses Jahr unbedingt von mir bilanziert werden möchte. Ehrlich gesagt, fand ich es ziemlich beschissen.«

»Das weißt du doch noch gar nicht!« Sie funkelt mich an. »Vielleicht bist du danach ja ganz anderer Meinung. Außerdem hat das Tradition. Wir haben es in zwanzig Jahren kein einziges Mal ausfallen lassen!«

»Okay. Du hast ja recht«, brummele ich und werfe einen Blick auf den Zettel, auf dem die Fragen stehen, die Katka und ich jedes Jahr kurz vor Silvester beantworten. Eine kleine Rückschau aufs Jahr. Wir sammeln unsere Antwortzettel, und manchmal blättere ich tatsächlich zurück und stöbere in den vergangenen Jahren. Also gehört auch dieses nicht so gute Jahr hinein. Was soll's? Ich greife zum Kuli und fange an, die einzelnen Punkte zu beantworten.

Bester Tag?
Keiner, der heraussticht. Eigentlich waren die letzten Wochen überhaupt ziemlich gut, Tendenz steigend. Am besten vielleicht der Tag der Präsentation in der Agentur.
Was dazugelernt?
Mehr Leopard als Pinguin zu sein.
Beste Idee?
Bei der besten Freundin einzuziehen, die ich mir jemals hätte wünschen können.
Größte Veränderung?
Die Trennung von Erik.
Neue Menschen?
David. Auch wenn er jetzt behaupten würde, dass wir uns ja schon seit dem Studium kennen.
Bester Kuss?
Beklagenswert wenige Küsse, so aufs Jahr gerechnet. Alle von Erik und damit wegen Trennung aus der Wertung genommen. Also: kein bester Kuss.
Und jetzt?
Bloß nicht verlieben. Es tut so weh, wenn es schiefgeht. Durchatmen. Weitermachen.

Ich blicke auf und sehe, wie Katka über ihr Blatt gebeugt eifrig schreibt. Hatte ich wirklich ein schlechtes Jahr? Bin ich krank, einsam oder arbeitslos? Nein, nichts dergleichen. Mir fehlt nichts außer meinen Vorstellungen davon, wie mein Leben aussehen sollte. Vor einem Jahr dachte ich, ich würde jetzt gerade mit Erik Kinder planen. Stattdessen bin ich von Familienplanung weit entfernt. Aber das ist in Ordnung. Immerhin hatte ich noch keine Kinder mit Erik – das hätte alles viel schlimmer gemacht.

»Du hattest recht«, sage ich, als Katka fertig ist. »Das Jahr war okay. Nicht blendend, aber okay.«

»Siehst du!« Katka freut sich richtig. »Und was glaubst du, wie zufrieden du mit deinem Leben erst sein wirst, wenn du mitansehen musst, wie Paula in einer kafkaesken Inszenierung Alex heiratet?«

»Oh Gott, ja. Was schenken wir ihnen eigentlich?« Ich komme mir vor wie ein Klischee-Ehemann, wenn ich sie so was frage.

»Es gibt doch dieses Sammelgeschenk. Einen Thermomix.«

»Das ist so romantisch!«

»Ganz genau.«

Wie sich herausstellt, war kafkaesk noch untertrieben. Die weißen Tauben kacken Paulas Kleid voll, die Herzluftballons bleiben allesamt in einem Baum hängen, und der Pfarrer ist schon beim Empfang nach der Trauung völlig betrunken. Die Braut bekommt davon nicht viel mit, weil sie sich heulend in inniger Umarmung mit *Rei in der Tube* auf der Toilette aufhält. Der Bräutigam schwitzt stark, und Katka und ich bemühen uns redlich, es dem Pfarrer gleichzutun. Unterdessen zeigt ein Onkel des Bräutigams peinliche Kinderfotos in einer PowerPoint-Präsentation. Gut, dass Paula das verpasst.

Ansonsten ist natürlich alles unglaublich schick. Das Hotel blinkt nur so von Sternen, die Kaviarhäppchen sehen aus wie gemalt, der Champagner perlt edel und die Torte hat wahrscheinlich Zaha Hadid entworfen. Da wirken die Fotos von Klein-Alex im Dinosaurier-Schlafanzug besonders sonderbar. Oder besonders normal in einer besonders sonderbaren Umgebung. Auf jeden Fall: besonders.

Die größte Überraschung des Abends erleben wir, als wir auf dem Tischplan unsere Namen suchen. Außer uns sitzen an Tisch Nummer sechs genau vier Männer und vier Frauen, immer hübsch abwechselnd. Paula hat sich entweder sehr genaue Gedanken gemacht darüber, welcher Restposten zu welchem passen könnte, oder aber – das ist gar kein Singletisch. Und dafür wiederum gibt es bei Sortierfanatikern wie Paula nur eine Erklärung: Ich bin der einzige Single auf dieser Hochzeit. Katka schaut ziemlich beeindruckt drein, als ich im Zuge dieser Erkenntnis mein noch fast volles Champagnerglas ansetze und in einem Zug leere.

»Bestimmt sind die anderen sehr nett«, versucht sie mich aufzumuntern.

»Bestimmt. Aber ich nicht«, sage ich mürrisch.

»Komm schon. Du brauchst jetzt einfach nur mal was zu essen, was nicht aus Zucker und gesättigten Fettsäuren besteht oder an den Geschlechtsteilen eines Fisches entstanden ist.«

»Ich mag Torte und Kaviar eigentlich ganz gern.«

»Mir wäre jetzt eine Wurst recht. Meine polnischen Gene schlagen voll durch.«

Es gibt dann aber erst mal Feldsalat und Hummersüppchen, und schon bei der Suppe weiß ich: Die anderen sind nicht sehr nett. Die Frau neben mir wirkt verunsichert, weil sie nicht einordnen kann, ob wir ein lesbisches Paar oder ohne männliche Begleitung hier sind. Womöglich kann sie sich nicht mal entscheiden, was sie schlimmer fände. Das Paar auf Katkas Seite streitet, seit wir Platz genommen haben. Aber nicht etwa laut – sie zischt ihm gelegentlich etwas Biestiges zu, was er mit verächtlichem Murmeln beantwortet. Was genau sie sagen, kann ich leider nicht verstehen.

Vor dem nächsten Gang hole ich dezent mein Handy aus der Tasche und schreibe unter der Tischkante eine Nachricht an Katka.

Worüber streitet das Paar neben dir?!

Katka spürt die Vibration in ihrer Tasche, greift ebenfalls zum Handy und grinst, als sie meine Frage liest.

Das ist kein Paar, antwortet sie. *Das ist eine Terrorzelle!*

Bestimmt eine sehr nette Terrorzelle!

Ja, okay, ich habe mich geirrt. Tut mir leid! Ich war naiv.

Können wir wenigstens offiziell ein lesbisches Paar sein? Das könnte den Abend ein bisschen unterhaltsamer machen.

Katka packt ohne Antwort ihr Handy wieder weg, nimmt meine Hand, die auf der Tischdecke liegt, und sagt tadelnd: »Schatz, du bist wirklich handysüchtig!«

»Entschuldige, Liebes«, sage ich lächelnd und lasse mein Telefon verschwinden.

Die Frau neben mir glotzt mich pikiert an. Während wir unsere Entrecôtes verspeisen, lässt sie uns nicht aus den Augen. Die biestige Frau auf Katkas Seite ist dazu übergegangen, ihrem Mann den Ellbogen in die Rippen zu stoßen, wann immer er den Mund aufmacht. Katka und ich schäkern ostentativ miteinander. Als sie aber anfängt, mir Essen vom Teller zu klauen, trete ich sie unter dem Tisch. Da hört die Liebe auf!

Nach dem Hauptgang folgt eine rührselige Rede von Braut und Bräutigam. Paula hat ihr Kleid irgendwie sauber gekriegt und die Tränenspuren in ihrem Gesicht maskenartig überschminkt. Die Rede wirkt, als hätten die beiden sie zusammen vor dem Spiegel eingeübt. Ich rutsche unruhig auf meinem Stuhl hin und her, bis Katka mir beiläufig die Hand auf die Schulter legt. Zwischen dem Brautpaar entwickelt sich unterdessen eine Art Kitsch-Battle.

»Weil du meine Tage zum Leuchten bringst«, sagt Paula.

»Weil du immer ein Lächeln auf mein Gesicht zauberst«, sagt Alex.

Dabei halten sie einander an den Händen, und wenn es nicht so kitschig wäre, fände ich es womöglich ganz niedlich.

»Weil du meinem Leben einen Sinn gibst.«

»Weil ich mir ein Leben ohne dich gar nicht mehr vorstellen kann.«

Es fühlt sich an, als würde jemand mit einem Vorschlaghammer auf meine Tränendrüse einschlagen. Herrgott noch mal! Das ist furchtbar gefühlsduselig und ich bin eine alte Zynikerin: Ich finde das ganz bestimmt nicht herzergreifend!

»Weil«, sagt Paula schlicht, »du die Liebe meines Lebens bist.«

Irgendetwas in mir macht einen lauten Knacks.

Katka drückt mir wortlos ein Taschentuch in die Hand. Das ist gut, denn ich kann nichts mehr sehen. Ich heule und schluchze und kann mich nur mühevoll zusammenreißen, nicht richtig laut loszuplärren.

Das muss dieser Nervenzusammenbruch sein, auf den ich seit der Trennung von Erik gewartet habe. Kein guter Zeitpunkt, aber tja, bestimmt gibt es hier einen Notarzt, der mir Beruhigungsmittel spritzen und mich in die nächste Psychiatrie bringen kann. So macht man das doch in solchen Fällen, oder?

Erst als das Taschentuch völlig durchgeweicht ist, merke ich: Es geht mir gut. Ich habe keinen Nervenzusammenbruch. Ich bin einfach nur gerührt. So gerührt, dass es mich schüttelt.

Ich schnappe mir meine Tasche und fliehe auf die Toilette, ehe mich die gesamte Hochzeitsgesellschaft zu einer warmen Pfütze zerfließen sieht. In der hintersten Kabine lasse ich mich auf den Klodeckel fallen, schließe ab und heule einfach alles raus. Irgendwann verwandelt sich das letzte gelegentliche Schluchzen in einen Schluckauf, der sich gewaschen hat. Hicks, hicks, hicks. Total gefühlvoll. Aus mir wird wohl nie die Hauptdarstellerin einer Rosamunde-Pilcher-Verfilmung.

Mein Handy brummt. Ich erwarte eine Nachricht von

Katka, die fragt, ob sie mich retten kommen soll, aber ich habe mich geirrt. David hat mir geschrieben.

Na, wie ist die Traumhochzeit? Tritt gerade Elton John auf?

Keine Ahnung, antworte ich wahrheitsgemäß. *Sitze gerade auf dem Klo und heule.*

Was? Nein! Was ist denn passiert?

Nix Schlimmes. Ich war nur plötzlich so gerührt von der Rede, obwohl es ganz schlimm kitschig war. Dammbruch.

Ja, die harten Reize funktionieren manchmal doch am besten. Kann ich was für dich tun?

Kennst du einen Trick gegen Schluckauf?

Schluckauf hast du auch? Deine Nerven ziehen aber alle Register. Du musst dir die Nase zuhalten und sieben Schlucke Wasser trinken. Ohne abzusetzen.

Und die kommen mir dann durch die Nase, was? Nein, danke, dann hab ich lieber Schluckauf.

Sorry, das ist die einzige Methode, die ich kenne. Ist nicht meine Kernkompetenz. Aber im Trösten bin ich ganz gut. Wie wär's damit?

Wie willst du mich denn trösten? Du bist doch gar nicht hier. Leider.

Hm. Aber dann stell dir doch einfach vor, dass ich jetzt beide Arme um dich lege, dich an mich ziehe und über deine Haare streichele.

Ich lese die Nachricht, und dann lese ich sie noch mal und noch mal. Ist das nicht ein bisschen viel? Wir sind doch Freunde!

Dann schließe ich die Augen und stelle es mir tatsächlich vor. Nur mal so, probehalber. Meine Wange an Davids Brust. Seine Hand an meinem Hinterkopf. Sofort habe ich wieder seinen Geruch in der Nase. Mein Körper reagiert verwirrt, und Hitze schießt in mein Gesicht.

Aber der Schluckauf ist verschwunden. Und die Tränen auch. Ich atme tief durch und warte, bis der Rausch vorbei ist.

Danke, schreibe ich zurück. *Du kannst das wirklich gut.*

Jederzeit wieder. Und jetzt geh feiern, Greta!

Als ich zurück an unseren Tisch komme, wird gerade das Dessert serviert. Katka plaudert lebhaft mit der Frau, die uns vorhin so angeglotzt hat. Ich setze mich auf meinen Platz zwischen die beiden, aber sie unterbrechen ihr Gespräch keine Sekunde.

»Aber *fehlt* euch nicht etwas im Bett?«, raunt die Frau.

»Du meinst, ein Penis?«, fragt Katka souverän.

»Ja!«

Ich schaue mich um, aber glücklicherweise scheint niemand zuzuhören.

»Weißt du, da haben wir einen Trick!«, sagt Katka.

»Liebes, du solltest nicht so viel trinken«, schalte ich mich schnell ein, bevor sie irgendwas von Segnungen aus dem Gemüsefach schwadronieren kann.

»Ach was, das kann man doch ruhig erzählen! Sei nicht so prüde, Schatz!« Sie kichert. Mir schwant Arges. »Also, wenn eine von uns mal Lust auf einen Penis hat, dann schleppt sie einfach einen Typen ab. Und um den schnell und unkompliziert wieder loszuwerden, verabreden wir vorher, dass die andere zu einem vereinbarten Zeitpunkt wütend ins Zimmer stürzt und einen Eifersuchtsanfall hinlegt. Die Typen rennen so schnell davon, die schaffen es kaum noch, ihre Unterhosen anzuziehen.«

Ich tauche meinen Löffel tief in die Mousse au Chocolat und versuche mir einzureden, dass ich die letzten zwei Minuten nur geträumt habe. In Gedanken schmiege ich mich wieder an Davids Brust. Das ist zwar wahrscheinlich sehr unklug, aber fühlt sich gerade nach dem einzigen Ort an, an dem ich sicher bin vor dem ganzen Wahnsinn hier.

Die Frau neben mir hat einen etwas glasigen Blick bekommen und sagt kein Wort mehr. Katka nickt ihr abschließend freundlich zu und macht sich dann ebenfalls über ihr Dessert her.

»Du bist völlig krank«, flüstere ich ihr zu, als wir später den Tanz von Braut und Bräutigam beobachten.

»Ach komm. Wer dumm fragt, kriegt eine dumme Antwort! Wenn ich eine echte Lesbe wäre, hätte ich mich beleidigt gefühlt.«

»Ich seh dich schon mit einem Protestplakat, auf dem *Eine Klitoris ist genauso aufregend wie ein Penis* steht.«

»Und fast genauso groß. Wusstest du, dass die Schwellkörper der Klitoris im Körperinneren bis zu neun Zentimeter lang sind?«

»Nein. Das wusste ich nicht. War es das jetzt an Enthüllungen, oder soll ich dir das Mikrofon organisieren, damit die ganze Hochzeitsgesellschaft daran teilhaben kann?«

»Och, danke. Ich glaube, ich bin fertig.«

»Halleluja.«

Das Brautpaar beendet seinen offensichtlich monatelang geübten Angeberwalzer mit einer romantischen Pose, bei der Paula sich in Alex' Arme fallen lässt. Wir applaudieren höflich. Dann streben auch die anderen Paare auf die Tanzfläche. Der nächste Dreivierteltakt wird angespielt. Katka zieht mich an der Hand hinter sich her, bis wir in der Mitte zwischen den Tanzenden stehen.

»Du bist sternhagelvoll«, sage ich.

»Und du noch viel zu nüchtern«, schießt Katka fröhlich zurück. »Das hier ist eine Hochzeit, außerdem ist auch gleichzeitig noch Silvester, also tanzen wir. Und da diese Veranstaltung die reinste Arche Noah ist und bestimmt keiner der anwesenden Herren mit einer fremden Frau tanzen darf, tanzen wir miteinander.«

Resigniert hebe ich die Arme. Was darauf folgt, ist durchaus nicht der schlechteste Walzer meines Lebens.

Um Mitternacht stehen wir frierend draußen und beobachten das Feuerwerk, das extra zu Ehren des Brautpaares abgefackelt wird. Paula hat dem Pyrotechniker ihre Vorstellung von Romantik offenbar detailliert mitgeteilt: Als Höhepunkt malen zwei Raketen ein rotes Herz in den Nachthimmel; eine dritte schießt schräg hindurch. Mit einer derartigen Überdosis Kitsch bin ich wirklich noch nie ins neue Jahr gestartet.

»Frohes neues Jahr!« Ich stoße mit Katka an.

»Frohes neues Jahr! Das wird super! Ich habe es im Gefühl.«

Kapitel 16

Katkas Gefühl trügt selten. Tatsächlich lässt sich das neue Jahr ganz gut an: Zurück an meinem Arbeitsplatz finde ich ein riesiges Paket vor. Von meinem Karamell-Kunden, mit den besten Weihnachtswünschen – und etwa vier Kilogramm der beliebtesten Produkte des Hauses. Ich kaue gerade mit vollen Backen, als mein Chef neben meinem Schreibtisch auftaucht.

»Hallo, Greta! Frohes neues Jahr!«

»Nngnggngg«, murmele ich und halte ihm wortlos die offene Pralinenschachtel hin, um Waffengleichheit in unserer Artikulationsfähigkeit herzustellen.

»Ach, nee, ich darf doch nicht«, ziert sich Andreas und reibt seinen Bauch.

Ich kann immer noch nicht reden, bedecke aber weiterkauend mit der freien Hand meine Augen, während ich die Pralinenschachtel auffordernd wippen lasse. Erst als ich ihn auch kauen höre, schaue ich wieder hin. »Ja, nichts davon zu essen, ist sicher vernünftiger«, sage ich scheinheilig. Inzwischen ist mein Mund leer, sprechen geht also wieder.

»Ich habe was Neues für dich«, sagt Andreas überraschend deutlich. Der Mann muss eine unglaubliche Kiefermuskulatur haben, dass er die Zähne überhaupt auseinanderkriegt. »Du wirst es lieben!«

»Hast du das nicht auch beim Karamell behauptet?«

»Doch. Und schau, wie glücklich du bist, mit deinem Kubikmeter Süßigkeiten!«

»Okay, du hast gewonnen.« Ich muss lachen. »Was ist es diesmal?«

»Eine Erlebnisbadkette mit Rutschenparadies.«

»Du machst Witze.«

»Sehe ich so aus?« Andreas steckt sich in aller Seelenruhe die nächste Praline in den Mund.

»Nein«, muss ich zugeben. »Wo ist die nächstgelegene Filiale?«

»Ausgezeichnete Frage. Das ist genau der richtige Anfang. Etwa hundert Kilometer nördlich von hier, ich schicke dir gleich die Liste mit allen Adressen und den Informationen zum Auftrag. Viel Spaß!« Damit dreht er sich um und marschiert wieder in sein Büro.

Augenrollend wende ich mich in die andere Richtung, wo Richard bereits auf meinen Blick gewartet hat. »Das ist ja cool!«, sagt er. »Du kannst es mit Frauen in Bikinis bewerben.«

»So ganz haben deine Dates dich noch nicht zum Feministen gemacht, was?«

»Wieso? Ich bin Feminist! Ich mag Frauen!«

»Aber nur hübsche. In Bikinis.«

»Minikleider gehen auch«, sagt Richard grinsend.

Ich werfe ein Karamellbonbon nach ihm. »Vielleicht bewerbe ich es auch mit Männern in Tankinis. Das findet niemand attraktiv, das wäre wenigstens gerecht.«

»Du wirst das schon hinkriegen. Wir haben dein Konzept für den Karamellkram gesehen, das fanden wir alle richtig gut.«

»Oh, wirklich?« Ich freue mich wie verrückt.

»Ja. Wir hatten da zuerst ein bisschen Bedenken, weil

du anfangs so neben der Spur warst«, sagt Richard ungewohnt offen. »Aber du hast es super gelöst.«

»Danke. Es tut mir total gut, dass du mir das sagst.«

»Gerne. Und nicht vergessen: Frauen in Bikinis gehen immer!«

An diesen Satz denke ich, als ich zwei Tage später meine Badetasche packe. In einem Anfall von Wahnsinn habe ich David gefragt, ob er mit mir zur Recherche ins Erlebnisbad fahren will. Der fand das offenbar gar nicht seltsam und erklärte, er müsse sowieso noch Urlaubstage abbauen und liebe Rutschen. Erst die erhobenen Augenbrauen von Anton und Katka brachten mich auf die Idee, dass man meine Frage als Einladung zu sehr viel mehr deuten könnte. Dann fragte ich mich, wie ich eigentlich derzeit im Bikini so aussehe. Und dann beschloss ich, das alles zu vergessen und mir statt Sorgen einfach einen schönen Tag zu machen.

Im Auto erzähle ich David von der Silvesterhochzeit, die am frühen Morgen damit endete, dass der Bräutigam die Braut bei der mühsam einstudierten Hebefigur zu *Time of My Life* fallen ließ. Paula blieb unverletzt, ihr Stolz nicht.

»Würdest du eigentlich noch mal heiraten?«, fragt David.

»Puh. Ich weiß nicht so recht«, bekenne ich. »Einerseits finde ich, dass ich mir wirklich genug die Finger verbrannt habe. Andererseits soll dieser Fehlversuch irgendwie nicht meine einzige Ehe gewesen sein, verstehst du?«

»Ja, natürlich verstehe ich das.« David wechselt die Spur, um einen Kleinlaster einscheren zu lassen. »Und wenn du noch mal heiratest, wie würde dann die Feier ablaufen?«

»Auf jeden Fall ohne Tauben!«, platzt es aus mir heraus.

Er lacht. »Aber mit vierspänniger Kutsche und Feuerwerk, oder?«, neckt er mich.

»Ja, klar, unbedingt! Und mit Clowns und Zauberern! Und Go-go-Tänzerinnen!«

»Genial. Klingt wie aus einem Film von Tim Burton.«

»Wieso hast du eigentlich nie geheiratet?« Tatsächlich weiß ich nichts, aber auch gar nichts über Davids vergangene Beziehungen. Wir haben schon über so vieles gesprochen, aber darüber hat er nie ein Wort verloren.

»Es schien nie der richtige Zeitpunkt zu sein. Oder die richtige Frau.«

»Och, der richtige Mann war's bei mir ja auch nicht.«

»Dass man das danach herausfindet, kann einem immer passieren«, erklärt David ernst. »Aber ich hätte schon vorher ein ungutes Gefühl gehabt, und dann muss man es lassen. Obwohl ich einmal ernsthaft darüber nachgedacht habe.«

»Hat sich dein ungutes Gefühl denn bestätigt?«

»Sie ist für ein Jahr beruflich nach Chile gegangen und hat nach zwei Wochen per Mail Schluss gemacht.«

»Oje, das tut mir leid.«

»Nein, wirklich, das muss es nicht. Erstens ist das zwei Jahre her, und zweitens wusste ich so wenigstens endgültig, dass sie nicht die Richtige war.«

»Aber es muss doch wehgetan haben.«

»Klar, es hat wehgetan. Den Schmerz riskieren wir

jedes Mal, wenn wir uns verlieben. Und trotzdem geschieht es immer wieder.«

»Weil wir nicht dazulernen?«

»Weil der Mensch nicht gern alleine ist. Außerdem gehört das Risiko zum Leben dazu.« David setzt den Blinker und biegt auf einen Parkplatz ein. »Wir sind da.«

Dass Rutschenparadies ein Euphemismus für Folterkammer ist, überrascht mich dann doch. Es gibt hier nämlich nicht einfach nur besonders lange und gewundene Rutschen mit Discolicht. In die wage ich mich zuerst. Dann wird es schon spannender: Ich halte mich an einer Art Lkw-Reifen fest, der mich in enger werdenden Kreisen in einen trichterförmigen Abgrund zieht. In der nächsten Rutsche fliege ich über eine Schanze mindestens anderthalb Meter durch die Luft, ehe ich unerwartet sanft wieder aufsetze. Und in einer steil abschüssigen Konstruktion, die den bezeichnenden Namen *Harakiri* trägt, bin ich so angespannt, dass ich den Krampf meines Lebens bekomme.

Im Hintern.

»Aauuu«, winsele ich leise, während ich durch die Röhre schieße. Durch das Wasserrauschen höre ich ein zartes Echo. Es klingt nach Schlossgespenst. Gleich werde ich da unten im Wasser landen. Kann man eigentlich in einem solchen Auffangbecken ertrinken? Ich kann mit den Armen paddeln, aber meine Beine fühlen sich aufgrund meines schmerzenden Hinterns so unbeweglich an wie fest verwurzelte Baumstämme. Das wäre mal ein spektakulärer Badeunfall: Frau mit Pokrampf ertrinkt in winzigem Becken. Ich sehe schon die Schlagzeile vor mir.

Mit schmerzverzerrtem Gesicht gleite ich aus der Röhre und mache dabei versehentlich ein Geräusch wie ein brünftiges altes Walross. Ich schlucke Wasser und schaffe es irgendwie an den seitlichen Beckenrand, wo ich mich an einer Stange festklammere und hoffe, dass der Krampf endlich nachlässt. Die Treppen am Ende des Beckens scheinen meilenweit entfernt zu sein. Ich versuche, meinen steifen Körper so schmal wie möglich zu machen, damit der Rutscher hinter mir nicht in mich hineinrauscht, und schließe gequält für einen Moment die Augen.

Als Nächstes spüre ich zwei Arme, die mich vom Beckenrand pflücken, hochheben und sanft auf einem Liegestuhl niederlassen.

»Alles okay?«, fragt David, der direkt vor mir gerutscht ist und jetzt mit besorgtem Gesichtsausdruck neben meinem Liegestuhl kauert.

»Ich habe einen Krampf im Hintern«, bekenne ich freimütig und winde mich auf der Liege.

»Ist das dein Ernst?« Er schmunzelt. »Du bist wie so ein Oldtimer, der dauernd irgendwelche charmanten kleinen Defekte hat.«

»Und du bist ganz schön frech!«, jaule ich. »Und was heißt hier *klein*? Der Muskel im Po heißt *gluteus maximus*, weil er der größte im menschlichen Körper ist.«

»Na, dein Mundwerk funktioniert ja noch ganz gut«, stellt David immer noch grinsend fest.

»Irgendwie muss ich mich doch wehren!«

»Du könntest mich hauen«, bietet er an und streckt mir beiläufig seinen Unterarm hin. Ich beiße herzhaft hinein. »Au! Von Beißen habe ich nichts gesagt!«

»Überraschungsangriff!«, vermelde ich zufrieden und

bewege meine Beine probehalber wieder. Der Krampf hat nachgelassen. »Lass uns was trinken gehen. Da hinten ist eine Poolbar.«

»Du willst nicht mein Blut trinken? Ich bin erleichtert.«

»Doch, aber vielleicht können sie mir dort eine Ananas mit Schirmchen ans Glas stecken. Das wäre mir wichtig.«

Ich entscheide mich dann doch gegen Davids Blut. Die Barkeeperin überredet mich mit den Worten »Das ist ein isotonisches Topgetränk!« zu einem alkoholfreien Weißbier, das ich auf einem Barhocker sitzend trinke, während mir das Wasser bis zum Bauch reicht. Das Konzept Poolbar habe ich noch nie richtig verstanden.

»Warum haben sie diese Bar eigentlich ins Wasser gebaut und nicht daneben?«

»Keine Ahnung. Damit man nicht friert?«

»Sehr lustig. Der Laden ist das reinste Dampfbad.«

»Ich glaube, die Poolbar ist so ein Neunzigerjahre-Sehnsuchtsort. Wie Rimini.«

»Nur billiger.«

»Genau. Weißt du eigentlich, dass wir die beste Rutsche noch vor uns haben?«

»Lass mich raten: Mit *die beste* meinst du *die schlimmste*?«

»Vielleicht. Man stellt sich auf eine Falltür, die unter einem aufgeht und einen in die Röhre fallen lässt.«

»Das ist ja völlig abartig!«

»Stimmt. Aber man braucht die Geschwindigkeit, weil es dann in zwei Loopings geht.«

»Du verarschst mich, richtig?«

»Nein!«

»Woher weißt du das denn alles?«

»Tja, ich habe mich eben vorbereitet.« David grinst.

»Willst du die etwa ausprobieren?«, frage ich zaghaft.

»Nur, wenn du mitmachst.«

»Was? Warum?«

»Ich habe ziemliche Höhenangst«, gibt David zu. »Es hört sich aufregend an, aber wahrscheinlich sterbe ich vor Angst, wenn ich auf der Falltür stehe.«

»Und was bringt es dir dann, wenn ich dabei bin?«

»Es gibt zwei Falltüren nebeneinander. Dein Gesicht wäre also das Letzte, was ich sehe, ehe mich die Angst dahinrafft.«

Ich schaue in Davids graue Augen, in denen sich der türkisblaue Pool spiegelt. Er erwidert meinen Blick, ohne zu lachen und damit seinen letzten Satz als Witz zu deklarieren.

»Okay«, höre ich mich sagen und rutsche vor Schreck fast vom Barhocker.

Wir grinsen einander ein bisschen schwachsinnig an.

»Dann komm. Auf geht's«, sagt er.

Ein bärbeißiger Bademeister zeigt uns die beiden durchsichtigen Kapseln, in die wir uns stellen sollen. Vier Menschen verschwinden nacheinander juchzend im Abgrund. Mir rutscht das Herz in die Bikinihose, als nur noch zwei vor uns dran sind. David legt mir eine Hand auf den Rücken und streichelt sanft über meine Haut.

»Du musst das nicht machen«, flüstert er.

»Du auch nicht.«

»Stimmt. Also machen wir es beide freiwillig.«

Wir lösen uns voneinander und begeben uns in die

Kapseln. Argwöhnisch betrachte ich den Boden unter meinen Füßen. Dann hebe ich den Kopf und sehe David, der in seiner Kapsel ein bisschen verloren wirkt. Ich lächele ihm zu und hebe die Hand, um ihm zu winken.

Und dann öffnet sich der Boden unter meinen Füßen.

Ich bin so perplex, dass ich nicht mal kreischen kann. Ich falle in ein bodenloses Nichts und merke erst, dass ich wieder Bodenhaftung habe, als ich schon halb im ersten Looping bin. Der zweite fühlt sich aber schon ganz gut an. Mit ordentlich Schwung treibt es mich die Röhre hinab und ins Becken, an dessen anderem Ende gerade ein johlender David angespült wird. Wir treffen uns euphorisch kichernd an der Treppe in der Mitte und müssen einander nur kurz anschauen.

»Noch mal!«, rufen wir gleichzeitig.

Stunden später liefert David mich müde und zufrieden zu Hause ab.

»Danke für den schönen Tag«, sagt er.

»Danke, dass du mitgekommen bist.« Ich umarme ihn etwas ungelenk im Sitzen, steige aus und gehe die fünf Schritte bis zur Haustür.

David wartet, bis sie hinter mir ins Schloss gefallen ist, bevor er davonbraust.

Am nächsten Tag gebe ich in der Agentur fürchterlich an mit meiner Heldenhaftigkeit. Die anderen schauen drein, als wären sie sehr dankbar, dass ihre zu bewerbenden Kaffeemaschinen und Elektrofachmärkte keine Falltüren und Loopings haben. Sarah bleibt still und passt den Moment ab, in dem wir allein in der Küche sind.

»Du bist in ihn verliebt«, sagt sie.

»Was? Du spinnst. Bin ich nicht.«

»Greta, ich kenne dich. Du bist ein Angsthase! Wenn du dich für einen Mann auf eine Falltür stellst, musst du wirklich etwas für ihn empfinden.«

»Sarah, bitte, lass das!«, flehe ich. »Meine letzte Beziehung ist noch nicht lange her, einen neuen Typen kann ich gerade wirklich nicht gebrauchen.«

»Siehst du, ich habe recht«, sagt Sarah strahlend.

»Womit denn?«

»Dass du ein Angsthase bist.«

»Hör auf damit!«

»Okay. Für den Moment. Heute Abend entkommst du mir nicht!«

»Was ist denn heute Abend?«

»Wir gehen in die Oper, schon vergessen?«

Das hatte ich in der Tat vergessen. Dabei habe ich Sarah erst vor ein paar Tagen gefragt, ob sie mich begleiten will, wenn ich das erste Weihnachtsgeschenk meiner Eltern einlöse. Dabei hatte ich allerdings nicht bedacht, dass Paulas Hochzeit die Schleuse der Sentimentalität bei mir geöffnet hat und ich vielleicht lieber keine Zeugen um mich haben möchte.

Als Rodolfo sich am Abend von der schwindsüchtigen Mimi trennt, damit sie einen reicheren Mann finden kann, der ihr die Medikamente bezahlt, flute ich das Parkett mit meinen Tränen. Sarah sitzt stoisch neben mir und reicht mir ein Taschentuch nach dem anderen. Mimi stirbt, und Rodolfos Wehklagen ist glücklicherweise so laut, dass meine Schluchzer darin untergehen. Später sitze ich verlegen neben Sarah an der Bar im Theaterrestaurant.

»Also. Du bist entweder schwanger oder verliebt«, informiert sie mich.

»Wenn man vom Essen nicht schwanger werden kann, ist es das wohl eher nicht.«

»Verliebt, ich hab's doch gleich gesagt.«

»Wie läuft's mit Tom?«, wechsele ich das Thema.

»Wow, du hast dir seinen Namen gemerkt!«

»Um ehrlich zu sein: Ich habe geraten.«

»Es läuft ganz gut mit Tom.« Sarah wird ein bisschen rosa.

Ich ziehe eine Augenbraue hoch. »Sag nicht, er hat seine Freundin verlassen.«

»Nö. Wo denkst du hin? Sie verlassen nie ihre Freundinnen. Sie hat ihn verlassen.«

»Echt? Warum?«

»Er war ihr zu unzuverlässig. Manchmal ist er wohl tagelang nicht ans Telefon gegangen.«

»Ach nee ...«

»Für mich ist das okay«, beeilt sich Sarah zu versichern.

»Einen Quatsch ist das okay«, widerspreche ich ihr heftig. »Für niemanden!«

»Vielleicht hast du recht. Aber vielleicht habe ich ja auch recht. Und vielleicht ist er bei mir ja auch anders, weil ich anders bin als seine Exfreundin.«

»Hat er das bei dir auch schon mal gebracht? Sich tagelang nicht gemeldet?«

»Nein, noch nie.«

»Und was meinst du, wie lange es dauert, bis er damit anfängt?«

»Greta, sei nicht so streng! *Du* warst mit jemandem verheiratet, der Line Dance macht!«

Getroffen jaule ich auf. »Hat er damals noch nicht!«, verteidige ich mich.

Sarah trinkt einen großen Schluck von ihrem Rotwein. »Ich weiß schon, das klingt erst mal alles nicht so gut. Aber lass es mich doch einfach mal versuchen. Ich hab's schon so lange nicht mehr mit jemandem ernsthaft versucht.«

»Und dieser Tom ist wirklich der geeignete Kandidat dafür?«

»Ich glaube schon. Ich bin mir sogar ziemlich sicher.« Wieder schießt eine leichte Röte in Sarahs Wangen.

»Gut. Dann freue ich mich für dich.«

Freue ich mich wirklich? Darüber grübele ich, als ich nach Hause spaziere. Ich mache mir Sorgen um meine Freundin. Womöglich hängt sie am Ende in einer Beziehung mit einem untreuen Einzelgänger fest und ist zu verliebt, um es zu bemerken. Auf der anderen Seite hatte David natürlich vollkommen recht damit, dass dieses Risiko nun mal zum Leben dazu gehört. Also sollte ich mich einfach für sie freuen. Ich krame mein Handy aus der Manteltasche und schreibe Sarah:

Wann lerne ich ihn kennen?

Die Antwort kommt sofort.

Ich dachte schon, du fragst nie!

Kapitel 17

»Sind Sie noch verärgert, oder ist das jetzt ganz ausgeräumt?«, fragt mich Dr. Schiechel bei unserem nächsten Termin.

Ich horche kurz in mich hinein. »Ausgeräumt!«, verkünde ich dann.

»Schade.«

Ich bin verwirrt. »Dr. Schiechel? Geht das jetzt schon wieder los?«

»Nein, nein«, sagt er beschwichtigend. »Ich habe nur einen neuen Wutblock.« Er deutet auf einen großen Schaumstoffquader, der in der Ecke steht. »Sonderanfertigung. Das Kissen darauf ist mit Klettband befestigt und abnehmbar.«

»Faszinierend. Was macht man damit?«

»Draufschlagen.«

»Aber ich bin nie in der Stimmung, Schaumstoff zu vertrimmen. Oder sonst etwas oder jemanden.«

»Sie sollten es vielleicht manchmal sein.« Er schenkt dem Wutblock einen letzten zärtlichen Blick und wendet sich mir wieder zu. »Was halten Sie von einer weiteren Hypnoseübung? Wir könnten uns mal genauer anschauen, wo die unterdrückte Wut herrührt, mit der Sie diese Mails an Ihren Exmann geschrieben haben.«

»Ja. Gerne«, sage ich, dabei schaudert es mich gleichzeitig. Einerseits will ich natürlich wirklich selbst nachvollziehen können, was ich angestellt habe. Andererseits: Was für eine gruselige Tür öffnen wir da? Und was, wenn dahinter noch weitaus gruseligere Dinge zum Vorschein kommen?

Während der Hypnose fühle ich mich die ganze Zeit seltsam abgelenkt. Ich antworte auf Fragen, aber eigentlich hängt mein Kopf in den Wolken. Vielleicht funktioniert es ja besser, wenn man sich nicht konzentriert. Wie wenn man ein volles Glas trägt und nicht hinschauen darf, weil man sonst etwas verschüttet.

Leider kommen wir irgendwie trotzdem nicht weiter. Ich erinnere mich an nichts. So bleibt es auch, egal wie sehr mein Therapeut nachhakt. Nach einer Weile lässt er mich wieder auftauchen. Ich fühle mich ganz entspannt und friedlich. Aber Dr. Schiechel blickt mich mit gerunzelter Stirn an.

»Die Greta Hildebrand, die hier vor mir sitzt, hat diese Mails nicht geschrieben.«

»Was wollen Sie damit sagen?«

»Sie haben entweder eine ganz tief greifende Persönlichkeitsstörung, oder jemand anderes hat Zugang zu Ihrem Postfach.«

Ein Knaller von einer Diagnose! Woher habe ich denn jetzt schon wieder eine Persönlichkeitsstörung? Holt man sich das neuerdings in der Straßenbahn?

Dr. Schiechel sieht meine Verwirrung. »Keine Sorge, den ersten Fall kann ich ausschließen, weil es keine anderen Hinweise auf eine Persönlichkeitsstörung bei Ihnen gibt. Es bleibt die zweite Möglichkeit.«

»Und wer soll das bitte sein, der Zugang zu meinem Postfach hat?«, frage ich stirnrunzelnd.

Mein Therapeut zuckt die Schultern. »Wissen Sie«,

sagt er, »ich kenne mich mit diesem Internet nun wirklich nicht aus.«

Zu Hause setze ich mich an den Küchentisch und grübele. Ich habe direkt nach der Trennung von Erik das Passwort für meinen Mailaccount geändert, weil ich mir nicht ganz sicher war, ob er es kannte. Womöglich habe ich mich in der Agentur nicht ausgeloggt? Aber warum sollte dort jemand nachts meine Mails lesen und auch noch für mich antworten? Wahrscheinlicher ist, dass jemand mein Handy genommen hat. Das liegt hier oft im Flur herum. Nur: Wer würde so etwas tun?

In der Wohnungstür dreht sich ein Schlüssel. Katka kommt herein und bleibt wie angewurzelt in der Küchentür stehen. Erst nach Sekunden merke ich, dass ich sie anstarre.

»Hallo? Ist alles in Ordnung?«, fragt sie.

»Ja. Äh, nein«, verbessere ich mich.

»Was ist denn los? Du siehst erschöpft aus.« Sie setzt sich mir gegenüber und schaut mich besorgt an.

Eigentlich will ich sie einfach fragen, ob sie es war. Aber das bringe ich nicht fertig.

»Katka, jemand hat in meinem Namen Mails an Erik geschrieben. Wer war das?«

Meine Freundin wird erst blass und dann ganz rot im Gesicht. Sie schaut auf die Tischplatte.

»Ich«, sagt sie ganz leise. »Ich war das.«

Ich bin fassungslos, aber nicht überrascht. Es ist, als hätte ich es die ganze Zeit gewusst. Natürlich schreibe ich nach einer Flasche Rotwein keine fehlerfreien Mails mehr. Wie konnte ich das jemals glauben? Ich bin wütend auf mich selbst. Und dann noch viel wütender auf Katka.

»Aber ich bin die Bekloppte hier, ja?«, fahre ich sie an. »Hat dir das Spaß gemacht, Erik endlich eins reinwürgen zu können?«

»Nein! Darum ging es mir doch gar nicht.« Katka greift nach meiner Hand, aber ich ziehe sie weg. »Es tut mir leid, Greta. Dir ging es so beschissen, und er sollte dich endlich in Ruhe lassen. Ich wollte dich nur beschützen!«

»Aber doch nicht so! Wieso hast du denn nicht mit mir darüber gesprochen?«

»Dann hätte es dich ja doch wieder belastet.« Katka schnieft. »Ich dachte, ich könnte dir das abnehmen.«

»Katka, um Himmels willen! Ich habe eine Therapie angefangen, weil ich dachte, ich wäre geisteskrank!«

»Was, *deswegen*?« Schockiert schaut sie mich an und senkt dann den Blick. »Scheiße.«

»Ja, große Scheiße! Was glaubst du, was das für ein Gefühl ist, sich nicht daran erinnern zu können, Mails geschrieben zu haben, die aber nun mal da sind? Schwarz auf weiß!«

»Du hättest ja auch was sagen können …«

»So, was denn? ›Katka, schön, dass wir jetzt zusammenwohnen, aber ich bin neuerdings eine Psychopathin, deren böser Zwilling nachts rauskommt‹?«

»Zum Beispiel.«

»Ich hatte kein Interesse daran, mir eine Nervenheilanstalt von innen anzusehen!« Ich koche vor Wut. »Warum muss ich mich jetzt überhaupt vor dir rechtfertigen?«

»Musst du doch gar nicht! Es tut mir wirklich leid! Ich hätte es dir schon vor Wochen sagen sollen, damit du nicht an deinem Verstand zweifelst.«

»So.« Ich stehe auf, nehme meine Tasche und werfe meinen Schlüssel hinein. »Das fällt dir aber früh ein!«

»Wo gehst du hin?«, fragt Katka leise, als ich ruppig meine Stiefel anziehe.

»Weg!«

Draußen verschluckt mich der kalte Winterabend in all seiner Schwärze. Ich laufe blind drauflos und bleibe irgendwann an einer Kreuzung stehen, als ich die Gegend schon lange nicht mehr kenne. Ja, wo gehe ich eigentlich hin? Ich bin völlig durch den Wind. Und wo ist eigentlich der verdammte Wutblock, wenn man ihn mal braucht? Nervös wähle ich Davids Nummer und fange fast an zu heulen vor Erleichterung, als er abnimmt.

»Greta«, begrüßt er mich.

»Hallo, David.«

»Oh. Es geht dir nicht gut. Was ist passiert?«

»Woher weißt du das?«

»Deine Stimme. Wo bist du?«

»Ich weiß nicht genau. In Preungesheim?«

»Was machst du denn in … Egal, nimm dir ein Taxi und komm zu mir. Hast du Hunger?«

Mein Magen knurrt so laut, als wolle er die Frage selbst beantworten.

»Ja«, sage ich stellvertretend.

»Okay. Ich schicke dir meine Adresse. Bis gleich.«

David wohnt im Obergeschoss. Als ich aus dem Aufzug trete, steht er schon in der offenen Tür und schaut mich erschrocken an. Ich muss fürchterlich aussehen.

»Was ist los?«, fragt er. »Ist was mit Katka?«

Ich nicke und lasse mich in seine Arme fallen. Reden

kann ich nicht, sonst würde ich gleich wieder anfangen zu heulen.

David drückt mich fest an sich. »Sag mir, was passiert ist«, flüstert er, während er mir sanft über den Rücken streichelt.

»Es geht ihr gut«, flüstere ich an seiner Schulter. »Sie ist nicht krank oder verletzt oder so.«

»Gott sei Dank!« David drückt mich vor Erleichterung so fest, dass ich kaum Luft bekomme. »Ich habe mir schon das Schlimmste ausgemalt.«

»Es ist gerade schlimm genug«, murmele ich.

»Komm rein.« David lässt mich los und schiebt mich vor sich her ins Wohnzimmer. Ich lasse mich auf sein gemütliches braunes Ledersofa fallen und rolle mich unter einer grünen Wolldecke zusammen. Mir ist ganz schön kalt geworden auf meiner Winterwanderung. Dankbar greife ich nach dem Becher Tee, den David mir hinhält. Dann setzt er sich neben mich, und ich beginne zu erzählen. Alles. Die ganze Geschichte mit allen Peinlichkeiten. Dass ich Angst hatte vor Eriks Mails. Dass ich dachte, ich werde verrückt. Dass ich deshalb zum Therapeuten gehe. David sitzt nur da, schaut mich an und hört zu.

»Katka war die Einzige, der ich wirklich vertraut habe in den letzten Monaten«, sage ich, als meine Stimme vom vielen Reden schon ganz rau klingt. »Dass ausgerechnet sie so etwas hinter meinem Rücken macht, das verstehe ich einfach nicht.«

»Du weißt natürlich«, sagt David sanft, »dass sie dich beschützen wollte.«

»Ich will nicht beschützt werden. Sie hat mir die Möglichkeit genommen, meine Probleme selbst zu lösen.«

In diesem Moment klingelt es an der Tür. Ich schrecke auf. »Wer ist das?«

»Der Lieferdienst. Indisch. Du hast doch Hunger.« David verlässt das Wohnzimmer und steckt gleich darauf wieder den Kopf durch die Tür. »Lieber sofort aus der Packung oder gleich vom Teller?«

»Sofort!«, quietsche ich und springe auf, um Besteck zu holen.

Nach dem Essen bin ich leergeredet. Ich rolle mich wieder auf dem Sofa zusammen und starre Löcher in die Luft, bis mir die Augen immer wieder zufallen. David sitzt neben mir und streichelt brüderlich meine Schulter.

»Es wird wieder gut, Greta. Ihr seid so eng und lange befreundet. Du wirst ihr irgendwann verzeihen, auch wenn du dir das jetzt nicht vorstellen kannst.«

»Du hast recht.«

»Womit?«

»Ich kann es mir gerade wirklich nicht vorstellen.«

»Hm. Willst du heute Nacht hierbleiben?«

»Wenn ich darf, gerne. Ich kann auf dem Sofa schlafen.«

David verzieht das Gesicht. »Kommt nicht infrage. Du schläfst im Bett, ich nehme das Sofa.«

»Das ist doch gar nicht lang genug für dich«, widerspreche ich.

»Und für dich nicht bequem genug.«

»Aber ich will auf dem Sofa schlafen«, begehre ich auf.

»Tja. Ich auch!«, kontert er.

»Pfff. Dann können wir ja beide auf dem Sofa schlafen. Wer zuerst runterfällt, muss ins Bett.«

David grinst mich an. »Hast du mich gerade darum angebettelt, dich vom Sofa zu schmeißen?«

Ich muss ein bisschen lachen. »Okay, vielleicht besprechen wir erst mal das Grundsätzliche: Hast du eine Zahnbürste für mich?«

»Klar.«

Mit einer frischen Zahnbürste und einem Handtuch verziehe ich mich ins Bad. Der Blick in den Spiegel bestätigt mir, was ich vermutet hatte: Ich sehe aus, als hätte ich die vergangenen zwei Jahre auf dem Grunde eines Moors zugebracht. Während ich meine Zähne putze, klopft David an die Tür und reicht mir ein schwarzes T-Shirt und eine blaue Boxershorts herein.

»Hier. Wo auch immer du schläfst, du musst keine Jeans dabei tragen.«

»Danke.« Ich ziehe mich um, falte meine Klamotten zusammen und lege sie auf den Badewannenrand.

Im Wohnzimmer ist David gerade dabei, ein Kopfkissen für mich zu beziehen. Dann drückt er es mir in die Arme. »Deine Decke liegt schon im Bett.«

Ächzend lege ich die Stirn an seine Schulter. »David, bitte nicht. Ich bin zu müde, um mich weiter zu streiten.«

»Dann mach's mir doch nicht so schwer, Greta.« Seine Hand streicht über meine Haare.

»Wie breit ist dein Bett?«

»Ein Meter sechzig.«

»Okay«, beschließe ich. »Das ist breit genug für uns beide.«

Wie sich bald darauf herausstellt, wären auch neunzig Zentimeter breit genug gewesen für uns beide. Ich habe mich in meine Decke gewickelt wie ein Berner Würstchen und bin elfengleich zu David gerobbt, bis er sich zu mir gedreht und mich in die Arme genommen hat. So liegen wir da, eng umschlungen, aber mit mehreren Daunenschichten zwischen uns. Zum Glück, denn ich habe Angst, er könnte meinen viel zu eiligen Herzschlag hören. Auf keinen Fall kann ich so schlafen. Ich bin todmüde und knallwach zugleich. Aber es ist gerade viel zu schön und kuschelig, um Davids Umarmung zu verlassen. Er atmet ganz ruhig. Schläft er?

»Schläfst du?«, wispere ich.

»Nein«, murmelt David und küsst mich auf die Stirn.

»Mir ist zu warm«, bekenne ich.

»Kein Wunder«, sagt er und lacht leise. »Wickel dich mal aus.«

Ich kämpfe mich aus meiner Decke, schiebe sie beiseite und krieche unter Davids. Mein Gesicht kommt an seinem Hals zu liegen. Warum riecht dieser Mann nur so gut? Ich streichle seinen Rücken. Durch das T-Shirt. Was irgendwie auch albern ist, finde ich, weswegen ich die Hand unter sein Shirt gleiten lasse. Seine Haut fühlt sich ganz weich und glatt an.

David legt eine Hand in meinen Nacken. Ich bin kurz davor zu schnurren. Unwillkürlich rücke ich noch näher an ihn heran und schiebe ein Knie zwischen seine. Wie berauscht atme ich an seinem Hals ein. Dann küsse ich diese zarte Stelle, die so nach David riecht. Einmal. Zweimal. Dreimal. Ich höre ihn lange und tief ausatmen, ehe er einen Finger unter mein Kinn legt und sanft meinen Kopf anhebt. Unsere Lippen berühren einander ganz leicht. Ich halte die Augen fest geschlossen und genieße einfach nur seine Nähe.

Wer von uns beiden anfängt, den anderen zu küssen, weiß ich nicht. Es ist einfach unausweichlich. Seine Lippen sind warm und zart. Ich küsse sie mit Hingabe. Wie schön küssen sein kann, hatte ich vollkommen vergessen. Aber jetzt kann ich nicht genug davon bekommen.

Davids Hände gleiten unter mein T-Shirt. Er presst mich an sich und dreht sich mit mir auf den Rücken, sodass ich auf ihm zu liegen komme.

Endlich!, ist mein letzter Gedanke, als er mir das Shirt über den Kopf zieht.

Kapitel 18

Ein Lichtstrahl weckt mich. Komisch. Ich lasse doch immer die Jalousien herunter … Ich öffne ein Auge, und plötzlich weiß ich wieder alles: Ich bin gar nicht zu Hause in meinem Zimmer. Ich bin bei David. Ich habe mit David geschlafen. Der Gedanke erschlägt mich fast. Unwillkürlich halte ich die Luft an.

Vorsichtig werfe ich einen Blick über die Schulter. Und atme erleichtert aus. Ich bin alleine im Bett. Ich wühle nach dem T-Shirt und der Boxershorts, die ich zerknüllt am Fußende vorfinde. Als ich sie gerade angezogen habe, steht David in der Tür.

»Hey«, sagt er lächelnd. »Guten Morgen. Ich wollte dich nicht wecken.«

Seine Haare stehen nass zu Berge, und er hat nur ein weißes Handtuch um die Hüften gewickelt. Ich finde ihn wahnsinnig sexy – eine Erkenntnis, die nichts als Panik in mir auslöst.

»Wie spät ist es?«, frage ich.

»Halb acht.«

»So früh!«

»Ich sag ja, ich wollte dich nicht wecken.« David macht einen Schritt auf mich zu, schaut mir ins Gesicht und dreht dann doch ab zum Kleiderschrank. Ich blicke diskret weg, obwohl mir sonnenklar ist, wie lächerlich das ist. Letzte Nacht waren wir schließlich auch nackt.

In Hose und Hemd setzt sich David auf die Bettkante. »Greta, geht es dir gut?«, fragt er vorsichtig.

»Es geht so. Ich bin ein bisschen neben der Spur. Bitte entschuldige den Überfall.«

»Überfall?« David zieht eine Augenbraue hoch.

»Na ja. Ich kreuze hier einfach auf und lege mich in dein Bett und …«

»Und?« Er wirkt amüsiert. Aber ich bin nicht in der Stimmung, um darauf einzusteigen.

»Ich hoffe einfach, ich habe nichts kaputtgemacht«, murmele ich kläglich.

»Nein.« Er schüttelt den Kopf. »Mach dir keine Gedanken.« Er breitet die Arme aus, und wir umarmen uns fest. Ich merke, wie meine Anspannung langsam entweicht. »Für mich hat sich nichts geändert. Gar nichts«, sagt David leise.

»Gut.«

»Ich muss jetzt los. In der Küche steht Kaffee, bedien dich. Und nimm dir zu essen, was du willst.«

Wie sich herausstellt, frühstückt David bunte Froot Loops mit Orangensaft. Beides steht noch herum. Seltsam, dass man mit jemandem schlafen und erst am nächsten Morgen per Zufall feststellen kann, dass man es mit einem Perversen zu tun hat. Ich trinke nur Kaffee und ziehe mich dann an. Wenn ich jetzt nach Hause gehe, verpasse ich Katka, kann aber noch die Bluse und Unterwäsche wechseln, ehe ich zur Arbeit muss.

Auf der Straße scheinen mich alle anzustarren. Als würde man mir ansehen, dass ich so dämlich bin, mit einem guten Freund zu schlafen. Einem guten Freund, mit dem ich befreundet bleiben will. Einem guten

Freund, der solche Dinge wahrscheinlich ebenso wenig locker sehen kann wie ich. Unsere nächsten Treffen werden darin bestehen, dass wir einander versichern, es sei natürlich toll gewesen, aber habe überhaupt nichts zu bedeuten und werde unsere Freundschaft keinesfalls beeinträchtigen. Und das Erste wird wahr sein und der Rest gelogen. Wie ich solche vorhersehbaren Gespräche hasse!

Was hab ich mir nur dabei gedacht? Die Antwort ist einfach: nichts. Ich wollte es einfach. Himmel, und wie ich es wollte! Ich muss ihn förmlich verschlungen haben. Ich schäme mich fürchterlich. Da kann David noch so sehr behaupten, es hätte sich nichts verändert: Man will doch gar nicht wissen, wie gute Freunde sich im Bett verhalten. Jetzt muss ich immer daran denken, wenn ich ihn sehe. Er umgekehrt bestimmt auch, und weil ich das weiß, werde ich verkrampft und überempfindlich sein. Tolle Voraussetzungen für eine Freundschaft.

Zu Hause finde ich einen Zettel von Katka vor. *Bitte ruf mich an, ich mach mir Sorgen!*, steht da. Wer ist sie, meine Mutter? Ich bin sauer, wähle aber trotzdem ihre Nummer.

»Greta! Gott sei Dank!«

»Ich lebe.«

»Wo warst du denn?!«

»Das geht dich nichts an«, sage ich wütend.

»Oh.«

Schweigen.

»Danke, dass du dich gemeldet hast«, sagt Katka schließlich. »Bist du heute Abend zu Hause?«

»Ja.« Zu David jedenfalls gehe ich sicher nicht noch mal.

»Okay. Ich bin auch da, vielleicht können wir reden?«

»Mal sehen«, sage ich kurz angebunden und lege dann auf.

Ich bringe irgendwie den Tag in der Agentur hinter mich, indem ich mir bei YouTube fast vierzig verschiedene Werbespots für Spaßbäder reinziehe. Vom Provinzbecken mit einer verschlungenen Rutsche bis zum amerikanischen Wasservergnügungspark. Danach bin ich zwar nicht fröhlicher und nicht kreativer, aber immerhin weiß ich jetzt, was es alles schon mal gegeben hat. Die Slogans *Rutsch dich glücklich!* und *WASser für ein Spaß!* jedenfalls werden mich in meinen Albträumen verfolgen.

Während ich auf den Monitor starre, tauchen immer wieder Bilder von gestern Nacht vor meinem inneren Auge auf und legen sich wie eine Projektion über die Wellenbäder. Wie David mich geküsst hat. Wie gut er sich anfühlt. Wie er mir ins Ohr geflüstert hat. Wie schön seine Stimme klingt.

»Meditierst du?«, unterbricht Richard meinen Tagtraum.

Ich schrecke auf, werfe den Kopf zu ihm herum und ziehe am Kabel die Stöpsel aus den Ohren. »Was?«

Richard hat seinen Stuhl zu mir gedreht und sich entspannt hineingefläzt. Es sieht aus, als würde er mich schon länger beobachten.

»Du sahst gerade völlig entrückt aus. Und du schaust ein Tutorial für das Wechseln von Zündkerzen.«

»Was?«, frage ich schon wieder und gucke blöd auf meinen Bildschirm. Er hat recht.

»Ich wusste gar nicht, dass du ein Auto hast«, stichelt Richard.

»Ich wusste gar nicht, dass du so nervig sein kannst«, schieße ich zurück.

Er verzieht das Gesicht und schaut mich ernst an. »Ist was mit dir? Du wirkst angespannt.«

Resigniert stütze ich den Kopf in eine Hand. »Ich habe einen üblen Streit mit meiner besten Freundin.« Den Rest lasse ich weg.

»Worüber?«

Puh, ist der indiskret. Aber vielleicht hilft es ja, darüber zu reden.

»Sie hat etwas hinter meinem Rücken getan, mit besten Absichten, aber ich fühle mich trotzdem hintergangen.«

»Aha.« Er wiegt den Kopf wie ein weiser alter Mann. »Wie ist diese beste Freundin sonst so?«

»Die beste, die man sich wünschen kann. Wirklich.«

»Och, Greta. Dann stiehl dir selbst und ihr nicht wertvolle Lebenszeit, und versöhn dich mit ihr. Sag ihr, dass sie so was auch mit guten Absichten nicht mehr machen soll, und wenn sie sich dran hält, versuch zu vergessen, was passiert ist.«

»Ist das nicht ein bisschen zu einfach?«

»Nein. Im Streit auseinandergehen, das ist zu einfach.«

Nachdenklich schaue ich Richard an. Er fläzt nicht mehr, sondern sitzt jetzt kerzengerade, sein Gesichtsausdruck ist ernst.

»Wen hast du dadurch verloren?«, frage ich.

»Meinen Bruder. Vor langer Zeit.«

»Und es gibt kein Zurück?«

»Ich bin erst nach fünf Jahren wieder auf ihn zugegangen, und da sagte er, es wäre zu viel Zeit vergangen. Ich hätte ihn im Stich gelassen.«

»Das tut mir so leid.«

»Ich habe daraus gelernt. Und du bekommst die Lektion gratis von mir.«

»Hm. Danke.«

Richard lächelt mich ein bisschen traurig an und dreht sich wieder zu seinem Schreibtisch. Ich blicke auf meinen Monitor, wo gerade jemand zufrieden eine Motorhaube zufallen lässt.

Obwohl ich danach versuche, mich auf die Arbeit oder doch wenigstens auf mein Gespräch mit Katka zu konzentrieren, schweifen meine Gedanken immer wieder zu David ab. In die schönen Bilder von letzter Nacht mischt sich aber sein Satz von heute Morgen, der sich plötzlich anfühlt wie ein Messer. *»Für mich hat sich nichts geändert.«* Wie kann so etwas sein? Wie können wir einander so nah gewesen sein, ohne dass es für ihn etwas ändert? Und warum verletzt mich das überhaupt?

Ich beschließe, eine Expertin um Rat zu fragen.

Sarah, woran erkenne ich Sex ohne Gefühle?, tippe ich.

Ganz einfach, schreibt sie zurück. *Er ist hemmungsloser und trotzdem langweiliger. It don't mean a thing if it ain't got that swing!*

Verstehe. Danke.

Moment mal! Du hattest Sex?!?

Es war nur eine Frage!

Du bist so eine schlechte Lügnerin. Obwohl – du versuchst ja nicht mal zu lügen. Mit David?

Ja, verdammt.

Sag's doch gleich, das macht die Antwort einfacher: Du bist in ihn verliebt, also war es natürlich NICHT Sex ohne Gefühle.

Und von seiner Seite aus? Woran merke ich das?

Frag ihn doch.

Du spinnst wohl. Ich frag ihn ganz bestimmt nicht!

Hat er gar nichts dazu gesagt?

»Für mich hat sich nichts geändert.«

Autsch.

Kein gutes Zeichen, ne?

Nee.

Mist.

Würdest du trotzdem noch mal mit ihm schlafen?

Das ist eine seltsame Frage.

Und?

Ich überlege kurz, ehe ich antworte. Aber es gibt kein klares Ja oder Nein.

Einerseits schon, denn es war sehr schön. Andererseits zieht einen das ja nur immer noch weiter in den Liebeskummer rein. Also: besser nicht.

Wenn du es schaffst, dich daran zu halten, backe ich dir eine Torte, und du darfst sie ganz alleine aufessen!

Ach, Sarah. Sex ist schon toll, aber nur du weißt, wie man mich richtig glücklich macht!

Okay. Dann ist das jetzt eben so. Ich werde mich künftig von Davids Bett fernhalten und mich an den Gedanken gewöhnen, dass es mir vielleicht einen Hauch mehr bedeutet hat als ihm. Einen ganz leichten Hauch nur. Kinkerlitzchen. Ich komme darüber weg. Wenn ich das vergangene Jahr mit der Trennung von Erik verkraftet habe, schaffe ich das doch auch!

Ziemlich müde und geknickt komme ich abends nach Hause. So richtig viel geschlafen habe ich letzte Nacht nicht.

Katka sitzt in der Küche und springt sofort auf, als ich hereinkomme. Sie sieht auch nicht gerade wie das blühende Leben aus. Ihre dunklen Haare sind ganz zerzaust.

»Es tut mir so leid!«, sprudelt es aus ihr heraus. »Es war dumm von mir! Ich hätte das nie hinter deinem Rücken machen dürfen!«

Ich schaue meine Freundin an, die mir vertrauter und

näher ist als jeder andere Mensch. Plötzlich bin ich mir überhaupt nicht sicher, ob ich mich an ihrer Stelle anders verhalten hätte. Dann breite ich die Arme aus.

»Komm her, du Bekloppte!«

Katka schlingt beide Arme um mich und drückt mich fest an sich. Genau drei Sekunden dauert der herrliche Frieden. Dann bricht sie das Schweigen.

»Ich, bekloppt?«, fragt sie kichernd. »Wer rennt denn jede Woche zum Seelenklempner?«

Ich muss lachen und piekse sie mit dem Zeigefinger in die Rippen, wo sie furchtbar kitzlig ist. Katka kreischt, lässt mich los und flüchtet auf die andere Seite des Tisches.

»Danke für die Wunderheilung, dem Seelenklempner kann ich jetzt wohl absagen. Wo du schon am Kühlschrank stehst – ist der Rosé noch da?«, frage ich unternehmungslustig.

»Ja!« Katka holt die Flasche heraus, ich die Gläser. »Den brauche ich jetzt auch dringend. Anton hat mir gestern zwei Stunden lang den Kopf gewaschen.«

»Guter Junge. Hat er dich auch getröstet?«

»Schon. Später dann.«

»Laaalaaalaaa! Ich hab dich gar nicht gehört.« Augenrollend nehme ich ihr den Wein aus der Hand und drehe den Flaschenöffner in den Korken.

»*Das* habe ich doch nicht gemeint!«, ruft sie. »Danach war mir nun wirklich nicht.«

Durch meinen Kopf schießt ein kurzes Bild von David, wie er mich im Arm hält und streichelt. Mir war offenbar durchaus danach.

»Wo warst du eigentlich die ganze Nacht?«, fragt Katka, als hätte sie meine Gedanken gelesen.

»Bei David«, sage ich leise, während ich uns beiden Wein einschenke.

»Ah. Ich hatte es mir fast gedacht. Ich habe Sarah und ihm nämlich geschrieben, ob sie dich gesehen haben, und er hat nicht geantwortet. Sarah schickte bloß ein Bild von ihren schaumumkränzten Füßen in der Badewanne zurück.«

»Das Luxusweib!«

»Genau.« Katka nimmt einen großen Schluck Rosé und seufzt tief. »Hat David dich auch getröstet?«

»Joa«, brumme ich leise.

»Ähm? Greta?« Mit zusammengekniffenen Augen schaut sie mich an.

»Ja, gut, ich habe mit ihm geschlafen, und vielleicht bin ich ein bisschen verliebt und er nicht, aber das macht mir nichts aus!«, platze ich heraus. »Ich bin doch sowieso nicht gut in dieser ganzen Beziehungskiste. Es ist also besser, wenn ich keine habe, richtig? Und David ist nett, aber eigentlich passen wir sowieso nicht zusammen. Ich weiß.« Schnell trinke ich einen Schluck Wein und versuche, mein Gesicht hinter dem Glas zu verstecken.

Katkas Augen sind riesengroß geworden. »Oh, Greta«, flüstert sie mitleidig. »Das tut mir leid! Aber du musst dich irren.«

»Irren? Worin denn?«

»David mag dich.«

»Ich mag dich auch, und trotzdem kann ich mir keine Beziehung mit dir vorstellen.«

»Bist du dir sicher? Also, was David angeht? Ich hätte schwören können, dass … Er schaut dich immer so an.«

»Ich bin mir sicher«, sage ich nüchtern.

Katka greift nach der Flasche und schenkt mir nach. »Na komm«, sagt sie. »Das wäre der erste Liebeskummer, der sich nicht mit Wein und Nougatpralinen gleich viel leichter anfühlt.«

Mein Bett dreht sich sacht, als mein Handy Stunden später leise piepst. Ich tippe zweimal knapp neben das Symbol für die neue Nachricht, bis ich es endlich treffe. Oh nein. Sie ist von David. Bestimmt die *Es war schön, aber wir sollten es dabei belassen*-Nachricht. Egal, ich bin sowieso völlig hinüber.

Liebe Greta, schreibt er, *ich hoffe, es geht dir gut.*

Klar hoffst du das, du Depp, sonst müsstest du ja ein schlechtes Gewissen haben.

Es war schön, dich bei mir zu haben.

Lustig, er hat *im Bett* vergessen. So, wann kommt jetzt der Teil, wo er schreibt, es sei ein Fehler gewesen?

Darf ich dich morgen Abend zum Essen einladen?

Hey. Moment. Das muss der falsche Text sein!

Dein David

Ganz falscher Text!

Verwirrt lese ich die Nachricht ein zweites und drittes Mal, bis es mir dämmert: David ist so ein anständiger Kerl, dass er mir persönlich und nicht schriftlich darlegen möchte, er sei auf der Suche nach einer anderen als mir. Oh nein, muss das sein? Soll ich wirklich in einem Restaurant vor dreißig kauenden Leuten den Korb meines Lebens kassieren?

Ach, was soll's? Immer noch besser als Line Dance in Bad Vilbel.

Lieber David, antworte ich brav, *gerne. Um 20 Uhr im Walden?*

Deine Greta darunter zu schreiben, bringe ich dann aber doch nicht fertig. Ich lasse es einfach weg.

Und dann drehe ich mich auf den Bauch und schlafe endlich ein.

Kapitel 19

Mein Zeitplan sieht vor, dass ich mir heute erste Slogan-Entwürfe für die Rutschenparadieskette ausdenken muss. Beim besten Willen weiß ich nicht, wie ich das schaffen soll. Ich habe nur David im Kopf, bin nervös vor heute Abend und schon mal vorauseilend traurig. Das ist natürlich Quatsch, schließlich bleibt nach heute Abend noch genug Zeit, traurig zu sein, und dann weiß ich wenigstens, was genau er mir sagen will: Will er keine Beziehung? Will er nur keine Beziehung mit mir? Findet er, wir könnten trotzdem gelegentlich miteinander schlafen? Und an welcher Stelle renne ich schreiend aus dem Restaurant?

Meine Entwürfe bilden meinen Geisteszustand exakt ab.

Das Rutschenparadies – Es geht abwärts

Kreischend in die Dunkelheit

Da guckst du in die Röhre

Rutsch uns den Buckel runter

In einer Parallelwelt wären das tolle Slogans. Hier zeigen sie mir nur, dass ich das heute nicht hinbekomme und dringend etwas anderes tun sollte. Kaffee holen zum Beispiel. Ja, Kaffee holen ist eine super Idee. Das kann ich mit etwas Geschick auf fünf Minuten ausdehnen, und dann sind weitere fünf Minuten herum von diesem Tag, von dem ich wünschte, es gäbe ihn gar nicht. Der

Tag, an dem jemand mit mir Schluss machen wird, mit dem ich nicht mal zusammen bin. Wie tief kann man eigentlich sinken?

Unser Kaffeeautomat lässt eine Flüssigkeit in meine Tasse tropfen, die starke Ähnlichkeit mit Motoröl aufweist. Ich setze mich in der Küche auf einen Stuhl und glotze vor mich hin, ohne zu trinken. Das Zeug riecht übel.

Auftritt Richard, der mich und meinen Kaffee ohne ein Wort taxiert. Dann nimmt er mir die Tasse aus der Hand und kippt ihren Inhalt weg. Aus dem Getränkeautomaten zieht er zwei Colaflaschen und drückt mir eine davon in die Hand.

»So, Fräulein«, sagt er. »Habt ihr euch versöhnt?«

»Ja! Danke für deinen Rat.« Ich schraube die Flasche auf und stoße mit ihm an.

»Und heute? Du siehst aus, als bräuchtest du schon den nächsten.« Kritisch runzelt er die Stirn.

»Ist es so offensichtlich?« Wann genau ist Rektal-Richard eigentlich weise geworden?

»Du wirkst etwa so fröhlich wie Wednesday Addams.«

Ich gleiche das kurz mit meiner Gefühlslage ab und vermelde: »Kommt hin.«

»Was ist passiert?«

»Noch gar nichts.« Ich seufze. »Aber heute Abend treffe ich jemanden, in den ich verliebt bin, der aber nicht in mich verliebt ist und vorhat, mir das in einem Restaurant schonend beizubringen.«

»Okay. Drei Hinweise«, sagt Richard ungerührt. In diesem Moment mag ich ihn sehr. »Erstens, zieh dir was Schickes an und lass dir deine Laune nicht anmerken.«

»Na gut. Zweitens?«

»Wenn er dir in einem voll besetzten Restaurant eine Abfuhr erteilt, hat er deine Liebe nicht verdient. Eigentlich hat er dann überhaupt keine Liebe verdient.«

»Stimmt. Drittens?«

»Du bist eine tolle Frau. Stark, großherzig, witzig. Dass er das nicht sieht, schmälert nicht deinen Wert, sondern seinen.«

»Meinst du das ernst?« Ich bin total gerührt – und schon wieder kurz vorm Losplärren. Diese neue, emotionale Greta – wer hat die eigentlich bestellt? Die wollte ich gar nicht. Da muss irgendwas schiefgegangen sein bei den Hypnosesitzungen. Ich will die zurückgeben.

»Selbstverständlich«, sagt Richard mit schon wieder gerunzelter Stirn und trinkt seine Cola aus. »So, jetzt gehen wir zurück an die Arbeit. Dafür werden wir hier schließlich bezahlt.«

»Ach ja.« Ich stehe auf und verlasse an seiner Seite die Küche. »Was fällt dir spontan zum Rutschenparadies ein?«

»Für alle, die es nass und glitschig mögen!«

Wie beruhigend: Rektal-Richard ist also doch noch da.

Weil ich mir Richards ersten Rat zu Herzen genommen habe, komme ich ein bisschen zu spät zu meiner Verabredung mit David. Dafür trage ich ein kurzes schwarzes Kleid mit cremefarbenem Gürtel, in dem ich mich immer ziemlich umwerfend fühle. Meine Haare fallen in einem absichtlich unordentlichen Zopf über meine Schulter, der mich am meisten Zeit gekostet hat und am wenigsten danach aussieht. Zufrieden bemerke ich, dass

David die Augen aufreißt, als er mich auf unseren Tisch zukommen sieht. Er sieht aber leider auch ziemlich gut aus. Er trägt einen blauen Pullover über seinem weißen Hemd und dazu eine graue Wollhose. Im Gesicht ein Strahlen. Warum strahlt der so? Freut der sich etwa auf diesen Abend? Was für ein Sadist.

Er nimmt mir den Mantel ab und umarmt mich fest. »Du siehst toll aus!«, sagt er.

Ich antworte beinahe etwas wie *Das hoffe ich, waren zwei Stunden harte Arbeit*, will aber nicht gleich alles ruinieren. »Danke. Du aber auch!«, erwidere ich stattdessen.

David trinkt ein Bier, ich bestelle Wasser. Wenn es irgendetwas zu vermeiden gilt heute Abend, dann dies: angetüdelt sein, wenn der Blattschuss kommt. Schließlich habe ich mir fest vorgenommen, Contenance zu wahren und nicht heulend aus dem Lokal zu rennen. Das fällt der neuen Emo-Greta wahrscheinlich gar nicht so leicht, deshalb gehe ich kein Risiko ein.

David hingegen wirkt ganz locker. Er lässt sich von mir die Geschichte meiner Versöhnung mit Katka erzählen. Wir unterhalten uns, als wäre nie etwas anders gewesen zwischen uns. Fast glaube ich selbst daran. Aber das ist natürlich Unsinn. Wir sitzen auf Treibsand. Ich spüre es deutlich, während ich mein Kichererbsencurry esse und Witzchen reiße. Irgendwann halte ich die Anspannung nicht mehr aus.

»Du wolltest mir doch was sagen, oder?«, frage ich unvermittelt. Wir sind jetzt schon über eine Stunde hier, und er ist immer noch nicht zu Potte gekommen. Ich habe wirklich keine Lust, ihn noch ein zweites Mal zu treffen, damit er mir dann erst das Messer ins Herz rammen kann.

Überrascht guckt David mich an. »Ja, schon«, sagt er langsam. »Aber soll das wirklich hier sein, so über diesen Tisch hinweg?«

Ich werde sofort sauer. »Du hast mich hierher zitiert«, sage ich kühl. »Also leg los.«

»Okay …« David nimmt meine Hand, ehe ich sie wegziehen kann.

Ich bin entsetzt. Alles in mir schreit in hellem Aufruhr durcheinander. *Gefahr! Gefahr!*, schnarrt eine Stimme. *Schnell weg da!*, kreischt die Oberbefehlshaberin der Hysterie, während neben ihr eine zarte Prinzessin mit einem leisen Seufzer ohnmächtig zusammensackt. Ich starre auf meine Hand und befehle meinem Arm, sie wegzuziehen. Aber es passiert rein gar nichts.

Verdammt! Der spinnt ja wohl! Hält er jetzt wirklich meine Hand, damit es mich nicht so hart trifft, wenn er mich abschießt? Na, der wird sich wundern. Kein bisschen Schmerz werde ich preisgeben. Ich lächele und höre meine Zähne aufeinander knirschen.

»Du warst sehr aufgewühlt, als du vorgestern zu mir gekommen bist«, beginnt David mit weicher Stimme. »Hoffentlich findest du nicht, ich hätte die Situation ausgenutzt?«

»Ich habe ja wohl den ersten Schritt gemacht«, sage ich brüsk.

»Hm.« Er guckt schon wieder so irritiert. »Ich habe bemerkt, dass du am Morgen durcheinander warst. Die Nacht war großartig, aber es war sicher nicht der ideale Moment für uns.«

So, jetzt kommt's. Das wird nix, lass uns freundschaftlich auseinandergehen, Schnitt, Abspann.

»Deshalb würde ich gern einfach noch mal von vorne

anfangen«, fährt David fort. »Ich möchte dich in meinem Bett haben, weil du dort sein willst, und nicht, weil du aus der Kurve getragen wurdest und dort gelandet bist.«

Ich verstehe ihn nicht. Er redet und redet, und ich verstehe ihn nicht. Ich höre immer nur *Bett*. Vielleicht will ich es aber auch einfach nur nicht glauben, was er mir da gerade vorschlägt. Freundschaft und Sex ist nicht die Kombination, die ich mir mit David wünsche.

»Ich will nicht in deinem Bett sein, wenn ich nicht in deinem Herzen bin«, platzt es aus mir heraus. Mist, wo kam das denn gerade her? In mir verpasst die stolze Greta der plötzlich vorgepreschten Emo-Greta einen linken Haken und lässt alle Rollläden herunter.

David zieht meine Hand an seine Lippen und küsst zärtlich meine Finger. Wenn ich nicht gerade dichtgemacht hätte, müsste ich jetzt dahinschmelzen.

»Du bist in meinem Herzen«, sagt er schlicht.

»Aber du bist nicht in mich verliebt«, wende ich ein.

Er schaut mich kopfschüttelnd an. »Greta, meinst du das ernst? Wie kannst du das nicht bemerkt haben?«

Stumm und verwirrt schaue ich ihn an.

»Ich bin in dich verliebt«, sagt David. »Ich will mit dir zusammen sein. Ich dachte, du willst das auch.«

Ich höre ihn, aber ich spüre nichts. Alle Schotten dicht. Das U-Boot ist auf Tauchgang. Hervorragend.

»Du lügst«, werfe ich ihm vor. »Du hast gesagt, für dich hätte sich nichts geändert!«

»Ja, natürlich«, sagt er. Er wirkt ziemlich erschüttert. »Es hat auch nichts an meinen Gefühlen geändert. Was hast du denn gedacht?«

»Nichts an unserer Freundschaft ...«, murmele ich.

»Greta, um Himmels willen!« David sieht richtig schockiert aus. »Glaubst du, ich hätte in dieser Situation mit dir geschlafen, wenn ich keine ernsthaften Absichten gehabt hätte?«

Ernsthafte Absichten. Das habe ich lang nicht mehr gehört. Oh, ist der Mann süß. Wie entsetzt er jetzt dreinschaut. Ich glaube, ich sollte ihn beruhigen. *Auftauchen!*, brüllt meine innere Oberbefehlshaberin.

»Das habe ich geglaubt, ja«, sage ich zaghaft. »Es tut mir leid. Ich habe dir Unrecht getan.«

»Mir tut's leid.« David streichelt meine Hand. »Das muss sich übel angefühlt haben für dich.«

»Ja.« Das U-Boot ist aufgetaucht, aber es beobachtet David durch ein Periskop. Die Luken bleiben geschlossen. Das scheint er zu spüren.

»Greta, ich wünsche mir eine Beziehung mit dir. Wenn du nicht dasselbe für mich empfindest, dann sag es mir, bitte.«

»Ich weiß nicht, was ich dir darauf antworten soll«, sage ich trotzig. »Außer vielleicht: Ich habe Gefühle für dich. Aber ob die reichen? Erik habe ich geliebt wie verrückt, und es hat trotzdem nicht funktioniert.«

»Das ist uns allen schon passiert, Greta.« David streckt die Hand aus und streicht mir tröstend über die Wange. »Ich könnte jetzt versuchen, dich zu überzeugen, es trotzdem wieder zu wagen. Ich könnte sogar versuchen, dich zu überreden, es mit mir zu versuchen. Beides werde ich nicht tun.«

»Warum nicht?« Meine Oberbefehlshaberin öffnet eine Luke und linst misstrauisch hindurch.

»Mal davon abgesehen, dass es würdelos und respektlos wäre, meinst du?«

»Ja.«

»Weil das genau das wäre, was der für dich falsche Mann tun würde.«

»Damit lässt du mich jetzt aber ziemlich allein«, sage ich vorwurfsvoll.

»Nein. Ich lass dich nicht alleine«, widerspricht David ernst. »Im Gegenteil. Hör mal, das ist mein Angebot: Du kannst dir eine Weile anschauen, wie das mit uns läuft. Und wenn es dir nicht gefällt, gehst du einfach und musst mir nichts erklären.«

»Ehrlich?« Ich bin fassungslos. Er verblüfft mich immer wieder. »Wie lange?«

»Eine Woche? Zwei?«

»Eine«, sage ich spontan. Aber dann bekomme ich ein schlechtes Gewissen. »David, das wäre wahnsinnig egoistisch von mir. Ich will nicht auf deinen Gefühlen rumtrampeln.«

»Ich bin mir des Risikos bewusst. Ich gehe es ein. Du musst kein schlechtes Gewissen haben.«

»Hast du keine Angst?«, frage ich kläglich.

»Nein.«

»Ich schon.«

»Mehr Angst, dass du nach unserer gemeinsamen Woche gehen willst, oder mehr Angst, dass du bleiben möchtest?«

»Gute Frage.« Ich zuppele nervös an meinem Zopf herum. »Keine Ahnung. Das ist gerade alles ein bisschen viel. Tut mir leid. Ich dachte, du willst mir heute Abend sagen, dass du nichts für mich empfindest. Darauf war ich eingestellt. Jetzt bin ich ratlos. Ich glaube, ich muss mal an die Luft.«

»Ist gut. Ich bringe dich nach Hause.«

Wir laufen schweigend nebeneinander her, während ich versuche, meinen eigenen Gefühlshaushalt zu verstehen. Ich will in Davids Herz sein, weil er in meinem ist, aber will ich ihn auch in meinem Leben haben? Als ich noch dachte, er wolle sowieso keine Beziehung mit mir, habe ich meine Verliebtheit deutlich gespürt. Schmerzhaft sogar. Jetzt wird alles von meiner Angst überdeckt. Angst vor einer Beziehung. Angst vor der nächsten Katastrophe. Vor dem nächsten Scheitern. Sie hat mich schon wieder im Griff. Ich würde so gern etwas anderes als meine Angst spüren. Nur für ein paar Sekunden.

Ich bleibe mitten in der stillen nächtlichen Fußgängerzone stehen und drehe mich zu David. Wir umarmen uns. Seine Hände streichen über meinen Rücken und ziehen mich nah an ihn heran. Mir wird heiß. Das fühlt sich schon viel besser an als die Angst.

Ein kleiner, zarter Kuss. Ein zweiter. Dann lösen unsere Lippen sich eine Ewigkeit nicht mehr voneinander. Die Angst verschwindet, als ein wunderbares Gefühl von mir Besitz ergreift und mein U-Boot sich in einen Ausflugsdampfer mit bunten Fähnchen und Bigband verwandelt.

David hält mich eng umschlungen und sieht mich an. Ich merke, dass er mit sich kämpft, etwas nicht zu sagen, das ihm auf der Zunge liegt. Er will mich nicht überreden, und er will es doch. Aber er muss es nicht.

»Wenn wir jetzt erst zu dir gehen«, sage ich, »könntest du dann ein paar Sachen einpacken und mit zu mir kommen?«

Ich erwache mit einem Lächeln im Gesicht. Alles um mich herum ist warm und weich und duftet nach

David. Ich liege auf der Seite und spüre an meinem Rücken, wie seine Brust sich langsam hebt und senkt. Verschlafen lege ich eine Hand auf seinen Arm, der mir als Kopfkissen dient, und streichele ihn. David scheint schon wacher zu sein, denn sofort schließen sich seine beiden Arme um mich.

»Guten Morgen«, wispere ich.

»Guten Morgen«, sagt er an meinem Ohr. Seine Stimme klingt noch etwas verwaschen.

Ich drehe mich zu ihm um und kuschele mich an ihn. So ganz kann ich es noch nicht fassen, dass er wirklich hier in meinem Bett liegt. Aber es fühlt sich genau richtig an. Und ja, ich könnte mich daran gewöhnen. Sehr schnell sogar. Womöglich innerhalb dieser einen Woche.

Nach dem Frühstück verabschieden wir uns knutschend wie Teenager vor dem Haus und ziehen in unterschiedliche Richtungen davon. Ich drehe mich noch mal um, aber da ist David bereits um die Straßenecke verschwunden. Ist vielleicht besser so, ich bin ohnehin vollkommen berauscht.

Wie sich herausstellt, ist so ein Rauschzustand für die Arbeit überhaupt nicht schlecht. Vielleicht koksen deshalb so viele Kreative? Mir jedenfalls genügt die Springflut von Hormonen in meinem Körper. Ich schreibe einen Werbetext fürs Rutschenparadies, der vor Begeisterung nur so überquillt. Überschrift: *Macht einfach, Wasser wollt!*

Hm, ob man das außerhalb Hessens überhaupt versteht? Na ja, auf einen Versuch lasse ich es ankommen.

Gut gelaunt rufe ich etwas später bei Dr. Schiechel an

und verabschiede mich von ihm. Die Therapie brauche ich ja jetzt nicht mehr – jetzt, da ich weiß, dass in mir doch keine Psychopathin nur darauf wartet, herausgelassen zu werden.

Zum Mittagessen gehe ich mit Sarah und Richard in ein Feinkostgeschäft um die Ecke. Während ich ein Bad in einem Limonenrisotto nehme, gebe ich ihnen einen kurzen Abriss des vorangegangenen Abends. Ich hatte schon fast damit gerechnet: Beide lachen mich aus. Sarah muss sich am Stehtisch festklammern, um nicht umzufallen.

»Der arme Mann!«, japst sie. »Lädt zur Liebeserklärung und bekommt erst mal Lügen unterstellt.«

»Wie hätte ich das denn ahnen sollen?«, verteidige ich mich.

»Verlängert sich das einwöchige Probeabo eigentlich automatisch?«, wirft Richard boshaft ein.

»Und wird es dann kostenpflichtig?«, sekundiert Sarah.

»Und falls du das Abo doch kündigst, darf er deine Daten zu Marktforschungszwecken behalten?«

»Ihr bösen, bösen Menschen!« Trotzdem kann ich mir das Lachen selbst nicht ganz verkneifen. »Schön, dass ihr euch so über meine Traumata amüsiert!«

»Das ist ja wohl das Beste, was man damit machen kann«, findet Richard.

»Nee, man kann damit auch einen unschuldigen Mann in den Wahnsinn treiben«, erklärt Sarah.

»Stimmt. Und das kann niemand so gut wie Greta!«

Ich bin also schon einigermaßen gewappnet, als ich am Abend nach Hause komme. Katka überfällt mich bereits im Flur, reißt mir meinen Mantel zum Aufhängen aus der Hand und quietscht wie eine Verrückte: »Ich habe seine Schuhe hier stehen sehen! Er hat bei dir übernachtet!«

»Ja.« Unwillkürlich verzieht sich mein Mund zu einem breiten Grinsen.

»Oh, und du bist glücklich, das sehe ich!«

»Ja!« Ich umarme sie und wirbele mit ihr durch den Flur. Der Hormonrausch zeigt Wirkung; mein innerer Ausflugsdampfer läuft tutend aus dem Hafen aus. »Ich bin so verliebt! Und er auch!«

»Ich *wusste* es!« Katka strahlt. »Komm schnell mit auf mein Sofa, sonst esse ich die geilen italienischen Kekse alleine auf!«

Ich erzähle ihr die ganze Geschichte, aber sie lacht mich weder aus noch zieht sie mich auf. »Du weißt natürlich«, sagt sie sanft, »dass du auch nach dieser Woche keinen Garantieschein kriegst. Es kann immer noch schiefgehen.«

»Das weiß ich. Aber es fühlt sich trotzdem besser an.«

»Es ist ganz schön tapfer und selbstlos von David, dir das anzubieten.«

»Das finde ich auch. Ich hoffe, ich tue ihm nicht weh.«

»Pass bitte auch auf, dass du dir selbst nicht wehtust, okay? Seht ihr euch heute Abend noch?«

»Ja, ich übernachte bei ihm. Ich wollte aber vorher noch schnell heimkommen und dir alles erzählen.«

»Das ist ja süß von dir.« Katka wirft einen Blick auf die Uhr. »Jetzt aber los! Er erwartet dich bestimmt schon sehnsüchtig.«

Zumindest erwartet er mich mit einer Umarmung, Essen und Rotwein. Auch daran könnte ich mich sehr gut gewöhnen, denke ich, als ich mir eine Cocktailtomate in den Mund stecke. Wir stehen in der Küche und drapieren alles Notwendige auf einem Tablett.

»Wie war dein Tag?«, fragt David.

»Gut, aber meine Freunde halten mich für sonderbar.«

»Ah, du hast es ihnen erzählt.«

»Ja. Grinst du etwa?«

»Wer, ich? Kein bisschen!« Er hält sich einen Teller vors Gesicht.

»Wirst schon sehen, ob du noch grinst, wenn ich dir nach Ablauf der Woche alle deine Charakterfehler vorhalte. Die echten und noch ein paar, die ich dazuerfunden habe.«

»Das würdest du also tun, du kleines Biest?« David greift nach meinen Handgelenken und zieht mich zu sich heran. Ich küsse ihn auf die Wange.

»Ach ja. Guck an. Und jetzt wieder harmlos tun«, neckt er mich, woraufhin er sich einen sanften Biss in den Hals einfängt und zurückzuckt. »Kannst du bitte noch ein bisschen warten, ehe du wieder über mich herfällst?«, fragt er mit erhobener Augenbraue. »Ich habe großen Hunger.«

»Du ziehst Essen mir vor?« Ich lasse meine Hände auf seinen Hintern fallen.

»Absolut.«

»Ich mag deine Prioritäten.«

Später liegen wir im Bett und reden. Über unsere Familien und über unsere besten Freunde. Über Tapire und über den perfekten Kaiserschmarrn. Nur über eines reden wir nicht: über uns. Mit meinem Kopf auf Davids Schulter schlafe ich ein.

Kapitel 20

»Als Erstes den Wodka!« Mit vor Eifer geröteten Wangen kippt Sarah die Flasche über unserer Badewanne aus. Es ist Samstag, in einer halben Stunde kommen die anderen Gäste zu unserer, na, nennen wir es mal Einweihungsparty. David steht neben Sarah und reicht ihr hilfsbereit Flaschen an. Ihr mittlerweile gar nicht mehr so neuer Freund Tom und ich beobachten sie skeptisch durch die geöffnete Badezimmertür.

»Das ist das Idiotischste, was ich seit Langem gesehen habe«, erklärt Tom sachlich, und ich finde ihn eigentlich ziemlich sympathisch.

»Was ist mit dem Eis? Direkt in die Badewanne?« Sarah deutet auf die Eisbeutel vom Lieferdienst.

»Nee, lass das lieber draußen«, sage ich. »Das kann sich ja jeder selbst direkt ins Glas tun.«

»Hilfe!«, brüllt Katka aus der Küche, und ich flitze sofort los. Mit einem riesigen Messer in der Hand und einem abgerissenen Stück Alufolie in der anderen versucht sie eine Lachsrolle zu wickeln. Ich helfe ihr und räume danach die Küche auf, während sie gleich große Stücke abschneidet und auf einem Teller anrichtet.

»Lachsröllchen in der Küche und Schnapsschorle aus der Badewanne. Katka, irgendwie kommt es mir vor, als hätten wir uns zwischen Tanztee und Studentenparty noch nicht ganz entschieden.«

»Das Beste beider Welten! Wo ist Anton?«

»Stellt eine Playlist zusammen, wie du es ihm vor fünf Minuten befohlen hast, Chefin.«

»Ach ja. Entschuldige, vielleicht bin ich ein bisschen überdreht.«

»Aber nein. Du bist nicht überdreht.«

»Nein?«

»Nein. Du bist wie meine Mutter an Heiligabend. Das kann man schon nicht mehr als überdreht bezeichnen, dafür gibt es eigentlich keine Worte.«

Sie streckt mir die Zunge raus. »Seit du mit David zusammen bist, bist du ganz schön frech.«

»Hab ich etwa meinen Namen gehört?« Plötzlich steht er in der Küche.

»Ja. Halt Greta mal den Mund zu, bitte.«

»Mit Vergnügen.« David umfasst mein Gesicht mit beiden Händen und beginnt, mich ausgiebig zu küssen. Ich hätte eigentlich überhaupt nichts dagegen, die Party zu schwänzen und einfach nur stundenlang mit ihm zu knutschen. Aber dafür ist ja morgen noch Zeit. Und übermorgen. Und dann … mal sehen.

Antons Schwester Nora ist die Erste, die an der Tür klingelt. Wie auch immer sie das geschafft hat, denn sie balanciert eine Torte in beiden Händen. Kurz darauf treffen ein paar neue Arbeitskollegen von Katka ein, die etwas förmlich wirken, bis Sarah sie in das Geheimnis der Badewanne einführt und ihnen damit zeigt, wie wenig angemessen Förmlichkeit bei dieser Festivität ist. Dann klingelt es wieder.

»Ich mach auf!«, ruft Katka und verschwindet im Flur.

Als Nächstes höre ich eine Stimme, die ich sehr gut

kenne. Und Katkas Stimme, die aufgebracht klingt. Entgeistert stelle ich mein Glas ab und gehe in den Flur.

Katka hat sich so breit wie möglich vor der Tür aufgebaut und wird von Erik natürlich trotzdem überragt. Was macht der Kerl hier? Wer zur Hölle hat den eingeladen?

Er sieht genauso aus wie immer. Das überrascht mich am meisten. Als müsste er sich äußerlich verändert haben, weil ich mich innerlich verändert habe.

Ich richte mich auf und atme einmal tief durch. Dann gehe ich auf die Tür zu und berühre Katka an der Schulter. »Danke fürs Aufmachen«, sage ich zu ihr. Sie sieht wütend aus, macht aber kehrt und verzieht sich in die Küche, wo ich sie Schränke öffnen und laut klappernd schließen höre.

Ich schaue Erik an. Irgendwie hatte ich ihn größer in Erinnerung. Als könne er meinen Gedanken lesen, dreht er etwas verlegen einen großen braunen Briefumschlag in der Hand.

»Was willst du?« Mein Mund fühlt sich trocken an.

»Hier sind die Unterlagen für unsere Scheidung. Ich dachte, ich bringe sie persönlich vorbei.«

»Aha«, sage ich unbeeindruckt. Das scheint ihn aus dem Konzept zu bringen.

»Ich habe ja durch einen …«, er lacht unecht, »durch einen dummen Zufall erfahren, wo du wohnst.«

Vor ein paar Monaten hätte mir das kalte Schauer über den Rücken gejagt.

»Ja, das Finanzamt leider auch. Blöd«, antworte ich und greife nach dem Umschlag.

»Du musst das sofort unterschreiben«, sagt Erik. »Ich will die Unterlagen gleich wieder mitnehmen.«

»Was?!«, brause ich auf. »Den Teufel werde ich tun!«

Erik schüttelt tadelnd den Kopf. »Wieso überrascht es mich nicht, dass du gleich so unbeherrscht und völlig unangemessen reagierst?« Er beugt sich vor und kommt meinem Gesicht ganz nah. »Nichts anderes habe ich von dir erwartet.«

Ich weiche einen Schritt zurück und bereue es sofort. Ich will nicht zurückweichen. Meine Hände ballen sich zu Fäusten. Ich hebe trotzig das Kinn und sehe Erik direkt in die Augen.

»Du kannst nicht einfach hier auftauchen und verlangen, dass ich irgendetwas unterschreibe, ohne es einem Anwalt gezeigt zu haben.« Was denkt der Kerl sich eigentlich? Drückt der Cowboyhut beim Line Dance seinem Gehirn vielleicht allmählich die Sauerstoffzufuhr ab?

Eriks Augen verengen sich zu Schlitzen. »Ich würde dir raten, dich in dieser Angelegenheit kooperativ zu zeigen. Es sieht sonst nicht gut für dich aus.«

»Wovon, zum Geier, sprichst du?«, frage ich.

»Greta, Greta«, sagt er, als würde er mit einem begriffsstutzigen Kind reden. »Ich bin persönlich gekommen, weil ich die Sache gütlich regeln und dir die Chance geben wollte, dich wenigstens einmal wie ein vernünftiger und verantwortungsbewusster Mensch zu verhalten.« Er fällt in seinen dozierenden Tonfall. »Ich habe gehofft, dass ich es nicht tun muss, aber du lässt mir leider keine Wahl. Ich muss mich schützen und an meinen guten Ruf denken.« Er seufzt theatralisch und ringt die Hände. Dann zieht er aus seiner Gesäßtasche einen weiteren Briefumschlag hervor. Einen kleineren, weißen. Damit wedelt er mir vor der Nase herum.

Ich bin kurz davor, ihm den Umschlag aus der Hand zu reißen und ihm um die Ohren zu hauen.

»Erik, ich habe keine Ahnung, worauf du hinauswillst, aber mir platzt gleich der Kragen.« Aggro-Greta bricht aus wie ein Vulkan, und ich halte sie nicht zurück. »Also sag, was du zu sagen hast, verdammt! Und dann sieh zu, dass du von hier verschwindest! Die Scheidungspapiere schicke ich dir zu, sobald ich sie unterschrieben habe.«

Mit diesen Worten versuche ich, die Tür zuzudrücken, doch Erik stellt schnell den Fuß dazwischen.

»Wenn ich du wäre«, zischt er, während er beide Umschläge durch den Türspalt schiebt, »dann würde ich mir schleunigst einen Rechtsbeistand suchen. Denn ich habe dich auf Rufmord und üble Nachrede verklagt. Ich habe dich davor gewarnt. Im Umschlag findest du das Schreiben meines Anwalts. Ich wollte es zerreißen, wenn du bei den Scheidungsunterlagen einsichtig gewesen wärst, um meinen guten Willen zu beweisen. Gegen meine altruistische Natur komme ich nun mal schlecht an, wie du weißt. Aber dir ist nicht zu helfen! Wir sehen uns vor Gericht, Greta Hildebrand!«

Dann zieht er endlich seinen Fuß zurück, und die Tür fällt ins Schloss.

Ich starre die Wohnungstür an und frage mich, was da gerade eigentlich passiert ist. Hat mich mein Noch-Ehemann wirklich verklagt? Auf Rufmord? Das ist einfach lächerlich!

Ein hysterisches Gekicher drängt meine Kehle hoch, doch heraus kommt nur ein Grunzen. Ich schüttele den Kopf und atme ein paar Mal tief durch. Dann drehe ich mich um, werfe im Vorübergehen die beiden Umschläge auf den Stuhl in meinem Schlafzimmer und trete zu Katka in die Küche, die mich schon erwartet.

»Ich habe gelauscht«, platzt sie heraus. »Der ist doch völlig durchgeknallt! Du weißt, dass du dir keine Sorgen wegen dieser hirnlosen Klage machen musst, oder?«, fragt sie und drückt mir ein riesiges Stück Kuchen in die Hand. »Erik wird sich bis auf die Knochen blamieren, wenn er ernsthaft vorhat, das durchziehen. Selbst in Bad Vilbel werden sie ihn auslachen.«

»Ich lasse mich nicht mehr von ihm unterbuttern. Und wenn er Krieg will, dann soll er ihn bekommen«, sage ich grimmig. Katka schaut mich mit großen Augen an, dann grinst sie.

»Schön!«, sagt sie anerkennend. »So gefällst du mir.«

»Erzählst du bitte Anton und David erst mal nichts davon? Ich will mich gerade nicht damit beschäftigen.«

Katka sieht zu, wie ich große Stücke von meinem Kuchen abbeiße.

»Hast recht«, sagt sie. »Komm, wir haben eine Party zu schmeißen.«

»Ach ja, da war was«, sage ich und lasse mich von ihr aus der Küche ziehen. »Ich stecke nur mal kurz meinen Kopf in die Badewanne und trinke sie aus.«

Zwei Stunden später kann man sich in Flur und Küche kaum noch umdrehen. Mein Wohnzimmer wurde spontan zur Tanzfläche auserkoren. Auf Katkas Sofa sitzen derweil die Anhänger der eher ruhigen Konversation, darunter ihre äußerst schwangere Cousine, die es irgendwie die Treppen zu unserer Wohnung hoch geschafft hat. Sarah und Tom vollbringen das Kunststück, sich beim Tanzen lebhaft zu bewegen und sich doch keinen Zentimeter voneinander zu entfernen. Anton wirkt beruhigend auf Katka ein, indem er ihr abwechselnd Schokotörtchen und Rotwein verabreicht. Und David scheint beschlossen zu haben, meine Hand nur dann loszulassen, wenn es sich wirklich gar nicht vermeiden lässt. Seltsamerweise stört mich das gar nicht. Im Gegenteil. Ich finde es ziemlich gut. Obwohl es bedeutet, dass ich meine Bierflasche immer abstellen muss, wenn ich mir ein Lachsröllchen einverleiben will. Erik habe ich gedanklich längst in eine fensterlose Zelle gesperrt und den Schlüssel dreimal umgedreht. Dort kann er in seinen ledernen Ersatzreithosen tanzen, bis ich bereit bin, mich wieder mit ihm zu beschäftigen.

»Du musst aber auch die Bawabo probieren!«, lallt Sarah mir zu, als sie mir auf dem Flur begegnet.

»Die was, bitte?«

»Die Badewannenbowle!«

Ach so. Sie hat gar nicht gelallt, sondern nur ein neues Wort erfunden. Den Plan, meinen Kopf in die Wanne zu halten, hatte ich nach einem Blick auf die seltsam aussehende Brühe darin schnell wieder aufgegeben. Doch jetzt gibt es kein Zurück. Eine Minute später halte ich einen Becher in der rechten Hand und sehe den Mann an meiner linken skeptisch an.

»Muss ich das wirklich trinken?«

»Klar.«

Ich bin auf jedes Aroma gefasst, von Käsefuß bis hin zu Erdbeershampoo, aber es schmeckt überraschend lecker.

»Wie habt ihr das hingekriegt?«

»Das kann man nicht lernen. Pures Genie!«, sagt Sarah, und ich kenne sie gut genug, um den Gedanken nicht für abwegig zu halten. Mein Becher leert sich recht schnell. Nach zehn Minuten stelle ich ihn im Flur auf dem Schuhschrank ab und wende mich mit geröteten Wangen zu David.

»Lass uns tanzen!«

»Du tanzt doch gar nicht«, sagt Sarah neben mir verdutzt.

»Ich weiß«, sage ich und ziehe David hinter mir her.

Antons Party-Playlist ist eine krude Mischung aus ABBA, den Ärzten, Katy Perry und irgendeiner kubanischen Salsa-Band. Ein Mix, der erstaunlich gut funktioniert. Wir quetschen uns mitten in die tanzende Horde von Freunden, Kollegen und überraschend aufgekreuzten Nachbarn und tanzen. Also, David tanzt. Ich versuche nur, niemanden zu verletzen. Wenn ich nicht weiß wohin mit meinen Armen, lege ich sie einfach um David. Das fühlt sich super an, kann also so falsch nicht sein. Dazwischen unterhalten wir uns mit Tamara und Richard, trinken Bawabo und tanzen dann weiter. Irgendwann merke ich, dass mein Kopf schon seit geraumer Zeit an Davids Brust liegt. Ich bin kurz davor, im Stehen einzuschlafen. Die Tanzmeute um uns herum hat sich merklich ausgedünnt; Anton hat die Musik leiser gedreht. Auf meinem Sofa sitzen ein paar Studienfreunde von mir, die gerade mit Sambuca begonnen haben und das nach meiner Erfahrung gerne stundenlang zelebrieren, während sie Lieder möglichst versaut umdichten. Das ist eine Tradition, die sich seit dem dritten Semester erhalten hat, obwohl wir inzwischen alle guten Gags schon mehrfach hatten.

»Ich will ins Bett«, flüstere ich David zu.

»Nichts dagegen«, brummt er. »Es ist halb fünf. Ich bin auch müde.«

»Die brennen die Bude schon nicht ab, oder?«

»Nee. Keine Sorge.«

Auffällig unauffällig durchqueren wir den Flur auf dem Weg zu meinem Schlafzimmer, aber da steht sowieso niemand mehr herum, der uns fragen könnte, ob wir etwa gerade schwächeln. Als ich das Licht anschalte, fahre ich kurz zusammen. Da liegt jemand! In meinem Bett! Na gut, auf meinem Bett. Als ich Sarah erkenne und neben ihr Tom, beide im Tiefschlaf und dabei leise schnorchelnd, bin ich eigentlich nicht sonderlich überrascht. Ich stöhne genervt, mache das Licht wieder aus und drehe mich zu David um.

»Sieht aus, als wäre uns jemand zuvorgekommen«, sagt er.

»Hm. Und jetzt?«

»Gehen wir eben zu mir.«

Ich suche und finde Katka mit Anton bei den Sambuca-Brüdern, die sich gerade durch *Mambo* von Herbert Grönemeyer arbeiten und *Ich finde keinen Parkplatz* durch *Ich kriege keinen Arschklaps* ersetzt haben.

»Ja klar, geht zu David!«, sagt Katka. »Ich sag Bescheid, wenn hier wieder aufgeräumt ist und du zurückkommen kannst.«

»Was? Du sollst doch nicht alleine aufräumen!«

»Nö, mache ich auch nicht. Wer hier schläft, räumt mit auf. Vor allem, wenn er die Gastgeberin aus ihrem Bett vertrieben hat.«

»Klingt fair!« Ich werfe ihr eine Kusshand zu und verdrücke mich mit David.

Kapitel 21

»Aua.«

»Hmmmm?«

»Aua.« Wimmernd rolle ich mich unter der Bettdecke zusammen und versuche der Helligkeit auszuweichen. Wieso besitzt der Mann keine Rollläden? Das ist furchtbar. Ich glaube, ich kann doch nicht mit ihm zusammen sein.

»Kopfschmerzen?«

»Wie Hölle.«

»Ich auch.« David streckt eine Hand aus und streichelt kraftlos über meine Haare, ehe er die Hand wie eine tote Qualle neben mich fallen lässt.

»Die Bawabo war ein Fehler«, seufze ich.

»Wir tun's nie wieder.«

»David, hast du Gewürzgurken im Haus?«

»Was?!«

»Mein Magen fragt das.«

»Uff. Du bist ja drauf.« Ächzend rollt er sich zur Bettkante, um dann gebückt wie ein alter Mann aufzustehen.

»Ach so, ich wäre schon auch selbst gegangen«, heuchele ich.

David grinst nur gequält. »Natürlich wärst du das. Bleib liegen.« Er rumort in der Küche und kommt mit einer Gabel und einem Glas Gurken zurück, das er mir öffnen muss, weil ich in meinem Zustand nicht genug Kraft aufbringe.

Nach der ersten Gurke hört die Übelkeit auf. Zufrieden sitze ich im Bett und futtere weiter. David schaut mir amüsiert dabei zu. Er sieht ziemlich verschlafen aus und ein bisschen älter als sonst und sehr attraktiv.

»Du kannst gar nicht schwanger sein«, sagt er. »Wir haben doch verhütet.«

»Wäre das so schlimm, wenn ich schwanger wäre?«, frage ich beleidigt. Grundgütiger. Über dreißig sein ist kein Spaß, da kommen unglaubliche Sätze aus einem raus.

»Äh, na ja. Wie lange sind wir jetzt zusammen? Vier Tage?«

»Dreieinhalb.«

»So.«

»Das ist aber keine Antwort auf meine Frage.«

David bekommt diesen Blick, den Männer immer bekommen, wenn sie wissen, dass von einer Frau Gefahr droht. Diesen *Jetzt nur nichts Falsches sagen*-Blick. Ich hasse den, weil ich nie weiß, ob das Nicht-Falsche, das sie dann tatsächlich manchmal sagen, ehrlich gemeint ist oder ihnen nur Ärger ersparen soll.

»Also, begeistert wäre ich nicht«, sagt er.

»Aha.« Ich knalle das Gurkenglas auf den Nachttisch und weiß auch nicht, warum ich plötzlich so übellaunig bin. »Du willst also keine Kinder.«

»Das habe ich nicht gesagt.«

»Dann willst du nur keine Kinder von mir.«

»Nicht nach dreieinhalb Tagen Beziehung. Das ist richtig. Aber warum reden wir überhaupt darüber? Du bist doch gar nicht schwanger!«

»Weil … weil … man manchmal eben über ganz grundsätzliche Dinge reden muss!«

David schaut mich prüfend an. »Sag mal, geht es dir gerade wirklich darum, oder willst du einfach nur streiten?«

»Du hast ja wohl mit dem Thema angefangen!«, schnaube ich.

»Ja. Und ich wünschte, ich hätte es gelassen!« David schraubt das Gurkenglas wieder auf und fischt sich auch eine heraus, als wäre das die magische Zutat, die Menschen streitlustig macht.

»Wäre es jetzt schlimm oder nicht?«, bohre ich. »Zufällig renne ich nämlich tatsächlich mit dieser Gebärmutter in meinem Bauch rum, so dass das theoretisch durchaus passieren kann, und wenn du das so schlimm fändest, wüsste ich das ganz gern vorher. Dann sollten wir nämlich den Geschlechtsverkehr besser sofort einstellen«, gifte ich.

»Okay, hör zu.« Er wirkt plötzlich auch ziemlich sauer. Womöglich hat die Gurke doch eine Wirkung. »Ich bitte dich dringend, mir keine biologischen Abläufe zu erläutern, über die ich selbst Bescheid weiß. Es wäre nicht schlimm, aber nicht das, was ich mir momentan wünsche. Auf jeden Fall würde ich dich nicht damit hängen lassen. Mit diesem lächerlichen selbstgemachten Streit lasse ich dich jetzt aber durchaus hängen, denn ich habe Kopfschmerzen und keine Lust, mich grundlos ankeifen zu lassen!«

Ich öffne den Mund und schließe ihn gleich wieder, weil ich nicht weiß, was ich sagen soll. Dann fällt es mir doch ein.

»Tut mir leid«, sage ich. »Ich bin froh zu hören, dass

du mich nicht hängen lassen würdest, aber ich hätte das anders ansprechen sollen.«

David verzieht den Mund ein bisschen und wuschelt beiläufig durch meine Haare. »Ja, kann sein! Komm, lass uns duschen gehen.«

»Wie, zusammen?«

»Warum nicht?«

»Dann bist du nicht mehr sauer auf mich?«

»Du hast dich doch entschuldigt. Wir gehen jetzt Pancakes essen. Danach bist du bestimmt wieder friedlicher.«

»Echt? Okay.« Beeindruckt krabbele ich hinter ihm her aus dem Bett und klaube Unterwäsche aus meiner offen daliegenden Reisetasche. Erik hat es nie interessiert, ob ich mich entschuldigte. Er nahm es höchstens als Anlass, mir vorwerfen zu können, ich hätte es nicht ehrlich gemeint. Gegen Ende unserer Beziehung hatte er oft recht damit – da habe ich mich entschuldigt, um meine Ruhe zu haben. Selten mit Erfolg. Erik … Mir fällt sein gestriger Auftritt wieder ein. Und diese dämliche Klage.

»Woran denkst du?«, fragt David. Offenbar stehe ich seit zwanzig Sekunden vor dem Spiegel und starre regungslos mein eigenes Gesicht an.

»Ach, nichts«, sage ich schnell und folge ihm in die Dusche. Als das heiße Wasser auf uns niederprasselt, lehne ich meinen Kopf an seine Schulter und dehne meinen Nacken unter dem Strahl. »Du, sag mal«, wispere ich nah an seinem Ohr, »aber irgendwann? Fändest du es irgendwann vielleicht sogar gut?«

»Reden wir noch von Pancakes?«

»Nein.«

»Ach so.« David schließt mich in die Arme und fährt

mit der Hand über meinen Rücken, an dem das Wasser hinabfließt. »Ja. Irgendwann fände ich das sogar sehr gut.«

Nach ein paar in Ahornsirup getränkten Pancakes mit Heidelbeeren bin ich tatsächlich wieder ganz friedlich. Eventuell sollte es mir Sorgen machen, dass der Mann mich jetzt schon so durchschaut. Andererseits habe ich noch nie einen Sinn darin gesehen, ein Geheimnis um sich zu machen. Ich bin wohl eher nicht der mysteriöse Typ. Aber David zum Glück auch nicht. Er sitzt mir im Café die ganze Zeit ein bisschen zappelig gegenüber und guckt mich über den Tisch hinweg sehnsuchtsvoll an. Ich greife nach seinen Händen, die gerade den Zuckerspender drehen, und beuge mich vor.

»David, ich würde gerade auch gern mit dir knutschen, aber rechts und links von uns frühstücken Leute.«

»Woher wusstest du, was ich denke?« Sein Grinsen wirkt mehr erfreut als ertappt.

»Weibliche Intuition«, sage ich lässig.

»Pass auf, ich rede einfach die ganze Zeit so einen langweiligen Quatsch, dass du mich doch küsst, damit ich still bin.«

»Das kannst du gar nicht.«

»Wetten?«

»Du könntest höchstens immer dasselbe erzählen. Das würde mich irgendwann langweilen.«

»Pass auf, ich rede einfach die ganze Zeit so einen langweiligen Quatsch, dass du mich doch küsst, damit ich still bin.«

Ich lache. Davids Augen leuchten hoffnungsfroh.

»Pass auf, ich rede einfach die ganze Zeit so einen

langweiligen Quatsch, dass du mich doch küsst, damit ich still bin.«

»Spinner.« Ich lehne mich zu ihm hinüber und gebe ihm einen kleinen Kuss auf den Mund. Er schmeckt nach Ahornsirup und Cappuccino und sehr nach David.

»Wir würden gern zahlen!«

Am Nachmittag verziehen wir uns auf Davids Sofa. Er liest irgendeinen sehr dicken Familienroman, ich suche mir aus seinem Bücherregal einen Krimi aus und erwische mich beim Gedanken: Den schaffst du, bis ihr euch in drei Tagen wieder trennt.

Wann genau bin ich so eine Schwarzseherin geworden?

Zwei Tote und ein spannendes Verhör später vibriert mein Handy. Katka hat geschrieben.

Alles aufgeräumt! Schöne Grüße von Sarah und Tom, sie wollten sich nur kurz hinlegen und sind dann eingeschlafen …

Nicht so schlimm. Ich hatte eine gemeinsame Dusche und Pancakes im Exil.

Wie fühlt es sich denn an? Heute ist Halbzeit, richtig?

Ja. Es fühlt sich gut an. Er will Kinder, und streiten kann er auch.

BITTEBITTEWAS?

Wir sind heute Morgen ein bisschen aneinandergeraten.

Das meinte ich nicht, aber fang ruhig damit an!

Er ist ganz sachlich geblieben und ziemlich ruhig, aber auf der Nase rumtanzen lässt er sich nicht.

Hervorragend. Guter Mann. Und das ANDERE?

Ich hab gefragt, ob er sich das irgendwann vorstellen könnte. Könnte er.

Wow. Du meinst es aber wirklich ernst damit, in der Probezeit alle Kriterien zu überprüfen.

Es klingt furchtbar, wenn du das so formulierst!

Nein, so war es gar nicht gemeint! Es ist sehr vernünftig. Ich bin es nur nicht gewohnt, dass du vernünftig bist.

Ich auch nicht. Es gefällt mir auch gar nicht mal so gut. Aber ihn scheint es nicht zu stören. Ich linse an meinem Handy vorbei zu David, der konzentriert liest.

Den hat Vernunft noch nie gestört. In der Uni war er ein Streber. Hat total viel gearbeitet und war zu allen nett. Jetzt kann ich's dir ja sagen!

Ekelhaft!

Siehst du! Also, falls du noch irgendwelche Eckdaten klären musst: Nimm ihn ins Kreuzverhör!

Zu Befehl!

Ich lasse das Handy sinken und überlege. Was muss ich denn noch wissen? Und was wäre eine geeignete, weil unverfängliche Einstiegsfrage?

»David?«

»Jaha?«, macht er gedehnt.

»David, magst du Tiere?«

Er klappt sein Buch zu. »Oh, wird das ein Persönlichkeitstest? Wie viele Punkte gibt es denn maximal?«

»Du bist ja wirklich ein Streber.«

»Wer behauptet denn das?«

»Niemand!«

»Ja, ich mag Tiere. Am liebsten Hunde. Die etwas trottelige, aber lustige Sorte. Giraffen sind mir unsympathisch. Und du?«

»Hunde, auch. Katzen. Faultiere. Enten. Pinguine. Und Leoparden«, zähle ich auf.

»Nächste Frage.«

»Wer sollte länger Elternzeit nehmen, Mann oder Frau?«

»Was spricht gegen halbe-halbe?«

»Nichts.«

»Dann das. Nächste Frage.«

»Wer bringt den Müll raus?«

»Wer dran denkt.«

»Und du denkst manchmal dran?«

»Siehst du hier irgendwo Müllberge? Nächste Frage.«

»Wo feiern wir Weihnachten?«

»Greta, wir haben Januar!«

»Also?«

»Ich möchte gerne zu meiner Familie. Du kannst mitkommen oder zu deiner fahren, oder wir feiern abwechselnd mal bei meiner, mal bei deiner.«

»Wie verbringen wir unsere gemeinsame Freizeit?«

»Indem du mich mit Fragen quälst. Siehst du doch.«

»Sollten wir ein gemeinsames Hobby haben?«

»Gerne. Ich will schon lange einen Segelschein machen oder Langlaufen lernen. Vielleicht kannst du dich ja für eines davon erwärmen.«

»Mit wie vielen Männern darf eine Frau geschlafen haben, ohne als Schlampe zu gelten?«

»Seltsame Frage. Das würde ich nicht an einer Zahl festmachen.«

»Mit wie vielen Frauen hast du geschlafen?«

»Oh, halt. Moment. Ist das noch das Kapitel Weltanschauung, oder gehen wir gerade zum biografischen Teil über?«

»Kann sein, ich hab keinen Plan.«

»Dafür ist das Kreuzfeuer recht dicht!« David reibt sich das Gesicht. »Zwölf, glaube ich.«

»Glaubst du oder weißt du?«

»Soll ich sie jetzt an den Fingern abzählen?«

»Nein, schon okay.«

»Nächste Frage.«

»Wie sehr nerve ich dich gerade?«

»Wird diese Antwort auch gewertet?«

»Klar.«

»Du nervst mich tierisch, aber ich verstehe die innere Logik dessen, was hier abläuft. Und mit wie vielen Männern hast du geschlafen?«

»Bisschen weniger.«

»Braves Mädchen.«

»Das stimmt nicht, wie du weißt.« Ich strahle ihn zufrieden an.

»Hast recht.«

»Würdest du mir in deinem Kleiderschrank und auf der Ablage im Bad Platz machen?«

»Natürlich. Auf der Ablage hab ich das doch schon.«

»Ich brauch noch mehr Platz!«

»Kein Problem. Nächste Frage.«

»Hm.«

»Was, hm?«

»Ich weiß nix mehr.«

»Im Ernst? Du hast mich noch nicht gefragt, ob es einen Gott gibt.«

»Und, gibt es einen?«

»Mein Wissen darüber ist noch vager als bei der Zahl der Frauen.«

»Ist es ethisch vertretbar, Fleisch zu essen?«

»Wahrscheinlich nicht. Aber ich kann's trotzdem nicht ganz lassen.«

»Was denkst du, wie ich mich in drei Tagen entscheiden werde?«

David schaut mich ernst und aufmerksam an. »Du wirst bei mir bleiben.«

»Meinst du?«

»Ich hoffe es.«

Ich auch, denke ich, lasse den Mund aber fest geschlossen.

Am Abend gehe ich nach Hause. Ich muss mal ein bisschen alleine sein. Es würde sich komisch anfühlen, diese Woche so festgeklettet an David zu verbringen. Wir haben das ganze Wochenende miteinander verbracht, das war schön – aber wenn es funktionieren soll, muss es auch auf Distanz funktionieren. Gelegentliche, sehr kurze und vorübergehende Distanz.

Aber dass ich zu Hause alleine sein würde, hab ich mir nur so naiv ausgemalt. Ich habe mich gerade auf dem Sofa niedergelassen, als die Tür ohne Klopfen aufschwingt, Anton und Katka hereinstürmen, sich rechts und links von mir fallen lassen und mich grinsend beäugen.

»Na?«, fragen sie gleichzeitig.

»Na? Ihr seid gruselig«, sage ich und ziehe mein schönstes Seidenkissen unter Antons Hintern hervor, der offenbar gerade beschlossen hatte, es auszubrüten. »Eure Kinder beneide ich nicht.«

»Komisch, bei dir klingt ›Danke fürs Aufräumen‹ so seltsam«, sagt Anton. »Ist das eine fremde Sprache? Lass mich raten! Koreanisch?«

»Das werden eure Kinder auch nicht lustig finden«, maule ich, während Katka sich neben mir beömmelt. »Also, ja, danke fürs Aufräumen. Was wollt ihr, Mama und Papa?«

»Dein Vater möchte gerne wissen, was bei deiner Versuchsreihe am lebenden Objekt noch so alles passiert ist.«

»Du hast es Anton erzählt?«, frage ich Katka empört. Aber die rollt nur mit den Augen.

»Selbstverständlich habe ich das. Greta, ich kann mir keine einzige Gelegenheit entgehen lassen, als die geistig Gesündere von uns beiden dazustehen.«

»Außerdem finde ich das super!«, wirft Anton ein. »Ich meine, wer ist der Typ überhaupt? Der soll erst mal was von sich preisgeben.«

»Hat er gemacht«, erkläre ich und gebe unser Gespräch wieder. Katka und Anton wechseln an meinem Kopf vorbei Blicke, die ich nicht interpretieren kann.

»Halt! Guckt nicht so. Oder guckt ruhig so, aber sagt mir, was das heißt!«

»Nein, wir reden dir da nicht rein«, sagt Anton schnell und wirft Katka einen Blick zu, den ich diesmal eindeutig als warnend identifizieren kann.

»Wieso nicht?«, ruft sie. »Ich rede ihr schon mein ganzes Leben lang rein.«

»Das stimmt nicht«, sage ich muffelig. »Vor Erik hast du mich nicht gewarnt.«

»Das war auch gut so, denn offensichtlich hat dich diese misslungene Ehe in Sachen Vorsicht und Vernunft weitergebracht.«

»Genau. Und in puncto Bindungsunfähigkeit und Misstrauen erst!«

»Du wirst dich schon richtig entscheiden«, sagt Anton. »Du kannst das ohne uns.«

Als ich mich später ins Bett kuschele, in mein eigenes großes, kühles Bett, muss ich an Antons Worte denken. Sicher kann ich das selbst entscheiden – ich muss es sogar. Manche Entscheidungen kann man nicht abgeben. Ich liege da und grübele und genieße es, die Zeit und Ruhe zum Grübeln zu haben, während mein Körper sich in alle Richtungen ausstreckt und die warme, schon jetzt so vertraute Haut von David sucht.

Offenbar habe ich mich an Davids Nähe schon sehr gewöhnt. Ich freue mich zwar über seine Guten-Morgen-Nachricht auf meinem Handy am nächsten Tag, aber ich kann mir selbst nicht begreiflich machen, warum er nicht neben mir liegt. Jetzt gerade. Und eigentlich jeden Morgen.

Nachdenklich gehe ich in die Agentur. Richard bemerkt meinen abwesenden Blick, sagt aber nichts. In mir arbeitet es.

Am Nachmittag schlage ich Davids Angebot aus, mich von der Arbeit abzuholen und gemeinsam was trinken zu gehen. *Ich muss heute länger arbeiten*, schreibe ich ihm zurück. Das stimmt eigentlich nicht, deshalb habe ich daraufhin so ein schlechtes Gewissen, dass ich tatsächlich sehr viel und produktiv arbeite, ehe ich irgendwann als Letzte die Agentur verlasse.

In der Straßenbahn vibriert mein Handy. Eine neue Mail – von Erik. Das hat mir gerade noch gefehlt! Ich bin damit beschäftigt, über David und mich und die Liebe nachzugrübeln. Jegliche Gedanken an meine letzte gescheiterte Beziehung sind da wirklich nicht hilfreich. Kurz erwäge ich, die Mail einfach ungelesen zu löschen, aber womöglich taucht Erik wieder unangemeldet vor meiner Tür auf, wenn ich nicht reagiere. Übellaunig öffne ich die Nachricht.

Greta,
auch wenn Gefühle von anderen dich noch nie interessiert haben, wollte ich dich wissen lassen, dass ich gestern eine Frau kennengelernt habe, die ich zu ehelichen gedenke, sobald wir geschieden sind. Inge und ich haben nicht nur die gleichen Hobbys, sie ist auch sehr interessiert an Politik und setzt sich für benachteiligte Menschen ein. Dinge, die mir sehr wichtig sind, wie du weißt. Sie und ich harmonieren in jeder Hinsicht miteinander, deshalb appelliere ich nachdrücklich an dein Gewissen, mir keine weiteren Steine in den Weg zu legen. Nur weil du nicht glücklich sein kannst, müssen die Menschen um dich

herum nicht auch unglücklich sein. Inge – eine äußerst renommierte Psychiaterin – hat mich davon überzeugt, dass es für dich schon Strafe genug ist, mit dir selbst und der Gewissheit leben zu müssen, aufgrund deines schwierigen Charakters für immer alleine zu bleiben. Deshalb habe ich die Klage zurückgezogen. Trotzdem hege ich die Hoffnung, dass du dadurch endlich erkannt hast, dass du Hilfe brauchst. Inge lässt dir ausrichten, dass du gerne Kontakt mit ihrer Sekretärin aufnehmen und einen Termin bei ihr vereinbaren kannst.
Erik

Ich lese die Mail ein zweites Mal, dann ein drittes Mal. Dann breche ich in lautes Gelächter aus. Die Leute um mich herum beäugen mich misstrauisch. Immer noch unkontrolliert kichernd lösche ich Eriks Nachricht, schicke ein Stoßgebet gen Himmel und danke dem Schicksal für alle Line Dance tanzenden und auf scheinheilige Klugscheißer stehenden Inges dieser Welt.

An meiner Haltestelle steige ich aus und laufe nach Hause, aber als ich vor unserer Wohnung angekommen bin, will ich doch nicht hineingehen. Ich glaube, ich habe da noch etwas zu erledigen.

»Hallo! Ich dachte schon, ich sehe dich heute gar nicht mehr«, sagt David gut gelaunt, als ich unangemeldet bei ihm hereinschneie.

»Ich muss mit dir reden«, sage ich lakonisch und sehe, wie sein Gesicht versteinert. Es tut mir leid, seine Laune zu verderben, aber ich kann nicht mehr warten.

»Wir haben doch erst Montag«, wendet er ein. »Oder ist es was anderes?«

»Nein. Nein, es ist schon das.«

»Okay. Willst du was trinken?«

»Nein. Danke.« Ich kann jetzt gar keine Ablenkung oder Unterbrechung brauchen. Zielstrebig gehe ich aufs Sofa zu und setze mich ans rechte Ende. David versteht den Wink und setzt sich ganz nach links. Mit anderthalb Metern Abstand schauen wir einander an.

»Ich kann das nicht«, sage ich. »Diese Tage mit dir fühlen sich einerseits sehr gut an, aber andererseits habe ich das Gefühl, sie ziehen uns beide in etwas hinein, aus dem ich uns nicht mehr retten kann.«

»Wieso denkst du, du müsstest uns retten?«

»Weil es uns traurig machen kann. Ich will nicht traurig sein, und dich will ich auch nicht traurig sehen, weil ich …« Ich schlucke. »Ich fühle mich, als würde ich dich ausnutzen. Ich verlasse mich hier die ganze Zeit darauf, dass du das emotional alles schon verkraftest, aber das ist so egoistisch von mir. Und das macht mich jetzt schon traurig.«

»Was bedeutet das, Greta?«

»Ich will abbrechen.«

»Abbrechen?«

»Ja.«

David sieht mich schweigend an.

»Willst du denn gar nicht wissen, wie es mir geht nach diesem Versuch?«, frage ich.

»Doch.«

»Ich habe immer noch Angst«, bekenne ich.

»Das tut mir leid, Greta. Ich habe gehofft, dass sie vergeht, wenn wir Zeit miteinander verbringen.«

»Stattdessen ist eine dazu gekommen. Ich habe nicht nur vor einer Beziehung Angst.«

»Wovor denn noch?«, fragt David mit betroffener Miene.

»Davor, ohne dich zu sein.«

In seinem Gesicht geht ein kleines Licht wieder an. Erwartungsvoll beugt er sich vor. »Und welche Angst ist stärker?«

»Diesen Kampf sollten wir vermeiden«, sage ich nüchtern. »Es ist sowieso egal.«

»Und wieso?«

»Weil ich beschlossen habe, nicht mehr auf meine Angst zu hören. Nur noch auf mein Herz.«

»Und was«, fragt David leise, »will dein Herz?«

»Dich.«

»Als guten Freund?«

»Als *meinen* Freund. An meiner Seite.«

»Warum willst du dann abbrechen?«

»Ich will nur den Versuch abbrechen. Und richtig mit dir zusammen sein.« Zaghaft schaue ich zu ihm hinüber. Mir ist allzu klar, dass ich gerade alles falsch mache. Mich verhalte wie bei einem Geschäftsabschluss. Und dann habe ich mich auch noch so dumm ausgedrückt, dass er dachte, ich will ihn verlassen. Ich bin wirklich eine absolute Traumfrau.

»Das geht so nicht«, sagt David unvermittelt.

Mir schießen sofort die Tränen in die Augen. Ich wusste es. Ich hab's vergeigt. Schnell wende ich mich ab und katapultiere mich förmlich aus dem Sofa hoch, um auf direktem Weg die Wohnung zu verlassen, bevor er mich weinen sieht.

»Stopp!«, ruft er. »Wo willst du denn hin? Setz dich wieder! Jetzt bin ich dran.«

Verdammt. Da hat er leider recht. Ich muss ihm auch

zuhören, das bin ich ihm schuldig. Langsam sinke ich wieder auf die Kante des Sofas zurück und schaue stur geradeaus.

»Was du gesagt hast, freut mich. Aber es ist nicht genug«, erklärt David.

»Oh.« Natürlich nicht. Ich war noch nie genug. Diesmal hatte es sich zwar so angefühlt, aber das ist jetzt auch vorbei.

»Warum willst du mit mir zusammen sein?«

»Weil … Weil es schön ist?« Vorsichtig werfe ich ihm einen Blick zu. Was will er denn jetzt? Eine Liebeserklärung, und mir dann noch mal sagen, dass es so nicht geht?

»Warum ist es schön?«

»Weil ich dich mag und wir uns gut verstehen?«

»Wirklich? Ich habe den Eindruck, wir verstehen uns dauernd falsch. Aber damit ist jetzt Schluss.« David rutscht ganz nah neben mich. Er legt den Arm um meine steifen Schultern. Mein Körper sackt sofort zusammen, als hätte jemand die Luft aus ihm gelassen. Ich fließe förmlich in seine Arme.

»Das ist wirklich schön«, sagt David. »Aber es ist noch nicht genug. Ich fange einfach an. Ja?«

»Ja.«

Er drückt mich sanft an sich. »Ich liebe dich.«

Hingerissen liege ich an seiner Brust und lausche seinen Worten nach, bis ich merke, dass er mich anschaut. Ich muss lächeln. Mein Einsatz!

»Ich liebe dich auch«, sage ich. Und es geht viel leichter als erwartet.

Quellenverzeichnis

Søren Kierkegaard: Die Tagebücher 1834–1855, Auswahl und Übertragung von Theodor Haecker, Brenner-Verlag.

Franz Blei: Jakob Michael Reinhold Lenz. Gesammelte Schriften Band 1; Verlag Georg Müller, München – Leipzig.

Kurt Tucholsky: Gesammelte Werke; Rowohlt Verlag, Reinbek.

Janis Joplin: Fernsehinterview 1969.

Gottfried Benn: Eure Etüden. In: Gesammelte Gedichte: Limes Verlag, Wiesbaden.

William Shakespeare: Was ihr wollt, Anaconda Verlag, Köln.

Elizabeth Appell zitiert in: www.anaisninblog.skybluepress.com.

Sheryl Sandberg; Abschlussrede Barnad College; zitiert in: The New Yorker, New York.

Charles de Montesquieu: Pensées diverse.

Franz Kafka: Gesammelte Werke, herausgegeben von Max Brod, Taschenbuchausgabe in acht Bänden, Fischer Taschenbuch Verlag.